リインカーネイションの彼方

藤原健市

JN266865

FB
Famitsu Bunko
ファミ通文庫

イラスト／ネコメガネ

Contents

PROLOGUE いつか、どこかの世界の終わりで

見渡す限り、世界は死んでいる。地平線まで全《すべ》てが暗く、黒い。

天には低く暗く黒い瘴気《しょうき》の雲が垂《た》れ込《こ》め、腐《くさ》り果てた大地は汚泥《おでい》と化していて、海は、終末の空を映して黒く染まっている。

大気からも大地からも大海からも、魔力は全て失われてしまった。

この世界には、もう神はいない。もうすぐ人も、いなくなる。

僕の前に佇《たたず》む小さな白い人影が、たぶん、最後にこの世界から去る人。

女神に仕える証《あかし》の、裳裾《もすそ》の長い白法衣《はくほうえ》。背の半ばまで届く豊かな白銀《はくぎん》の髪。

翳《かげ》りのある、けれど澄《す》んだ翡翠色《ひすいいろ》の瞳《ひとみ》。

不思議なほどに綺麗《きれい》で、でもせつないほどに表情のない、その貌《かお》。

地上最後の王国リーリエ＝エルヴァテインの姫王《ひめおう》にして、稀代《きたい》の大魔《ま》法使《ほうつか》い——

僕の魔法のお師匠《ししょう》さま。その人が、高い塔を見上げるように、僕を振り仰ぐ。

「すまない。君がそうなってしまうのを、今の私には止められなかった」

――お師匠さまのせいじゃ、ないですよ。

その言葉はもう声にならない。僕はもう、人の形をしていないから。

腐れた魔力のなれの果て――瘴気の塊《かたまり》が、巨大でいびつな人の形をしているだけの、生きているとも死んでいるとも言えないけもの。それが、今の僕。

「本当に、すまない」

僕よりたった二つ年上なだけとは思えない大人びたお師匠さまの声は、いつものように静かで感情の気配はないけれど、僕は知っている。

お師匠さまは誰よりも気持ちを表に出すことが苦手なだけ、と。

――そんな、泣きそうな顔をしないでください。

「君が瘴気を引き受けてくれたおかげで、最後の一団もきっと無事に彼方《かなた》へと渡れた」

世界に生き残ったわずか一万の人間を、それでも魔法で空間を越えさせるにはあまりにも多い人数を、一〇の集団に分けて、お師匠さまは一人きりで、魔法で彼方へ移民させた。

さっきこの世界を去った、最後の一団に、僕も加わる予定だった。

けれど、運悪く濃い瘴気雲が魔法の準備中に接近してきてしまった。

とっさに僕は集団を抜けて瘴気雲に飛び込み、人の姿と引き替えに瘴気雲を体に取り込んで、お師匠さまの魔法が完了する時間を作った。

魔法使いの弟子として当然のことをした、それだけのこと。

6

「私もすぐに行く。如何《いか》なる時でも、如何なる場所ででも、必ず私は君を見つけるから、待っていて欲しい」

お師匠さまが両手を僕に向けた。

その手の先。金色の魔力の糸で、巨大な魔法陣が空中に描かれる。

魔法陣から真っ白な閃光《せんこう》が迸《ほとばし》る。その灼熱《しゃくねつ》の光の中で、僕は身も魂も分解され尽くして散り散りになり、記憶さえ時の流れの中に溶けて消えた。

いつか、どこかで。

お師匠さまと出会える時を、夢に見て。

僕は、その日まで眠るのだろう。

それが、僕の。その世界での、終わりだった。

I　魔法を学ぶ学校の日常で

茜《あかね》に染まり行く初冬《しょとう》の空の下。

平屋建ての寮舎《りょうしゃ》のずっと向こう、こんもりと盛り上がった黒い塊《かたまり》がある。『汚染《おせん》地区』と呼ばれる、濃い瘴気《しょうき》の滞《とどこお》った場所だ。規模は様々で、学校の校庭程度のものから、一〇〇ヘクタール超――東京ディズニーランドとディズニーシーを合わせた敷地《しきち》よりも広大なものまでが、世界中に散らばっている。

瘴気は、あらゆるものを腐食《ふしょく》させて土塊《つちくれ》に変える猛毒《もうどく》である。

わずかにでも吸い込めば人間などひとたまりもなく『人ではない何か』に変えられてしまう。毒ガスを防ぐ化学防護服装備でも、瘴気には長時間、耐えられない。

まっとうな生きとし生けるものが存在できない場所。それが、汚染地区だ。

――あの瘴気が。ゆっくりと、世界を殺していくんだ。

逢坂彼方《あいさかかなた》は、基礎魔法《まほう》理論の授業を上の空で聞き流しつつ、机に頰杖《ほおづえ》をついて汚染地区を眺めていた。

彼方のいる陸上国防隊高等魔戦術科学校前浜《りくじようこくぼうたいこうとうませんじゆつかがつこうまえはま》キャンパスから、一番近い汚染地区までは約一キロメートル。校舎の三階の教室から、女子寮越しに汚染地区が視認できる。

瘴気が地上に出現してから、十数年。

今ではもう話題にもならないノストラダムスの予言で、人類が滅亡すると騒がれていた年だ。世界各地に、唐突に瘴気の塊が幾つも発生し、数万人規模の被害者が出た。

汚染地区は年々、数と広さを増している。それを防ぐ有効な手段が人類にはまだない。このままでは、数十年持たずに全世界が瘴気で覆《おお》われるという説を唱える学者もいる。

人類は少しずつだが確実に、汚染地区に生存の場を脅《おびや》かされ続けている――。

彼方が眼鏡《めがね》越しに見る瘴気の塊は、どこか作り物めいて見える。それでも、あの黒い毒のせいで苦しむ人間が、世界に大勢いるのは疑いようのない現実だ。

――いっそ、世界が一気に汚染されてしまえば、誰も苦しまなくて済むかもな。

(冗談でもそんなことは考えないほうがいいと思うよ、僕は)

幼い少年のような声が心のどこかに響き、ひねくれた負の考えを否定した。

――本気で考えるわけないって。

(いちおう自分のことだし、それはわかっているから冗談でもって言ったの)

――俺だってわかってるから。いいから黙っていてくれないかな、僕。

（うん）という相づちに、彼方は、ふう、と小さくため息をついた。

彼方が『僕』の心の声を聞くようになって三年以上経《た》つ。もう長い付き合いだ。常に心の声が聞こえるということはなく、圏外《けんがい》の携帯電話が何かの拍子で一瞬つながるように時折、声を聞く。会話はあまり続かず、長くても数回言葉を交わす程度だ。

それは声変わりをしていない少年のような声で、明らかに彼方自身の声とは違う。それでいて、何故《なぜ》だかその声が他人のものだと彼方には思えない。

一時は頭がおかしくなったかと焦り、精神の分裂の病気として有名な統合失調症について本で調べたりしたが、そうした症状に、自分は当てはまらないようだった。

──実害があるわけでもないしね。たまに少し鬱陶《うっとう》しいくらいで。

にしても、と気を取り直して彼方は汚染地区を見た。

──どうして、あんなものが世界に現れたんだ。何か原因があるだろうに。

──原因……何も明らかになっていないんだよな。

「と、いうことで、逢坂。──逢坂？」

生徒と年格好があまり変わらない女性教官が彼方を指名したが、考え事をしていた彼方は気付かなかった。ぽんぽんと彼方の背中を後ろの席の女子が叩《たた》く。

その感触で、彼方は我に返った。「何？」と声を潜《ひそ》めて振り返る。

大きな瞳《ひとみ》が印象的な、円城《えんじょう》嵐《あらし》と目があって、どきりとする。

綺麗《きれい》に揃《そろ》った長めの睫毛《まつげ》に、少し控えめな二重《ふたえ》まぶた。形のよい、ちょっと低めの鼻が奥ゆかしさを感じさせる。うっすらと桜色に色づいた唇《くちびる》は、やはり柔《やわ》らかそうだ。

ふっくらとした頬は、白く透き通った肌が化粧《けしょう》をしているかのように朱《しゅ》をわずかに帯びていて、彼方は、相変わらず可愛《かわい》い人だな、と嵐のことを思い見つめてしまった。

「えっと」と嵐が戸惑うように視線を動かし、頬をいっそう赤くする。

嵐という激しさを感じさせる名前と違い、彼女は、どちらかと言えば控《ひか》えめな性格だ。

言いにくいことでもあるのだろうか、と彼方はささやくように訊《たず》ねる。

「……どうかしたのか？　もしかして、気分でも悪い？」

「ち、違うの」と嵐が手にしていたシャープペンシルを小さく振る。

「あー。そこそこ。あたしの授業中にいちゃつくんじゃねえよ」

先ほどの女性教官の声が不機嫌《ふきげん》そうに響き、十代の女子が一斉に騒ぐ時特有の、高めの笑い声がきゃいきゃいと教室に広がった。

魔戦術士候補生と呼ばれる魔戦術科学校の生徒は、その七割以上が女子だ。

国防隊の関連教育機関では男女共学でさえ珍しいので、極めて特殊な学校と言える。

魔法修得《しゅうとく》には『魔力適性』というある種の才能が必要だが、魔力適性を持つ男子は少なく、女子に多い。その理由は明確になっていないが、一説として、女子は身に己《おのれ》と違う魂《たましい》を宿す——すなわち、妊娠《にんしん》して子を生《な》せるからだ、という学説がある。

子供という己と異なる存在を胎内《たいない》に許す女の魂の柔軟《じゅうなん》さが、魔法を理解するのに必要で、男で魔力適性を持つものは前世で女だったに違いないという、オカルトじみた学説

もあるのだが、科学的に否定する学説もないため、事実は謎《なぞ》のままだ。

現実として、魔戦術科学校では女子生徒が大半だから、男子生徒は肩身が狭《せま》い。

彼方の隣の席にいる、数少ない男子の級友にして同じ班に属している石松大祐《いしまつだいすけ》が、むっつりとした顔で言う。

「気付いていないのか、逢坂。おまえ、さっきから教官に呼ばれているんだぞ」

「──そうだったのか？」と、彼方は石松に目を向けた。坊主頭に生真面目《きまじめ》そうな顔立ちの石松が、口をへの字に曲げ、不機嫌を隠さない目で彼方を見ていた。

「だから、小生《しょうせい》はそう言ってるだろ」と石松。小生。自分を意味する古くさい言葉だ。

「うん」と嵐が小さく困惑気味に頷《うなず》いた。

「ってなわけだ」と女性教官が補足するように言う。

「理解《しり》したらとっとと立ちやがれ、このグズ野郎。それともケツを引っぱたかれないとその尻《いす》は椅子から剝《は》がれねえのか？」

「す、すみません教官！」

彼方はすぐさま前に向き直り、がたがたと椅子を鳴らして立ち上がった。

教壇の上。赤い髪を半分ほど金色に染めて、陸上国防隊のブレザータイプの制服をだらしなく着崩《きくず》した、ギャル系のヤンキーにしか見えない教官と目があった。

宇月緋鶴三等陸曹《うづきひづるさんとうりくそう》。彼方たち一教二区隊──一般の学校で言うところの一年二組──の担当教官だ。美人だが柄《がら》は悪い、天は二物を与えたけれども欠点もつけ忘れない、でもそこが結構いいと生徒に慕《した》われる魔法学の教官で、この前浜キャンパスとは別の魔戦術科学校を一昨年出たばかりの、しかし優秀な魔戦術士だ。

魔戦術士とは「機材に頼らず魔法を行使《こうし》する隊員」で、魔戦術科学校は、魔戦術士を育成するために、魔力適性のある生徒のみを集めた教育機関である。

汚染地区の発生後、空間には魔力という潜在《せんざい》エネルギーが満ちていることが判明し、人の意志で魔力を制御し、様々な力に変換する技術が生まれた。

それが魔法。汚染地区に対処するには、もっとも有効な手段である。

魔戦術科は、歩兵《ほへい》の普通科、戦車運用の機甲科《きこうか》等と同じ、陸上国防隊の職種分類の一つ。魔戦術科隊員の多くは機材に頼らないと魔法を行使できない準魔戦術士で、魔法技術を組み込んだ小銃《しょうじゅう》や迫撃砲《はくげきほう》などの装備を使用する。

国防隊の中でも、準のつかない本物の魔戦術士は、まだ一〇〇人に満たない。

その少ない中でも、緋鶴は上位の存在だ。一等、二等、三等のランク付けで文句なしの一等魔戦術士で炎系属性を得意とし、〈爆炎使い《ばくえん》〉という二つ名まで持っている。

自称〈愛と正義と爆熱《ばくねつ》の魔法少女〉の緋鶴が、三度、彼方の名を呼んだ。

「逢坂さ？　あたしの授業、そぉんなに、聞く価値ないかな？　あたし、これでも一等魔戦術士だから、それなりにプライドもあるんだわ。そりゃ、あの極東《きょくとう》最強の大魔法使い、百合草三佐《ゆりくささんさ》ほどじゃないけどよ」

百合草という姓に、彼方は少しどきりとした。少しだけ縁のある名なのだ。

緋鶴が胸元で両手を組み合わせ、うっとりとした眼差《まなざ》しを虚空《こくう》にさまよわせる。

「いいよねぇ、百合草リイン悠《はるか》。一三歳である日突然魔法の全《すべ》てを知ったとか。いきなり国防隊に飛び込んで魔法を見せて採用されて、一年足らずで三佐になっちゃったとか。一人で一個大隊《いっこだいたい》と互角に渡り合える馬鹿げた魔法火力とか」

生徒たちが後ろを振り返った。教室後ろ側の掲示板《けいじばん》に、緋鶴の趣味でポスターが貼《は》ってある。魔戦術科学校入学案内の広報ポスターで、モデルは百合草リイン悠、その人だ。白が基調の都市迷彩《としめいさい》と呼ばれる柄の野戦服を着て、熱閃光《ねっせんこう》系の攻撃魔法を放つ写真。虚空に金色の糸のような細い光で魔法陣のような術式が描かれ、白い熱閃光が発生している が『これはCGではなく魔法の実演です』とポスターには注意書きがある。

颯に踊《おど》る、背の中程まである黒と白銀《はくぎん》の髪。

右眼《みぎめ》に眼帯《がんたい》、左の瞳は翡翠《ひすい》と同じ色。

顔にはまったく感情の色がない。完全な無表情。

まるで人形のような、しかし人形よりも綺麗な顔立ち。

〈白い奇跡《きせき》〉と呼ばれる、世界有数の天才魔戦術士。

それが、百合草リイン悠。

魔戦術科学校に通うことなく魔戦術士になった、希有《けう》な存在だ。

リイン悠の登場で、世界の魔法技術は一気に三〇年進化したとも言われ、リイン悠のもたらした魔法技術は「百合草式」「Yurikusa-Style」と呼ばれ、世界に広まっている。

国際法では一八歳以下の兵採用は禁止されているが、そうした魔法技術学への功績が認められ、リイン悠は、国際法適用外の特例として一三歳で陸上国防隊に入隊した。それ以前の経歴やプライベートは一切非公開。

そうした謎もリイン悠の人気の理由で、魔戦術士を目指す少年少女の多くがリイン悠に憧《あこが》れ、一昨年まで生徒だった緋鶴も、リイン悠の熱狂的なファンである。

そのリイン悠から、彼方は一年以上前に、手紙をもらった。

『君には高い魔力適性がある。魔戦術科学校に進学してみてはいかがだろうか』

という内容の手紙だ。彼方は、リイン悠と面識なんてまったくなかった。

手紙は逢坂家ではなく通っていた中学校の校長に届き、教師たちを騒然《そうぜん》とさせた。

手紙は、誰かのいたずら。そう疑って中学校が国防隊に問い合わせ、事実だと明らかになり、彼方は魔力適性検査を受けることになり――

結果として、今、彼方はここにいる。

手紙のことは、魔戦術科学校では誰にも話していない。話しても、誰も信じないだろう。それほどに彼方とリイン悠は接点がなく、テレビの中のアイドルと同じくらいに、リイン悠は、彼方にとって遠い存在だった。

緋鶴が、好きなアイドルを語る口調で話を続ける。

「男言葉で無愛想、誰にも笑顔を見せたことのない、右眼眼帯の超絶美少女って、厨二《ちゅうに》要素てんこ盛りにもほどがあるっつうの、でもそこが堪《たま》らなぁい。ほんといいよねぇ、リインたんってばさあ、はあん♡」

緋鶴が両腕で自分を抱きしめ、身をくねらせる。

「百合草三佐のためならあたし、何千回でも死ねるってえの！　でも死ぬ前に、いっぺんでもいいから三佐といちゃらぶしてえなぁ、ガチで性的な意味で」

教室中に、きゃいきゃいと笑いが起こった。男女比率が極めて女子校に近いため、女子はあまり自分を飾らない。シモネタでも、度を過ぎていなければ普通に笑う。

彼方の斜め前のほう。一人だけ、呆《あき》れたように小さくため息をついた女子がいる。緋鶴の実の妹の、宇月里海《さとみ》だ。小学生と間違われかねない小柄で華奢《きゃしゃ》な体に、清潔な雰囲気、表情に乏しい清楚《せいそ》な顔立ち。髪をボブカットにしているので余計に幼く見える。

里海は常に小声でしかしゃべらず、彼女に保護欲を覚える男子生徒は多いと噂《うわさ》されているが、里海にその必要は、あまりない。

里海は、一般科目、魔法学ともに一教生の首位《しゅい》。体を使う実技が体格的に不利なため、総合成績は一〇位以下だが、こと魔法に関しては、最上級生の三教生を含めても、上位の成績である。得意な魔法属性は、姉の緋鶴とは真逆の水系。

その里海の隣。後ろ姿だが、緋鶴の話に目を輝かせているに違いないと彼方が疑わない、金髪の女子がいる。

織部《おりべ》芽砂《めいさ》。実家が貿易商のお嬢さまで、祖母が白人のクオーター。一教どころか全校随一《ずいいち》の美女と評される、華《はな》やかなオーラを纏《まと》った女子だ。白人系の血筋のせいかスタイルがよく、特に大きな胸が人目を引く。野戦服姿であっても、芽砂の前では前屈《まえかが》みになってしまう男子がいるくらいである。

芽砂は一般、魔法、実技の全てに苦手がなく、総合成績は一教二位で、魔法属性は土系。魔法の実力も一教生にしては高く優秀な生徒ではあるが、芽砂には妙な性癖《せいへき》があり、それも誰もが知るところであった。

芽砂が立ち上がりそうな勢いで、声を上げる。

「そうですよね、教官！　百合は正義でありますわ‼」

「応とも！　百合こそは正義だぜ！　織部、機会があったら一緒にリインたんを口説こうじゃねえか、一緒によ！　あたしは3P歓迎だ！」

「是非ともに！　その時はわたくし、無間地獄に堕《お》ちようともお供いたしますわ‼」

きゃいのきゃいのと女子がいっそう高く笑う。和んだ空気に、彼方はこれならあまりよそ見を叱《しか》られずに済むかなと内心安堵《あんど》したが、それはどうやら甘いようだった。

緋鶴の顔に不快の色が戻る。

「百合の話はまた今度、ゆっくりするとして。なあ、逢坂よ。百合草三佐と比べたら小物なあたしでも、おまえら一教二区隊全員の命を預かってる、担当教官なんだよな？　逢坂。おまえ一人が舐《な》めた真似《まね》してっと、区隊全員に被害が及ぶこともある。そこんとこ、わかってっかな？　わかってねえなら焼くぞ、おいコラ逢坂よ？」

「な、舐めてなんておりません、教官」

「あっそ。んじゃ舐めてないこと証明してもらおっか」

ばんっと緋鶴が黒板を片手で叩いた。黒板の半分を、チョークで乱暴に書き殴られた記号と数字による長い公式が埋めている。

「魔戦術科では〈火炎砲《かえんほう》〉と呼ばれている初級の炎熱系攻撃魔法の公式。授業を聞かないでいい逢坂なら、当然、覚えてるんだよな？」

「え？」

「おら、授業の予定変更だ！　全員、瘴気マスク携行の野戦服装備で汚染地区前に一五《ヒトゴウ》三〇《サンマル》に集合！　魔法の実習すっぞ、実習！」

一五三〇は、一五時三〇分の意味。その時間から野外実習となれば放課後が潰《つぶ》れる。連帯責任で、区隊全員が補習を受けさせられるということだ。教室がざわめいた。

「でもって、逢坂。おまえには汚染獣《おせんじゅう》牽制《けんせい》を手伝ってもらうからな？　この術式をきちんと使えれば、何、あっこの小さい汚染地区の獣の牽制なんぞ、へいちゃらだ」

と、にやにやしながら緋鶴。

汚染獣とは、汚染地区に住まう〈この世の理《ことわり》から外れている正体不明の生命体〉のことだ。強烈な戦闘力を持つ甲種と、脅威《きょうい》の低い乙種の二つの分類がある。

汚染獣は常に瘴気を周囲に撒《ま》き散らすため、汚染地区から出てこられると、やがては清浄な場所も瘴気に汚染され、汚染地区化してしまう。

汚染地区拡大を可能な限り防ぐのが、陸上国防隊魔戦術科の主な職務だ。

そのため、汚染地区の近くには魔戦術科配属のために駐屯地《ちゅうとんち》が設けられている。

小型汚染地区のそばには小規模な駐屯地が、大型汚染地区のそばには大型駐屯地があり、比較的脅威が少ない小型汚染地区隣接駐屯地に、魔戦術科学校は併設《へいせつ》される。この陸上国防隊高等魔戦術科学校前浜キャンパスもその一つで、前浜駐屯地の中にある。

小規模な前浜駐屯地に配属されているのは、二〇人の普通科隊員と四名の魔戦術科隊員で構成された、第二二魔戦術科派遣隊《はけんたい》のみだ。魔戦術科学校の魔法や実技の教官は、この派遣隊隊員で、緋鶴もその一人である。

派遣隊の隊員数が少ないため、いざという時には魔戦術科学校の生徒も災害対策に出動する――という建前《たてまえ》はあるが、過去に、生徒が汚染地区災害に出動したことはない。

「おらおら、急げ！　遅刻は一〇秒ごとに駐屯地外周マラソン一周追加だからな！」

指定された午後三時三〇分までは、あと一五分。制服から野戦服への着替えと、汚染地区まで一キロメートル弱の移動を考えたら、まったく時間に余裕はない。

「区隊代表、ぼさっとするな！　とっとと起立礼《きりつれい》！」

緋鶴が急かすように声を上げた。区隊代表は一般で言う学級委員長と同じだ。この一教二区隊の区隊代表は、彼方の隣の席の石松大祐である。

「全員、起立！　宇月教官に、礼！」

石松が即座に立ち上がり、号令をかけた。全員が席を立ち、上体を伸ばしたまま腰だけで前方に一〇度頭を下げる、脱帽時の敬礼を行った。

「敬礼戻れ。とにかく急げー」

かったるそうに緋鶴が言い、教室を出て行った。

生徒たちもめいめいに、どたばたと着替えに寮舎に急ぐ。

その中、暗澹《あんたん》たる気持ちで彼方は立ち尽くしていた。

(急いだほうがいいと思うよ？　足はあんまり速くないほうなんだから)

「………遅刻しなくたってマラソンだ、たぶん」

心の声に呟《つぶや》き返した彼方の制服の背中を、後ろから誰かがつんつんと引っ張った。

「逢坂くん、急ご。私でよかったら、移動中に魔法実習のコツだけでも教えるよ。とにかく大事なのは成功するというイメージなの」

緋鶴に呼ばれているのを教えてくれた嵐が、心配そうにそう言った。

嵐も、里海や芽砂と同じく優秀な生徒だ。得意な魔法の属性は風系で、里海に匹敵《ひってき》する魔法の実力を持ち、一般科目も優秀。格闘技を含む全ての実技にも優れ、総合成績は一教一位、堂々の首席。非の打ち所のない、将来を期待される魔戦術士候補生である。

「……助かるよ」

そして彼方は、魔力適性値が『通常の二倍』と非常識なレベルで高く、属性が希少性の高い光系なのに、魔法を発動させようとすると暴走ばかりしてしまうという、魔法学

において は全校きっての落ちこぼれなのだった。

隣の石松が、呆れつつも同情した顔で彼方を見た。

「まったく。円城さんに迷惑をかけるんじゃない、逢坂。遅れたら罰が増えるんだ、さっさと行くぞ、小生についてこい」

「ああ、そうだな」

「しかし魔法の実技か。小生もろくに魔法が使えないし、おまえには少し同情する」

「……まあ、な。時々思うよ、何で自分がここにいるのだろうって」

「考えても仕方ないだろう、入学した以上。今は移動が先だ」

石松と並んで席を離れようとした彼方は、里海と芽砂がこちらを見ていることに気がつき、軽く頭を下げる。

「悪い。何かまた、迷惑かけた」

芽砂が大きな胸を誇るようにのけぞり気味に背筋を伸ばし、ひらひらと手を振った。

「よくってよ、それくらい。もちろんこの後の、予想できる失敗も何ならフォローして差し上げますわ」

相変わらずの無表情で、こくりと里海が頷いた。

「大丈夫。私たちの班にできないことは、あまりない」

ぽそぽそと里海。石松と彼方、嵐、里海、芽砂の五人は同じ一教二区隊一班で、行動を共にする班員だ。年度初めに班分けで、姓の五〇音順で、逢坂、石松、宇月、円城、織部と同じ班になった。優秀な生徒が集まったのは偶然に過ぎない。

だが優秀なのは事実であり、加えて容姿《ようし》に優れた女子が揃《そろ》っているため、何かと周囲の目を引くことが多い。そんな中で、魔法の落ちこぼれである彼方は、時折、自分がこの班にいていいのだろうかと思うことがある——ちょうど、今のように。

(考えすぎだと思うよ、僕)

「……考えて普通だろ」

心の声への彼方の返事は、当然、周囲には独り言にしか聞こえない。

石松が妙なものを見るように彼方を一瞥《いちべつ》し、カバンを手にして席を離れた。

「だから今は考える時じゃないだろう、逢坂。余計な考え休むに似たりだ、急ぐぞ」

「ですわね。行きますわよ」と芽砂。「うん」と里海。

芽砂と里海が立ち去る一方で、彼方はまだ、その場に立っていた。

この後のことを考えると、やはり足が重くなる。

「——逢坂くん？」と嵐が彼方の顔を覗《のぞ》き込んだ。

距離の近さにどきりとして、反射的に彼方の体が動く。

「俺たちも急ごう。これ以上、みんなに迷惑かけられないし」

そうだね、と微笑で返した嵐に心の中で感謝して、彼方も寮に足を向けた。

スクーターで先に汚染地区前に来ていた緋鶴に遅れて、駆け足の一教二区隊の全員が汚染地区前に揃った時には、一五時三〇分をわずかに過ぎていた。

一二月半ばの夕方。気温はすでに一〇度を下回っているが、全力に近い速さで走ってきた生徒は全員、うっすらと汗をかき白い吐息《といき》を弾ませている。

一列五人、班ごとの六列縦隊に並んだ生徒たちを前に立つ野戦服姿の教官は、二人。

一人は緋鶴。もう一人は、いかにも国防隊員っぽい、がっしりとした体格の男。

男は、郷田貞正三等陸曹《ごうださだまささんとうりくそう》。緋鶴と同じ階級だが、緋鶴がまだ一九歳なのに対して、郷田は三〇歳近い。そして郷田は魔戦術士ではなく機材に頼らないと魔法の使えない準魔戦術士であり、銃器の扱いや格闘技の指導を担当する、教官だ。

郷田は肩にベルトで、銃身の長いライフル型の銃を担《かつ》いでいる。〇四式五・五六ミリ魔弾《まだん》小銃。準魔戦術士のメインウエポンだ。魔力を練り込んだ特殊な弾丸を用い、銃身内部に弾頭の魔力を魔法に変換するための魔法回路が彫《ほ》り込《こ》まれている。

汚染地区近くでの実習には多少の危険が伴《ともな》うため、必ず二人以上の教官がこうして指導に当たる。緋鶴の補助に郷田が出てきたということだが、彼方は内心、首を傾《かし》げた。

——郷田って。今、一区隊の格闘技の授業中だったはずだが。

受け持ちの授業を自習にしてきたのは間違いない。それも、実習を受ける生徒の安全のためではなく、緋鶴の気を惹《ひ》くために、だ。

——まったく。大人のくせにいやらしい奴だ。

歳《とし》が一〇も下の緋鶴に、郷田は気があるのだ。それは生徒の中では有名な話である。さらに郷田は、女子生徒にもセクハラまがいの指導をすることがあるので、女子にはかなり嫌われていた。

げ、郷田かよ。そんな小さな女子の呟きが、彼方の耳に入ったが、郷田には幸い聞こえなかったらしい。無骨《ぶこつ》な顔に見下すような笑みを貼り付けて、郷田が声を張る。

「もっとも遅かった宇月が、三二秒の遅刻か！　懲罰《ちょうばつ》マラソンは、男子三周女子二周にまけといてやる、ありがたく思え！　全員、明日の朝礼前に走っておけ！」

駐屯地外周道路は、三周でほぼ一〇キロメートル。立派なマラソンである。

郷田の言った宇月は、緋鶴ではなく妹の里海のほうだ。体の小さい里海は、こうした時にどうしても結果を残せないが、里海が手を抜いているわけではないと級友は理解しているので、誰も里海を責めたりはしない。

『了解しました、明朝《みょうちょう》、走らせていただきます！』

級友たちの声が揃った。駐屯地外周道路を二周も三周もするのは、朝から走るには辛《つら》い距離だが、国防隊に属する魔戦術科学校では、マラソンは定番の訓練だ。入学して一年も経たない一教生でも、一〇キロ程度のマラソンなら、それなりに慣れている。

「すまねえな、うちの可愛い妹のためにマラソン付き合わせてよ。でもまあ——もっとも悪いのは、実習のきっかけ作りやがった逢坂だけどな？」

緋鶴が苦笑混じりで言うと、目を半眼《はんがん》にして彼方を見た。

「反省しております、教官」

彼方は背筋を伸ばしたまま一礼し、姿勢を正した。直後、郷田と目があう。

「そういうことなら逢坂、おまえは五周、走っておけ。文句はないな？」

──文句つけたら距離を倍にする気だろう？

思いつつ、彼方は再び一礼した。

「了解しました。駐屯地外周道路を五周、走らせていただきます」

郷田が満足げに頷き、緋鶴に目を向けてどこか気取った口調で言う。

「出来の悪い生徒を持つとお互い苦労しますね」

「やかましいわ。あたしの生徒を、勝手に不出来呼ばわりするんじゃねえ」

頭一つ近く背の高い郷田を、緋鶴がぎろりと下から睨《にら》む。

郷田がぎくりとして、慌《あわ》てて顔を逸《そ》らした。その目がそのまま、彼方を向く。

おまえのせいだ、と言わんばかりに彼方は睨みつけられたが、何か言えばまた難癖《なんくせ》をつけられるだけなので、直立したまま沈黙を保った。

やれやれと言いたげな顔で、緋鶴が生徒たちを見回す。

「こんなでくのぼうは、ほっといて。話、進めるぞ」

でくのぼうという単語に郷田が頬を引きつらせたが、緋鶴は無視。

生徒たちから笑いがこぼれたが、緋鶴は注意しない。

「おまえら」と郷田が何か言いかけたそのタイミングに被《かぶ》せて、緋鶴が大声を出した。

「みんなもそろそろ見飽きたろうが、毎度おなじみのこれが汚染地区だ！」

完全に注意のタイミングを失った郷田を他所《よそ》に、緋鶴が肩越しに親指で後ろを示す。

「瘴気の塊で、こいつのそばだと電子機器や内燃機関が原因不明で調子悪くなるから、上を飛行機やヘリで通ることもできないし、近くだと通信も無理になる。こいつくらいの大きさならあまり問題にならねえが、でかい汚染地区だと重力異常や空間の歪《ゆが》みまでができやがる。

まー、厄介極まりない代物だ。まさしく人類の敵だな、うん。あたしら魔戦術士は、こいつから人類を守る正義の味方っつう奴で、おまえらはその卵っつうことだ。そこんとこ、ちゃんと自覚しておけよ？」

そう前置きしてから、緋鶴は彼方を手招きした。

「そんじゃ逢坂。こっち来い」

「は！」と彼方は返事をした。一瞬、郷田と目があいそうになる。目をあわせたら因縁《いんねん》をつけられそうだ、と彼方は郷田を意識しないようにして、緋鶴のそばに行った。

真正面。鉄条網《てつじょうもう》の柵《さく》に周囲をぐるりと囲まれた、汚染地区がある。

直径約三〇〇メートル、高さ約二〇メートルの、ドーム型の瘴気の塊だ。

彼方たちから鉄条網までの距離は五〇メートル。

それだけ離れていても、瘴気の塊は圧倒的な存在感を持っている。

緊張した面持ちで、彼方はごくりと喉《のど》を鳴らした。

「そうビビらなくても大丈夫だってば。瘴気は風に流されないからな、こんだけ離れてれば滅多《めった》なこともねえ。もし滅多なことになっても、いざとなったらあたしが身を挺《てい》してでもおまえらを守るから、心配しないでどーんっと一発、〈火炎砲〉を汚染地区にぶち込んでみろ。狙《ねら》いとかは気にしなくていいぞ、牽制になればいいだけだし」

汚染獣を汚染地区内に留《とど》めておくために、定期的に、汚染地区に攻撃魔法を打ち込む。そうすることで、汚染獣は外部に危険を覚え、汚染地区から出ようとしなくなる。

これが、汚染地区拡大を防ぐ上で現在もっとも有効な手段だ。

脅すような口調で、緋鶴が言い加える。

「ま、一つだけ注意しておけ。魔法をぶち込むのは汚染獣《やつら》への牽制になるが、奴らには魔力に惹かれる習性があって、魔力そのものを喰《く》う。魔法の発動にあんまりぐずぐずしていると、奴らが出てくるかもしれねえぞ？」

汚染獣を倒すのにもっとも効果的なのは、魔法攻撃だ。しかし、汚染獣が汚染地区から出てくる原因になるのは、魔法の源である空間の潜在エネルギー、通称、魔力だ。

自然界でも魔力は偶然に密度《みつど》が上がることがあり、その魔力を喰らうために、汚染獣が瘴気の外に姿を見せるケースが、過去に幾度《いくど》も確認されている。

魔法は可能な限り、速《すみ》やかに効率よく行使するべし。

それが、魔戦術科で最初に生徒が教わることだ。当然、彼方も理解している。

「わ、わかりました。注意します」

「そんなに緊張するな。さっきも言ったけど、万一の時はあたしが何とかするからさ」

ばんばんと緋鶴が乱暴に彼方の背を叩いた。

「お願いします。では、これから——やってみます」

「……ほう？　あの長めの術式、覚えてるってか？」

「はい、一応。教本を見なくても、魔法回路の構成はできます」

「さすがは、座学だけなら一教指折りの成績を誇る逢坂生徒ってか。じゃ、あとは実戦だけだな！」

ばんっと一発強く彼方の背中を張り、緋鶴が彼方から離れる。

——その実践が、越えられない壁なんだけどな……。

魔法の発動に成功したことのない彼方は、やはり自信がない。それでも、どうにかして成功させたいと気合いを入れ直した。

「逢坂」と郷田の声。「魔法に失敗して余計な迷惑を宇月教官にかけるんじゃないぞ」

——……いちいち余計なことを。

彼方はかちんと来たが、教官への口答えは、国防隊組織でもある魔戦術科学校では、厳禁だ。苛立《いらだ》ちはとにかく我慢するしかない。

「あのさ、郷田さん」と不愉快そうに緋鶴。「邪魔するなら校舎に帰ってくんね？　規則だからついて来てもらってるけどよ、ぶっちゃけあたしの火力なら、そんな豆鉄砲しか使えねえ奴のサポートなんぞ、いらねえんだわ」

緋鶴は、魔弾小銃など比較にならない魔法攻撃力を持っている。それは郷田も承知しているはずのことだ。

「い、今のは。俺が言い過ぎた——いや、言い過ぎました、宇月教官」

うろたえ気味の郷田の声で、彼方は溜飲《りゅういん》が下がった。

気を取り直して一つ深呼吸をし、改めてまっすぐと汚染地区を見やる。

「逢坂、郷田さんのことは気にするな。おさらいだ、魔法のプロセスを暗唱《あんしょう》してみろ」

少し真剣な口調で緋鶴が質問した。すぐさま彼方は返答する。

「周辺魔力の把握《はあく》、効果の決定、公式の想定、演算《えんざん》、演算に従《したが》い魔法回路を形成、発動、の六段階からなります」

「で、どうだよ？」

抽象的な緋鶴の質問の意味を、彼方は正確に理解した。

「周辺魔力は潤沢《じゅんたく》、効果は〈火炎砲〉による炎熱攻撃、公式は基本その一を想定。逢坂彼方、これより発動を試みます」

「よし、やってみろ！」

彼方は片腕を汚染地区に向けて掲《かか》げ、手を広げた。伸ばした指先に意識を集中。魔力適性の高い彼方には、周辺の空間にどの程度の魔力が存在するのか、感じられる。

かなり高位の大規模魔法を幾度か発動させても枯渇《こかつ》しないくらいの魔力が辺りには存在し、彼方の使おうとしている魔法ならば、何の問題もない。

暗記している公式に従い、魔力を魔法効果に変換するべく暗算で公式を運用する。

演算結果を意識に乗せる。魔力という目に見えない空間の潜在エネルギーを、炎という形で具現化《ぐげんか》させるための魔法回路を、意志の力で虚空に描く。

——集中だ、集中。

意識をいっそう集中させた彼方の指先から、するりと金色の糸のようなものが伸びた。

魔力光糸《こうし》。魔力適性保持者だけが発生させられる、一種の超常現象だ。

光る繊維《せんい》は一本二本と数を増しつつ、するすると伸びて互いに絡《から》み合《あ》い、直径一〇センチほどの、幾何学的《きかがくてき》な編み目の筒《つつ》を形成した。

この筒が、初歩の炎熱系攻撃魔法、〈火炎砲〉の魔法回路。

筒の中に周辺の空間から魔力を集め、火炎弾に変換して発射するのである。

おお、と隊列の生徒の中で感嘆の声が上がった。

魔法回路の形成までは完璧《かんぺき》と言える出来なのだ。

筒状魔法回路に魔力が集まり始め、筒の中にぼんやりとした白い光が生じた。

彼方の頭に、教室からの移動中に嵐から手短に受けたアドバイスの声が甦《よみがえ》る。

『魔法が発動する場面を正確にイメージするの。とにかく正確に、実写のビデオのように。絶対に、失敗するかもとか考えちゃ駄目。必ず成功する、魔法は発動するって信じ切ることだよ』

発動のイメージ。とにかく彼方はそれを意識した。いつもよりはかなり上手に制御が

できている。これならいけるかな、と期待した時、

（大丈夫、自分を信じて！）

心の声が聞こえた。つい彼方は、自分が信じられたら苦労はない、と思ってしまった。

しまった、と後悔したが、もう遅い。

彼方の頭の中から魔法のイメージが消え、筒状の魔法回路が崩れた。魔力の収束速度が急激に高まり、白い光が渦《うず》を巻いて強くなる。制御を失った魔法が、暴走したのだ。

「こ、これ。どうしたらいいんだ」

（だ、大丈夫！　制御できるって信じれば今からでも！）

「無理だって、こんなの‼」

心の声と大声で言い合う刹那《せつな》の間に、ますます魔力は高まっていく。

魔戦術科学校の生徒ならば誰でも見たことがある、魔戦術科総合演習の教導用記録ビデオの大火力攻撃魔法を超えるような勢いだ。

「逢坂、そいつをどうにかしろッ‼」

郷田の叱責《しっせき》に答える余裕などない。どうにかできるなら、とっくにどうにかしている。

――辺り一帯が焼け野原になるんじゃないのかっ？

（なると思うっ！　とにかく制御を‼）

「だから無茶だって、そんなのっ‼」

もはや、魔力を暴走爆発させて惨事になることしか彼方は想像できない。

陸上国防隊高等魔戦術科学校前浜キャンパスで魔法事故発生。一教二区隊の生徒に重傷者多数、死者も複数。そんな報道が、午後六時のニュース冒頭で流れるだろう。

彼方の背後で、緊張で顔を強《こわ》ばらせた緋鶴が叫ぶ。

「総員、身を低くして防御姿勢！」

生徒が一斉にしゃがみ込み、後頭部を守るように頭を両腕で抱えた。

「きょ、教官！」泣きそうな彼方の声に、頼もしい緋鶴の声が被さる。

「心配すっな、あたしがなんとかしてやんよ!!」

緋鶴が掲げた両腕の全ての指先から、金色の光の糸――魔力光糸が無数に伸びた。彼方には緋鶴がどういう効果の術式を使って魔法回路を構築しようとしているのか、わからない。ただわかるのは、自分が暴走させた魔法の数十倍緻密《ちみつ》な魔法回路を、数百倍の速さで緋鶴が作り上げているらしいということだけだ。

緋鶴の魔力光糸が、彼方の暴走魔力を囲い込んで球状に編み上がっていく。魔力爆発を封じようとしているらしい。

ずくんと暴走魔力光が震えて輝きが強くなり、緋鶴の顔に焦りの色が浮かぶ。

「くそ、間に合わねえ！」

「教官、手伝います！　前に撃ち出しましょう!!」

嵐の声が響くと同時に、数条の新たな魔力光糸が暴走魔力光の周辺に魔法回路を形成し始めた。彼方が暴走させた〈火炎砲〉に似た筒状で、規模は彼方の魔法の数倍。属性は風系の構成になっている。

風。嵐の得手とする魔法の属性だ。突風を撃ち出す魔法回路で、彼方の暴走させた魔力を安全な場所まで飛ばすつもりらしい。

彼方が振り返ると、多くの生徒たちが防御姿勢を取っている中で、何人かの生徒がまだ立っていた。一人は、緋鶴の補助に入った嵐だ。芽砂と里海も立っていて、何か魔法の構成を始めている。

「教官、僭越《せんえつ》ながら塹壕《ざんごう》を掘らせていただきますわ！」

と芽砂。土系の魔法を得意とする芽砂の手から伸びる魔力光糸は地面に複雑に広がって、次々と人が身を隠せるのに充分な溝《みぞ》を作り始めた。この溝が塹壕だ。体を地面より下に隠すことで、地表を這《は》う爆風のような衝撃から身を守ることができる。

ほんの数秒で完成した塹壕に、生徒たちが次々と飛び込み、中で防御姿勢を取った。

「消火準備する」と里海が両腕を上にかざす。空中に幾つも円形の魔法回路が描かれる。空間の潜在エネルギーから直接水を発生させる魔法回路だと彼方には理解できた。

「助かる、おまえたち！　そうだな、封じるより撃ったほうが早い！」

緋鶴の魔法回路が、嵐の魔法回路に合わせて筒状に変化する。二重構造の砲身型魔法回路が数秒で完成し、緋鶴が嵐に声を投げる。

「タイミングを合わせるぞ、一、二、三、ダーッ！　の、ダーッでやる!!」

「了解しました、教官!!」

「せーの、一、二、三、ダーッ！」「だーっ！」

金色の糸による幾何学模様で構成された魔法回路が、かっと強く発光し、暴走魔力光を火球に変換せずに、そのまま砲弾のように射出した。

きゅおっと甲高《かんだか》い音を放って大気を貫《つらぬ》き、五〇メートル離れていた汚染地区の瘴気に、鉄条網をぶち抜いて暴走魔力光が直撃する。

どんっと衝撃音を放ち、暴走魔力光が炸裂《さくれつ》した。真っ白い閃光が周囲の色を払拭《ふっしょく》する。

炎熱変換された魔力が、周囲に炎を撒き散らし地面を焼く。そのタイミングで、空中に描かれていた里海の水系魔法回路が発動し、ゲリラ豪雨《ごうう》のような大雨を降らせた。

コントロールされた雨が、炎のみに降り注ぐ。あっという間に鎮火して、後には冬だというのに蒸し暑い水蒸気が広がった。

彼方のかけている眼鏡のレンズも少し白く曇る。暴走魔力光が直撃した瘴気の塊が大きくえぐれているようだが、レンズの曇りのせいでよく見えない。彼方は眼鏡を外し、服の裾《すそ》で乱暴にレンズを拭《ふ》いた。

「おいおまえら、怪我《けが》はねえな？」

緋鶴が、芽砂の作った塹壕に隠れている生徒たちに声をかける。郷田がいつの間にか腰を抜かして座り込んでいたが、そちらには目もくれない。

大丈夫です。問題ありません。そんな女子生徒の声が塹壕から返ってきて、ほっとしたように緋鶴が頬を緩めた。

「円城、織部、それから里海。マジ助かった、ありがとな。里海、ハグハグしてやるからちょっと来い。な？」

「遠慮しておく」

素っ気なく里海が返した。姉の緋鶴が里海を溺愛《できあい》しているのも、この魔戦術科学校では有名な話だ。そして里海が姉に冷たいのも、いつものことである。

「里海たんったら、いけずぅ」

緋鶴が身をくねらせる。

塹壕から顔を出した生徒たちが愉快《ゆかい》そうに笑った、その時だった。眼鏡をかけ直した彼方は、爆発で瘴気がえぐれた場所に、黒い影を見た。

五〇メートル離れているため、ぽつんと小さく見えるが、大きさは大型犬ほど。

バランスの大きく崩れた四肢《しし》、頭と体の区別さえつかない歪んだ胴体。それら全てが、闇《やみ》よりも黒い。

目も鼻も口も形としてはないが、顔ではないかと思《おぼ》しき部位に一対、穴が穿《うが》たれて光が漏《も》れているかのような二つの金色の点があり、それが眼らしい。

全身に黒い靄《もや》――瘴気を纏った、定まった姿のないこの世ならざる生命体。

資料や教材でしか写真を見たことがなかった彼方にも、それが何か、わかった。

汚染地区を囲む鉄条網から一歩たりとも外には出してはならない、人類の敵。

汚染地区を拡大させる、最悪の脅威。

彼方が暴走させた魔力をかぎつけて、それが姿を見せていた。

「……汚染獣だ」

汚染獣は、体から瘴気を常に発生させている。瘴気の毒に対抗する術《すべ》がほとんどない人間には、汚染獣の接近そのものが死を意味するのだ。

彼方の呟きに、緋鶴が即座に反応した。

「総員、瘴気マスクを装備しつつ退避《たいひ》だ！　脇目《わきめ》もふらずに逃げやがれッ‼」

緋鶴が叫び、腰に下げていたガスマスク型の瘴気マスクを顔に着けた。

「逃げなくちゃ！」「校舎まで走るよ！」「派遣隊本部のほうに連絡は⁉」「郷田がやるでしょ、隊員なんだから！」「だね、私たちはとにかく退避よ‼」

口々に声を上げつつ、塹壕にいた生徒たちも一斉に瘴気マスクを装備して、退避行動に入った。一方、緋鶴が汚染地区に向かって駆け出す。

「ぼけっとしてんじゃねえ、逢坂！　おまえもマスク着けて退避しろ‼」

瘴気マスク越しのくぐもった緋鶴の叱責が、初めて目の当《ま》たりにした汚染獣に見入ってしまった彼方を、現実に引き戻す。

「は、はい！」と彼方もすぐさま、眼鏡に被せる形で瘴気マスクを装着した。

「逢坂、そいつを任せる！」

横から郷田の声と共に何かが飛んできた。反射的に彼方が受け取ったものは、ハンディタイプの無線機だった。

「退避しつつ派遣隊本部に伝えろ、いいな！」

郷田が魔弾小銃を操作しつつ彼方に命じた。緋鶴の援護《えんご》をする気らしい。豆鉄砲。そう言われた武器であっても、ないよりはマシだからだ。

彼方の返事を待たずに郷田が片膝《かたひざ》をついた姿勢で魔弾小銃を構え、まだ動かない汚染獣に向けて発砲を始めた。タタタ、タタタ、と三連射の乾いた発砲音が連なる。

ここは教官たちに任せるしかない。彼方が自分も退避しようと視線を投じた先、まだ何人かの生徒が瘴気マスクを着けて残っていた。嵐、芽砂、里海の三人だ。

「円城さんたちも、早く逃げないと！」

「教官一人じゃ危ないもの」と嵐。

「サポートくらいはできますわ」と芽砂。

「お姉ちゃんを置いてはいけない」と里海。

「そんなこと言っても、無茶だろ！」

彼方は嵐たちに駆け寄った。

「でも、私ならさっきみたいに魔法で補助できるから」

と、嵐。普段穏やかなその瞳には、揺《ゆ》るぎない覚悟の色があった。事実、先ほど彼方が魔法を暴走させた際、この三人の協力がなければ被害は大きかっただろう。

この場は嵐たちに、任せてしまっていい。ちらりと彼方はそう考えてしまった。

「それは、そ――」（うじゃないよ、女の子だけに行かせて自分は逃げる気かい⁉）

心の声に、言おうとしたことを彼方は否定された。

一瞬でも嵐たちに任せて逃げてしまおうと考えた己に、腹が立つ。

「ああもう、そうだよな！　円城さんたちは逃げるんだ！　俺が教官の手伝いする！」

「あ、逢坂くんが？　でも、魔法——」

嵐がうろたえた。構わず彼方は、ハンディ無線機を嵐に向かって投げ、身を翻《ひるがえ》す。

「教官が魔法を使うまでの時間を稼ぐ！　囮《おとり》くらいならできる、それを頼む！」

「逢坂くんこそ無茶だよ！」「死にに行くようなものですわッ！」

嵐と芽砂の声が重なったが、彼方の足は止まらない。

「馬鹿野郎、戻れ逢坂ッ‼」

牽制の射撃で弾倉一つを撃ち尽くし、弾倉交換に手間取っている郷田の怒鳴り声を無視して、彼方は緋鶴に駆け寄る。

攻撃魔法用魔法回路を魔力光糸で形成開始している緋鶴が、背後の彼方に気付く。

「何で来るんだよ、てめえ！」

「俺のせいであれが出てきたはずです、責任取ります！」

「ろくに魔法も使えないてめえに何ができるってんだ！」

「こうします！」

射撃さえ無視して動かない汚染獣の注意を惹くべく、彼方は、緋鶴から離れるように横手に走り、先ほど失敗したばかりの〈火炎砲〉の魔法発動に取りかかった。

暗算した〈火炎砲〉公式その一の演算結果は覚えている。その数字のままで再び魔法回路の構成に取りかかる。心の声が彼方に問う。

（成功のイメージは⁉）

「あえてしない‼　当然結果はさっきと同じだ‼」

魔力が集積し始めたところで魔法回路が崩壊し、見事に暴走が再現される。

暴走中の魔力の集積は、緋鶴が発動しようとしている攻撃魔法の魔力集積を上回る。

汚染獣が初めて意思を示すかのような行動をした。彼方のほうへと金色の眼を巡らせたのだ。

彼方がぎくりとした途端《とたん》。大きさのでたらめな四肢をむちゃくちゃに動かして、汚染獣が鉄条網の穴から飛び出した。体のバランスが整っていないため、地べたで暴れているだけに近い動きだが、存外に速い。大人の全力疾走と大差ない速さだ。

（この後、どうするの⁉）

「考えてない！」

とにかくできることだけはした、と彼方は開き直った。その間にも汚染獣が接近する。

距離はみるみるつまり、残り数メートル。

暴走魔力の輝きの向こうで、ばくんと汚染獣の頭が大きく二つに割れた。

顎門《あぎと》を開いた獣さながらの姿に、一瞬、彼方は絶望する。

――俺は、コイツに喰われて終わるのか。

汚染獣に抵抗するどころか、死の覚悟さえする時間も彼方にはなさそうだ。

「させないから！」

嵐の声が彼方の鼓膜《こまく》を貫くと同時に、ごっと大気を鳴らして突風が起きた。彼方の視界の隅、嵐が組み立てた魔法回路が見えた。今の突風は嵐が放った魔法の効果らしい。

風は彼方のバランスも崩したが、汚染獣のほうにいっそう強い風が吹いたようだ。

汚染獣が四肢を踏ん張って暴風に耐える。その足下に、先ほど塹壕を作ったのと同じ魔法回路が出現し、

「落ちなさい‼」

芽砂の声と同時に、がぼんと汚染獣の足下の地面が陥没《かんぼつ》した。さらに、穴にはまった汚染獣目がけて真上から氷の矢が無数に降り注ぐ。

氷。水系魔法の応用だ。水系を得意とする里海が放った魔法に違いない。

氷の矢を全身に受けた汚染獣が、それでも穴から這い出そうとする。

そのタイミングで、緋鶴の命令が彼方の耳朶《じだ》を打った。

「頭低くしろ逢坂あッ‼」

反射的に彼方は頭を抱えてしゃがみ込む。

彼方の暴走させた魔力の塊に、汚染獣が穴から飛び上がって喰らいつこうとした。

その瞬間、緋鶴の魔法が発動した。爆炎使いの名に恥じない火炎の奔流《ほんりゅう》が、音さえ立てて汚染獣と暴走魔力を同時に飲み込む。

百合草式炎熱系攻撃魔法〈爆流炎《ばくりゅうえん》〉。緋鶴がファンの、百合草リイン悠オリジナルの魔法で、魔戦術科では教えない高等技術である。

戦車さえも押し流す物理的圧力を伴う特殊な火炎流が、汚染獣と暴走魔力を彼方の前から押し流す。その余波が、しゃがみ込んだ彼方の頭上を熱気という形で通過する。

「ツシャアッ!! 跳ね上がれ、この野郎ッ!!」

緋鶴が気合いを放ち、魔法回路構成の際に伸ばした腕を、勢いよく上に向けた。

腕の動きにシンクロして、火炎流が上へと向きを変える。

火柱と化して噴《ふ》き上《あ》がる、その炎の頂点。

彼方の暴走させた魔力が火炎の影響で炎熱へと変換され、そして爆《は》ぜた。

空中に巨大な火球が広がる。その中で黒い影――汚染獣が塵《ちり》と化す。

「……た、助かった……」

座り込んだままの彼方に、つかつかと緋鶴が歩み寄る。

「教官、ありがとうございま――」

「ツざけんな、てめえ!!」

彼方の胸元に、緋鶴の半長靴の底がめり込んだ。もんどり打って彼方が後ろに転がる。

苦しさで咳《せ》き込む彼方の腹に、今度は半長靴のつま先が打ち込まれた。

郷田がうろたえたように言う。

「う、宇月教官。そこまでしなくても」

「黙ってろ、てめえは！　コイツはあたしの生徒なんだよ‼」

怒鳴りつけられた郷田が萎縮《いしゅく》したように身を小さくする。

緋鶴が彼方の襟首《えりくび》を摑《つか》んで強引に引き起こし、赤と金の髪を振り乱して怒鳴る。

「逢坂！　てめえに囮なんぞ頼んでねえッ！　そんなんして欲しいなんぞ、これっぽっちも思ってねえッ！　あたしの命も能力もな、てめえらをちゃんと卒業させて、一人でも多く魔戦術士にするためにあるんだよ、今度こうゆうことをしたら、死ぬより辛い目に遭わせてやるからな、よっく覚えとけ、このドサンピンッ‼」

「す、すみま、せん、でした……」

蹴《け》られた苦しさと瘴気マスクの息苦しさで、彼方は途切れ途切れに謝罪した。

緋鶴が彼方を突き飛ばすようにして放し、嵐たちを振り返る。

「てめえらもだ、円城たち。最初の手助けは感謝してやる。でもな、命のかかった場面で自分を過信するんじゃねえぞ、二度と。確かにおまえらは、歳と経験の割には優秀だ。それはあたしが保証する。しかしだ、実際に目の当たりにしてわかっただろ？　今のてめえらじゃ、汚染獣を倒すことは難しい。馬鹿じゃねえから、わかるよな？　わかったら、帰って反省文でも書きやがれ。提出は明日でいいからよ」

彼方に対するよりもずっと穏やかな、しかし厳格な口調で、緋鶴は嵐たちに注意した。

嵐、芽砂、里海以外の生徒は全員、かなり遠くまで退避を終えている。

嵐たちは小さく目配せをすると、タイミングを合わせて頭を下げた。

『申し訳ありませんでした、教官』

声を揃えて、姿勢を戻す。ようやく緋鶴の気配が緩んだ。

「みんな無事でよかったよ。もう瘴気マスク外していいぞ。さて、帰ろうぜ。鉄条網の穴は派遣隊で直すから、気にすんな」

緋鶴は瘴気マスクを顔から剝ぎ取り、郷田をちらりとも見ずに歩き出した。嵐たちも瘴気マスクを外し、息苦しさから解放されてため息をつく。

緋鶴が、ふと足を止めて彼方を顔だけで振り返った。

「逢坂。てめえだけ、明日の朝の外周マラソン、もう一周追加な」

彼方とて、自分のしたことの愚《おろ》かさがわかる。確かに、自殺行為だった。緋鶴に返す言葉など、もはや何もない。

――結局。俺は、円城さんたちに助けられただけじゃないか。

彼方は瘴気マスクを外したが、歩き出せなかった。

己の無力さを嚙みしめて立ち尽くすだけの彼方に、嵐が歩み寄る。

「顔色よくないけれど大丈夫？　蹴られたところが痛むなら、医務室につきそうよ？」

「――い、いや。平気だから」

彼方は嵐の心配そうな顔をまっすぐ見られずに、逃げるようにその場を後にした。

魔戦術科学校の寮《りょう》は、一般的な国防隊関連の教育機関の寮よりも待遇がいい。魔法修得には精神の影響が大きいからだ。数の少ない男子は基本的に二人部屋で、女子は四人部屋だが寮の部屋数には余裕があるため、三人で使っている部屋も多い。

待遇が他所の国防隊教育機関よりよいとはいえ、寮がホテルのように豪華なはずもなく、個人のスペースは狭い。個人スペースの区切りなど薄いカーテン一枚のみだ。

シングルベッドと身の回りの品を置く小さなサイドボード、縦型の幅が狭いロッカー。

それが備え付けの家具の全てで、窓際のテレビは共同使用だ。個人用の机すらないので、自由時間に勉強をする場合、生徒は、男女共用の自習室に行くことになる。

彼方のルームメイトは、同じ班の石松だ。区切りカーテンを開け、それぞれのベッドに座って彼方は石松と話をしていた。と、いうよりも。彼方は石松に説教されていた。

「逢坂。おまえ、どうして宇月教官の指示に従わなかったんだ」

坊主頭でただでさえ厳《いか》めしい雰囲気がある石松が、眉間《みけん》に皺《しわ》を寄せている。生真面目な石松には、今日の彼方の行動が、どうにも納得できていないようだった。

「最初は逃げようと思った……でも。円城たちを残して逃げるのが、卑怯《ひきょう》な気がして」

――心の声が、女子を残して逃げるのかって、言ったんだ。

心の声のことを隠して、彼方はそう答えた。石松の太めの眉《まゆ》が、ぴくりと震える。

「それは、暗に。逃げた小生のことを卑怯と言っているのではあるまいな」

「そんなつもりはないよ。俺はひっちゃんに蹴られたし、間違っていたのは俺だ」

ひっちゃん。緋鶴がいない場所で生徒たちが使う、緋鶴の愛称だ。プライベートでまで緋鶴のことを宇月教官と堅苦しく呼ぶのは、石松くらいのものである。

「そうだ。正しいのは小生なんだ。我々が上官の命令に逆らっていたら、班どころか隊が全滅することだって有り得るからな。小生とて、本気を出せばあんな小型の汚染獣など、一撃で屠《ほふ》ったものを」

さも残念そうに、石松。石松には嵐たちほどの魔力適性はなく、魔法実技の成績は平均以下だ。魔弾小銃の攻撃をまったく気にさえかけていなかった汚染獣を、石松がどうにかできるだなんて、彼方には思えない。

だが、ここは友人として黙っておく。石松は生真面目すぎるだけで悪い人間ではない。女子だらけの魔戦術科学校で、彼方にとっては数少ない大切な男の友人だ。

「そうか。それなら、次に機会があったら、石松に譲るよ。俺、別に女子たちにいいところを見せたかったわけじゃないから」

「そ、それでは、小生が女子にいいところを見せたいように聞こえるではないか!」

「違うのか?」

「……まあ。多少は、そういうところもある……小生とて健全な男子であるしな」

石松が照れくさそうに彼方から視線を外し、こりこりと頬をかいた。

「さりとて。我々魔戦術科学校生徒は、国防官の定数外であるとはいえ、生徒であると同時に国防省職員でもあるのだ。この命、国に捧《ささ》げる覚悟はできている。命令……いや、許可さえあれば、小生は命を賭《と》して汚染獣と戦うのみだ。

とはいえ。どう考えても、おまえの今日の行動は無謀《むぼう》にもほどがある。魔法をろくに成功させたこともないのに、武器も持たずに汚染獣の前に身をさらすだなど、死ぬ気にしか見えなかったぞ、遠目には」

やれやれというように石松が頭《かぶり》を振った。

彼方は眼前に迫った汚染獣の顎門を思い出し、身震いする。

「……その通りかもしれない、石松。俺も今考えると、馬鹿を通り越して死にたがりなんじゃないかと思う」

嵐たちのフォローがなければ、緋鶴の攻撃魔法も間に合わずに、彼方は死んでいた。

「死にたがりはよくないぞ、逢坂。我ら国防官候補生にも己の命を守る責務がある……しかし、だ。結果的には逢坂の無茶に汚染獣が気を引かれ、そのおかげで円城さん――いや、円城さんたちが襲われずに済んだのも、事実だ。礼を言う」

この通り、と石松が彼方に頭を下げた。

「い、いいから頭なんて下げるなよ。俺、自分のしたことを反省してるんだし」

「……だな。命令違反は事実だ、褒められたものではないのは間違いない」

石松が頭を上げた。先ほどまであった眉間の皺は、消えている。

「今日は早めに休んだらどうだ？　逢坂、明日は小生たちの倍、走るのだろう？」

「……そうだった」と、がっくり彼方はうなだれた。駐屯地外周道路六周。ほぼ二〇キロメートルのハーフマラソン。朝から絶望的なハードトレーニングだ。

——明日の朝なんか来なけりゃいいのに。

(朝だけは誰にでも平等に来るよ)

彼方がちらっと思ったことを、心の声が言った。

わかってるって、と彼方が口の中だけでぼやいた時だった。ベッドの脇、サイドボードの上で、マナーモードの携帯電話が震動した。彼方より先に石松がそれに気付いた。

「電話だ、逢坂。郷田辺りから、個人的な説教の呼び出しじゃないのか?」

魔戦術科学校では個人名義の携帯電話の持ち込みは厳禁で、生徒は皆、学校から支給されたスマートフォンタイプの携帯電話を使っている。

支給携帯電話は通話記録が学校に残り、インターネットへの接続もかなり制限されているが、学校内の基地局を使う限りは通話料が無料だ。

「……郷田にも、説教なら夕食前にたっぷりされたから、それはないと思うけど」

まさか、と思いながら彼方は携帯電話を確かめた。着信相手を見て、ぎょっとする。

「どうしたんだ、出ないのか。もしかして小生の前じゃ出られない相手だとか? 女か? 女なんだな? どうなんだ、答えろ!」

「悪い、後にしてくれ!」

問いつめてきそうな石松から逃げるように彼方は慌てて立ち上がり、携帯電話を手にして部屋の窓際に急いだ。背中を石松に向けて通話に応じる。

「は、はい。逢坂です」

『円城です、自由時間にごめんなさい。今、いいかな』

嵐からの電話だった。区隊は全員、電話番号を互いに登録しあっているので、電話をすることは、そう珍しくはない。しかし、異性との電話となると別である。

通話記録が残るため、教官たちはその気になれば後から生徒同士の会話をチェックできるのだ。『精神的な男女交際までなら認めなくもない』というのが、この魔戦術科学校前浜キャンパスにおける教官の暗黙の了解であるにもかかわらず、異性との電話は後で教官から要らぬ追及を受けることもあるが、そんなことより、問題は。

自由時間での異性との電話は、たいていの場合、ルームメイトに多少なりとも嫉妬《しっと》されたり、うらやましがられたり、からかわれたり、とトラブルの元になる。

とはいえ、彼方も健康で正常な男子だ。女子――それも全校で指折りに可愛い――から電話をもらって嬉しくないわけがなく、無視などできるはずもない。

嵐からの、プライベートタイムでの思いがけない電話。緊張でつい声がうわずる。

「な、何でしょうか？」

『逢坂くん、何かよそよそしい……電話、やっぱり迷惑だった？』

「いえ、そんなことはありません！」

『……あ。部屋に石松くんがいるから、そういう口調なんだよね。そういうことなら、うん、了解しました』

笑いを含んだ嵐の『しました』の言い方があまりに可愛かったために彼方はいっそう緊張した。電話が嬉しい反面、早く切りたいとも思う。

「どういうご用件でしょうか!」

『用件っていうほどじゃないけれど。今日のお礼、ちゃんと言っておきたくて』

「お礼、でありますか?」

『本当は、私。あの時、足が竦《すく》んで逃げられなかっただけなの。逃げられないならせめて教官たちを手伝おうって思ったけれど、でも、やっぱり怖くて……私、たぶん。逢坂くんが頑張ってくれなかったら、ひっちゃんの足手まといになって、死んでいたと思う。本当にありがとう、逢坂くん』

「そ、そんな。自分は礼を言われるようなことなど――」

(そこで謙遜《けんそん》しなくていいと思うけどな、僕は)

「いちいち変な突っ込みいれないでくれ」

彼方は、心の声への突っ込み返しを、うっかり口に出してしまった。

『――え? わ、私。何か変なこと言った?』と、嵐が戸惑う。

「い、いえ! こちらの話であります!!」

『そ、そう? それなら、いいんだけれど……あ! 凄《すご》い!』

突然、嵐が声を弾ませた。彼方も素に戻って訊ねる。

「どうしたの?」

『流れ星が！　わあ、シャワーみたいっ！　逢坂くん、空を見てみて！』

「流星……？」

彼方は窓を開いて冷たい冬の空気の中に身を乗り出した。夜空を仰いで絶句する。

全天に、無数の流星が白く目映《まばゆ》い尾を引いている。

空の頂点を中心に、まさしくシャワーのように流星が降り注ぐ。

嵐が気付いてから、ほんの十数秒。見る間に流星の数が減っていく。

突然の天体ショーは、始まりと同じように唐突に終わった。

『一二月の今頃だと双子座流星群とかだよね！　素敵だった……あ！　願いごとするの、忘れてた‼　でも、あれだけ見られたらきっといいことあるよねっ？』

興奮して大声でまくしたてる嵐に、彼方は「ああ、うん」と曖昧《あいまい》な相づちを打つことしかできなかった。

――確かに双子座流星群の時期だが、あんな数の流れ星が降るものなのか？

『流星が降ったら、注意するように』

誰かにそう注意されたことがある気がしたが、ぱっとは思い出せない。

彼方は胸騒ぎがした。漠然と、正体のわからない奇妙な不安が心にのし掛かる。

（……僕も妙な感じがする。なんだろう、この違和感）

「……わからない」

彼方の言葉を嵐は自分への返事だと思ったようだ。

『いいことあると思っていいようよ、そのほうが楽しいから。それじゃ、逢坂くん。また明日ね。突然電話して、ごめんなさいでした。お休みなさい』

「……あ、ああ。お休みなさい」

彼方は電話を切り、窓を閉めて振り返った。

先ほどよりもいっそう深い皺を眉間に刻み、石松が彼方を睨んでいた。

「あーいーさーかー。ずいぶんといいご身分だな？　あろうことか、円城さんからの電話だとは」

「え、円城さんからだなんて、俺——」

「言わずともわからいでか！　狭い部屋だ、弾む円城さんの声が携帯電話から漏れておったわ、この痴《し》れ者が！」

石松がゆらりと立ち上がった。じりっと彼方は後ろに下がったが、どんと背中が壁にぶつかる。電話のために部屋の隅に来ていたのが、仇《あだ》となった。

「ええい、言え！　言うのだ！　円城さんと何を話した！」

石松が彼方に飛びかかり、彼方の首を脇腹に抱え込んで腕で締め上げる。

「べ、別にたいしたことじゃ！　今日、汚染獣の囮になったのをちょっと感謝されただけだって！」

「くそ、やっぱりあれはスタンドプレイだったのか！　こんなことなら小生も勇気を振り絞って命令違反をするべきだった！　さすれば今の電話は小生のものだったのに！」

「次の機会があったら譲るから、とにかく首を絞めるなよ、痛いって、痛いって！」

「次の機会とやらが卒業するまでなかったら、小生はいつ、円城さんにいいところを見せればいいと言うっ？」

「さすがにそれは知らない！」

首を絞められながらも彼方の頬は緩んだ。今の気持ちを心の声が代弁するように言う。

（こういうの、楽しいよね？）

――まあね。悪くはないよ。

女子のことで軽く喧嘩《けんか》をする。こういう真似をできるのも、今だけかなと達観《たつかん》したことを思う。

――本当に、悪くはない。

彼方の顔から笑みが消えた。

――俺。ここにいる資格、あるんだろうか。

入学してからの約九ヶ月。毎日のように彼方はそう考える。

親と上手《うま》くいかずに、家を出たいという一心で寮のある私立の進学高校を受験し、リイン悠に勧められたこともあり、寮のある魔戦術科学校を滑り止めとして受け、魔戦術科学校にのみ合格した。家を出るにはこの学校に入るしかなかったのだ。

国防隊の魔戦術士となって汚染地区から人々を守りたい、そう考えて進学を選んだ生徒が大半の魔戦術科学校で、自分だけが仕方なく、親から逃げるように入学した。

世界を守るために魔戦術士を目指すものと、別になれなくても構わない自分。

周囲との意識の違いを、彼方は感じずにはいられなかった。

──守りたい世界なんか、俺にはないんだ。

(でも、守りたい誰かがいるような気がする)

心の声が、か細く告げた。

守りたい、誰か。

彼方自身、いるように思えて仕方がないのだが、それが誰なのか、わからない。

ただの錯覚か、思いこみなのか。それさえもわからないまま、しかし身近で誰かが危機に瀕《ひん》すると、後先考えずに体が動いてしまう──今日の、汚染獣出現の時のように。

──俺ってどこか変なんだろうか。

そう考えて、すぐさま変には違いないと思う。まともな人間は心の中で誰かと会話したりしないだろう。つい、自虐的《じぎゃくてき》な苦笑が顔に浮かぶ。

「……おい、逢坂? どうかしたのか? 小生、そこまで酷《ひど》く絞めた覚えはないんだが、首、痛むのか?」

石松が腕を解《ほど》いた。彼方は余計な心配をかけないよう、軽く答える。

「いや、そうじゃない。大丈夫だ、大丈夫。大丈夫じゃないのは、明日のマラソンだよ。

まったく、冬の朝から辛すぎる」

「そればかりは、小生もどうもしてやれん。死ぬな、としか言えないぞ」

「さすがに、死にはしないって、死にはは。死にそうに疲れるとは思うけどさ」

だろうな、と石松。彼方は自然に笑みを浮かべた。

――うん。本当に、悪くない。この学校での、生活は。

問題があるとしたら、魔戦術士を目指すにしてはモチベーションの低い自分と、やはり明日の早朝ハーフマラソン。

その問題の一つは、消え失《う》せることになる。

そんなことなど、この時の彼方は知る由《よし》もなかった。

◇◆◇

嵐は、かじかんだ手で通話を終えた携帯電話を胸元で握りしめた。

電話をかけるために、人目を避けて寮の外にこっそり出て、もう三〇分以上が過ぎている。一二月、冬の夜だ。気温は零下近くまで下がり、厚手のセーターを着込んでいても、体は芯《しん》まで冷えかけている。ただ、頬だけが少し熱かった。

「…………はぁ…………緊張、しちゃった……」

一言、彼方に礼を伝えるための電話。難しいことではないはずなのに、通話ボタンを押すまで何度も繰り返して躊躇《ためら》い、時間ばかりが過ぎ、長々と外にいる羽目となった。

学校では割と普通に話せるのに、電話だとどうしてこう緊張するのだろう。

それが嵐は不思議だった。メールで済まそうとも考えたけれど、思い切って電話をしてよかったと、今では満足している。

偶然の、いきなりの流星群。それを電話越しとはいえ時間を共有し、彼方と一緒に見ることができた。それが嵐は嬉しかったのだ。

——頑張ったから、神さまがご褒美《ほうび》くれたのかな。

「……って。何か恥ずかしいこと考えちゃってないかな、私。浮かれてないで、風邪《かぜ》引く前に部屋に戻らないと」

くるりと回れ右をして、嵐は寮の裏口に足を向けた。

「はい？」とその目が丸くなる。裏口の前に、人影が二つ。片方は背が高めで、片方はかなり小柄だ。いつの間にか背後に誰か来ていたのだが、嵐は気付いていなかった。

「嵐さんも隅におけませんわね。こんな時間に、男と電話だなんて」と、背の高い影。

「頑張ったと思う」と、小声で背の低い影。

見慣れたルームメイトのシルエットだ。背の高いほうが芽砂で、低いほうが里海だと、嵐にはすぐにわかった。かあっと顔が耳まで一気に熱くなる。

「いいいい、いつ、その、えっと、違うの、これはね、そそそそ、その」

いつからそこにいたのかと問いかける前に、何か言い訳をと嵐は焦ったが、かじかんだ指よりもいっそう舌が上手く動かない。

芽砂と里海が、裏口前の暗がりから出てきた。薄明かりの中で立ち止まる。

「別にちゃかしたりはしませんわよ、ご心配なく。命短し恋せよ乙女《おとめ》、と昔の方も仰《おっしゃ》ったことですし、魔戦術士なんてものになろうとしているわたくしたちですもの、普通よりも花の命はきっと短くてよ？」

「そう。悪いことじゃない」

うんうんと並んで頷く芽砂と里海。

「ご、ご、ごか、誤解――………でも、ない、けれど……うん、ありがと」

言い訳を嵐は諦め、小さく友達二人に頭を下げた。

「本当に。芽砂も里海も、いつからそこで見ていたの？　恥ずかしいな、もう」

「電話を胸元に持って身をよじる様子、一部始終をですわ」

「つまりは。最初からずーっとそこで見てたということ？」

「そうとも言う」

芽砂も里海も、あえて声をかけずに見守ってくれていたということだ。気遣いがありがたくて、嵐は少し目元が熱くなった。ありがとうね、ともう一度小さく声にする。

照れたように芽砂がそっぽを向いた。

「とにかく。おかげですっかり体が冷えましたの。罰としてじっくり入浴に付き合いなさい。その体、全身くまなくわたくしに洗わせてくださるのも、よい感謝の意思表示ですわ。どこに出しても恥ずかしくないよう嵐さんの肌を磨《みが》き上げて差し上げます」

「嵐の体を触りたいだけのくせに」

「そうとも言いますわね」

無表情の里海の指摘に、しれっと真顔で芽砂が返した。芽砂がどこまで本気なのか嵐にはわからないが、やはり友達というものは本当にありがたいと改めて思う。

「さすがに、全身洗ってもらうのは、ちょっと……でも、背中は流して欲しいかな。私も、芽砂の背中を洗うから」

生粋の日本人にはない、芽砂の青味がかった瞳に、きらりと光が走る。

「言いましたわね？　里海さんも聞きましたわね？　背中を流させるということは、当然その後の、おおっと手が滑ってしまいましたわ、うっかり前に、うふふふふ、さあ観念して身を全て委《ゆだ》ねなさいな、という展開に文句はないということですわね？」

「ごめん、それはちょっと無理」

くすっと笑って嵐は答えた。芽砂がとても残念そうに首を振る。

「…………嵐さんは、存外身持ちが堅いのですわね。仕方がありませんわ、ここはひっちゃんにパトスをぶつけるといたしましょうか、同じ百合の同好の士として」

「お姉ちゃんとそういう関係？」と里海。

「冗談ですわ。ひっちゃんはあまり趣味じゃありませんの。やっぱり目指すは孤高の存在、我らが陸上国防隊魔戦術士の星にして並ぶものなき英雄の中の英雄、百合草リイン悠三等陸佐と、いつの日かくんずほぐれつすることを夢に見ますわ、乙女ですもの」

「乙女はそんなの目指さない」「それは乙女の目標じゃないんじゃないかなあ」

里海と嵐の声が重なった。

「あらそう」と芽砂が意外そうな顔をする。

「まあ、いいですわ。百合という非生産的故に気高い精神が理解されづらいことくらい、わたくしもわきまえておりますので。それより、いい加減に入浴に向かいませんこと？　ここは本当に、寒いですわ」

ちらりと芽砂が空を仰ぐ。冷え切った大気のせいで、星々が澄んで見えた。

「そうだね」と嵐は先ほど見た流星群を思い出しつつ、夜空を眺める。

魔戦術科学校前浜キャンパスのある前浜駐屯地は、地方の田園地帯にある。周囲に民家はあまりなく、夜ともなれば、駐屯地の外はほとんど真っ暗で、満天の星空とまではいかなくても、夜空の星々は綺麗に輝く。

――今度は。並んで星を見上げてみたいな、逢坂くんと。

そんなことを考えて、嵐はぼんやりとした。

「まったくもう。見ているこっちが少し恥ずかしくなる横顔ですわね」

「同意を禁じ得ない」

と、芽砂と里海。嵐はその声で我に返った。

「わ、私のことは、いいの。お風呂《ふろ》行くのでしょ、お風呂！　しっかり温まろうね！」

嵐はあたふたと寮の裏口に向かった。

やっぱりそうなんだよね、と改めて思う。芽砂と里海が言う通りだ。

この夜。嵐は初めて、彼方に恋をしているのだと気がついたのだった。

◇◆◇

消灯時刻の午後一一時をしばらく過ぎてから、彼方はベッドに入ったまま闇の中でサイドボードの棚を手探りし、棚の奥にしまい込んでいた封筒を取り出した。

光が漏れないよう頭まですっぽりと毛布を被り、ペン型の小さなＬＥＤライトを灯す。

――確か、この手紙の……。

ごそごそと封筒から便箋《びんせん》を取り出す。同年代の少女が書いたとは思えない、万年筆と思しき綺麗な筆跡で綴《つづ》られた文章の最後の最後。追伸に、その三行はあった。


冬の初めに無数の流星を見るだろう。何が起きても心配はいらない。

ただ、注意だけはして欲しい。

命を、大切に。


彼方はぶるっと身震いした。まるで今日、命を粗末《そまつ》にしかけたことを予言していたように思えたからだ。

——これ。どういう意味なんだ？

（……わからないね。でも、きっと注意はしたほうがいい）

——かもしれないな。あの流星——今思い返しても、何か変だった。

心の声と短く言葉を交わし、彼方は便箋を封筒にしまってＬＥＤライトを消した。

被った毛布から手だけ出してＬＥＤライトと封筒を棚の奥に戻し、姿勢を整える。

——考えるより早く寝よう。

——二時間は早起きしないと、朝礼までに二〇キロも走れない……。

定刻の起床時刻は〇六〇〇《マルロクマルマル》、朝六時。つまり彼方は四時起きだ。

きちんと睡眠を取るのも、魔戦術科学校生徒の義務。

睡眠不足で授業や訓練に支障を来《きた》すようでは、生徒失格。

そう指導されているし、普通の学校と比べれば数段ハードな学生生活だから、午後一一時という思春期の少年少女には少し早めの就寝も、もう慣れたものだ。

だが、この日。彼方はなかなか寝付けなかった。

II　絶望の始まりの中で

枕の下でヴァイブレーションを放つ携帯電話で、彼方《かなた》は目を覚ました。

携帯電話を手にしてアラーム動作を止め、時刻を確かめる。〇四〇〇《マルヨンマルマル》、午前四時。

ルームメイトの石松《いしまつ》はまだ寝息を立てていて、寮《りょう》全体が静まり返っている。

彼方は音を立てないようにベッドから降り、手早くかつ綺麗《きれい》に寝具《しんぐ》の乱れを整えた。

「……寒。さすがに冷える、ジャー戦で走るか」

野戦服の上着に、下はジャージのズボン。それがジャー戦という格好だ。上下ジャージ姿よりは野戦服の下に一枚薄手のセーターを着られるぶん、暖かい。

（あまり眠れてないと思うけど、大丈夫？）

「休み時間ごとに机で寝るよ」

ぼそぼそと小声で彼方は返し、着替えて眼鏡《めがね》をかけ、準備を終えた。寮は基本的に土足生活のため、すでにジョギングシューズを履《は》いている。

彼方は足音を可能な限り抑えて部屋を出た。常夜灯《じょうやとう》のみの廊下《ろうか》を進み、そのまま玄関に向かう。定刻外の外出になるが、昨夜のうちに担当教官の緋鶴《ひづる》から寮監督の三教生に連絡が入っているはずなので、問題はない。

「朝というより夜だよな、まだ」

玄関の鍵《かぎ》を内側から開け、静かに外に出た。天には星が瞬《またた》き、東に目を投じても空は白みさえしていない。気温は零下らしく、肌に軽く刺すような痛みがある。

(準備運動、きちんとしないと怪我《けが》するよ?)

「わかってる」

彼方は玄関から少し離れ、駐屯地《ちゆうとんち》外周道路に通じる小道へと足を進め、街灯の下で柔軟体操を始めた。寝起きで固かった体がほぐれていく感覚が心地よい。

「……こんな感じ、中学の時にはまったく経験なかったな。体がここの生活に馴染《なじ》んだってことなんだろうか」

(僕も体を動かすのが好きだったし、悪くないよね)

心の声に、彼方は違和感を覚えた。いつもなら『客観的なもう一人の自分の声』としか思えないのに、まるで『他人』のような言葉に思えたのだ。

「好きだった? それってどういう――」

彼方の声を遮《さえぎ》って、いきなり金管楽器の音が夜空に響き、彼方の耳をつんざいた。

駐屯地中のスピーカーが一斉に、金管楽器――信号ラッパの録音を大音量でけたたましく鳴らしているのだ。信号ラッパの旋律《せんりつ》には固有の意味があり、この旋律は、二時間後になるはずの起床信号《きしょう》ではない。

ハイテンポで甲高い、聞く者を焦燥《しょうそう》させる、その旋律。

「……非常事態って⁉」

非常事態を告げる信号ラッパが、魔戦術科学校前浜《ませんじゅつかがっこうまえはま》キャンパスの区画《くかく》のみならず、前浜駐屯地全《すべ》てを叩《たた》き起こすように数度、繰り返される。

「汚染《おせん》地区災害発生！　第二二魔戦術科派遣隊、総員、直《ただ》ちに対処を開始！　二教及び三教の各区隊はグラウンドに集合後、担当教官の指示に従い行動！　一教の全生徒は野戦服装備で自室待機！　これは訓練ではない！　繰り返す、これは訓練ではない！」

暗かった平屋建ての寮舎の窓が次々と明るくなり、駐屯地の各施設にも照明が灯る。

「逢坂《あいさか》、これは何の騒ぎだ⁉」

名を呼ばれ、彼方は振り返った。寮の部屋の窓が開き、石松が顔を出している。

彼方は石松の前に駆け寄った。

「わからない、とにかく俺も部屋に戻る！」

「この際だ、窓から入れ！　非常事態だ、咎《とが》められはしない！」

玄関に行こうとした彼方は、石松の言う通りだと窓に飛び付いた。石松の手を借りて部屋に転がり込む。石松は彼方を引き上げると、すぐ野戦服に着替え始めた。

迅速《じんそく》な行動は、日頃の訓練の成果だ。野戦服の上着を着ている彼方は、ロッカーから迷彩ズボンを取り出してはき替えた。靴も革製の頑丈な半長靴に替える。

着替えを終えた石松が、難しい顔をした。

「汚染地区災害か、種類や規模はどれくらいなのだろうな」

「三教だけじゃなく二教にまで出動がかかったんだ、規模は小さくないと思う」

「しゅ、出動って。放送の指示は教官に従い行動というだけだったじゃないか」

「それが出動という意味じゃないのか」

「そうと決まったわけじゃないだろう！」

石松が向きになって主張した。石松から彼方は、焦《あせ》りと怯《おび》えを感じた。

「……そうだな。決まったわけじゃない。でも、俺たちも覚悟は決めておくべきだ」

「か、覚悟なんぞとっくに決まっておる！　小生《しょうせい》は一教二区隊三〇名の区隊代表だ、いざともなれば級友の楯《たて》となって死ぬことも厭《いと》わない！」

石松が顔を真っ赤にして大声を出した。

「落ち着こう、石松。とにかく今は、待機だ」

「そ、そうだな……小生ともあろうものが、少々取り乱してしまった。待機命令を守る。それが小生たちが今すべき唯一のことであったな」

石松が大仰《おおぎょう》に頷《うなず》きベッドに腰を下ろした。彼方もベッドに浅く腰掛けた。膝《ひざ》の上で両手を組み合わせ、互いの親指だけをせわしなく動かす。

（落ち着かない？）

――落ち着くわけがないだろ、汚染地区災害なんだ。

寮舎は、廊下をどたどたと人が走る音で騒然としている。教官に従うよう放送で指示された二教と三教の生徒たちが、グラウンドに急いでいるのだ。

そしてすぐさま、嘘《うそ》のように寮舎が静まり返り、グラウンドで点呼《てんこ》の号令が行われる様子が閉ざされた窓越しに聞こえてきた。

魔戦術科学校前浜キャンパスは、各学年、それぞれ三区隊ずつ。一区隊の定員は三〇人だが三教進級までに訓練漬けの生活に耐えられずに学校を辞める生徒がかなりいるため、現在の三教生徒は七九名、二教生徒は七七名、一教生徒は八八名。

各区隊ごとの点呼が迅速に終了した。すぐに駆け足で生徒たちが移動し始め、無数の半長靴の足音が遠くなる。代わって遠くから聞こえてきたのは、複数のエンジン音。軽《けい》装甲車《そうこうしゃ》まで出動させるらしい。彼方の体験する、初めての本格的な部隊の出動だった。

——本当に、出動なのか。

気付けば彼方は両手を強く握りしめていた。掌《てのひら》はじっとりと汗ばんでいる。

「——逢坂。どっちだと思う？」

石松が床を見据えたまま訊《たず》ねた。彼方も視線を落としたまま返す。

「どっちって」

「汚染地区災害だ。二種か、一種か」

汚染地区災害二種は、昨日体験したばかりの、汚染獣の出現だ。そして一種が、新たな汚染地区の発生である。汚染地区が新しく発生した場合、同時に汚染獣が多数出現するケースが多く、大災害となるのは、この一種だ。

　今回、発生したのは、一種。彼方はそう確信していた。理由に根拠はない。ただ、心のどこかがそう理解している。

　一種だ、と声にできず彼方は口を固くつぐんだ。沈黙から、石松が察したらしい。

「やはり、一種なのか。一種の災害に、この駐屯地だけで対処しきれるのか？　ここにいる正規の隊員は、第二二魔戦術科派遣隊の二四名しかいないというのに」

「だから、生徒が動員されたんだろう。二教生以上なら、魔法を使える生徒も多いし、実弾演習も済んでいるから、武器も扱える」

「そ、そうだ。多少汚染獣の数がいようが、こっちは総勢一八〇人で武装しているのだ。何も問題、ないはずだ」

　武器。郷田《ごうだ》の魔弾小銃《まだんしょうじゅう》の攻撃を、昨日見た汚染獣がまるで気にしていなかったことを彼方は思い出す。あの程度の武器では通用しないという現実を目の当《ま》たりにした。

　魔戦術士が複数いないと、一種災害には対応できないように彼方は思う。実際。嵐《あらし》、芽砂《めいさ》、里海《さとみ》が連携して汚染獣を足止めして、仕留めたのは、緋鶴の大火力の攻撃系魔法だ。

　魔法火力を持たない兵は、武器を持っても汚染獣相手には無力に近い。それが昨日の、彼方の実感だった。出動がかかったら俺たちは——そう考えて、奥歯を嚙《か》みしめる。

　石松も何か考えているようで、口を閉ざしたままだ。寮舎全体が静まり返っているのは、どの部屋でも、彼方たちと同じようなことを考えているせいかもしれない。

しばらくして、ぼそりと石松が呟《つぶや》いた。

「小生たちにも、出動がかかるのだろうか」

「そんなこと――」わかるわけがない、と彼方が言いかけた時だった。

無数の銃声や、爆発音が聞こえてきた。打ち上げ花火会場で聞くような、くぐもった距離を感じさせる音だが、無論、花火であるはずがない。

「始まった！」

彼方はすぐさま窓に走って外をうかがい、耳を澄ました。発砲音に重なる砲撃と思《おぼ》しき爆発音が、反響しているかのように、四方八方から聞こえてくる。

彼方の隣に来た石松が、半ば呆然《ぼうぜん》としつつ呟く。

「……反響ではないぞ、これは……東からも、西からも。北からも南からも、戦闘音が聞こえてくる……」

「汚染地区が、幾つも同時に発生したということなのか」

「そんなことなどあってたまるか！　世界的に見てもそんなケース、一度も報告されていない！」

不安を振り払うように石松が声を上げた。

「そうだ、テレビだ！　これだけのことなら近隣《きんりん》への避難勧告とか出ているはずだし、ニュースでも状況がわかる！」

石松が慌ててテレビをつけた。画面に映ったのは『信号がありません』の文字。

「ど、どうしたのだ、これは⁉」

チャンネルを変えてもテレビに番組は映らない。アンテナが抜けているのでは、と石松がテレビの裏側を確かめ、アンテナのプラグを差し直したが、状況は変わらない。

「……瘴気《しょうき》障害だ」

昨日、汚染地区近くでの補習の際に緋鶴がレクチャーしたことを彼方は思い出した。

電子機器や内燃機関は、汚染地区のそばでは原因不明の不調を来《きた》す、と。

「障害って近くのみではないのか⁉　まさかそんな近くに汚染地区が発生したと⁉」

石松が声をうわずらせた。彼方は少し考えて口を開き直す。

「大規模汚染地区上空を瘴気障害のせいで飛行機が飛べなくなるのは、常識だ」

「だ、だから何だと言うのだ」

「仮に。駐屯地の四方八方に汚染地区があるとしたら、汚染地区外からの電波は、地上波でもBSでも影響受けるだろう。それなら、テレビが映らなくても不自然じゃない」

駐屯地の四方に幾つも汚染地区が発生した。そう考えるとそこかしこから聞こえてくる戦闘音の説明もつく。理解したのか、石松の顔が青ざめた。

「最悪の状況だ……そんな、……小生たちは、どうすればいいというのだ」

彼方はベッドから立ち上がった。

「俺たちでも、現場に行けば役に立てるんじゃないかっ？」

「待機命令が出ているじゃないか！」

石松が、彼方がびくりとするほどの大声で間髪《かんぱつ》をいれずに反応した。

「勝手な判断が部隊を全滅させることだってあるのだ、指示があるまで待つのが小生たちの今の任務だろう！」

「で、でも。もう、じっとしていられ――」

石松が立ち上がり、彼方の肩を押さえて強引に座らせた。石松のほうが彼方より体格がいい上に、格闘科目の成績も上だ。不意を突かれたこともあり、彼方は抵抗できなかった。石松が見下ろす姿勢で告げる。

「いいか、逢坂。一教二区隊、区隊代表として、小生が命じる。待機だ。教官不在の今、小生が一教二区隊の責任者なのだ、従ってもらうぞ。どの部屋の隊員にも、そう指示しておかなくてはならんな、この様子だと」

あたふたと石松が携帯電話を操作し始めた。待機の指示を一教二区隊全員にメールで一斉送信したらしく、彼方の携帯電話にもメールが着信する。

「瘴気障害が発生してるのに、携帯は使えるのか。これってどういう……」

自分の携帯電話を確認しつつ、彼方は首を傾《かし》げた。すぐに疑問が氷解《ひょうかい》する。

「支給携帯電話、専用基地局が駐屯地の敷地内にある。そうか、基地内だけなら瘴気障害の影響を受けないんだ」

「なるほど。考えずにメールを発信したが、それは助かる――な、何だ？」

石松の携帯電話が次々とメールの着信音を放ち始めた。級友から一斉に返信メールが届いたようだ。あくせくと石松が携帯電話を操作してメールに応じるが、着信音は止まらない。

「どいつもこいつも、指示通りに待機しておれというのに！　確認しないと待機もできんのか、この阿呆《あほ》どもめが！　ええい、いちいち顔文字を入れてくるんじゃない、こんな時まで無意味に小文字を使うとは一体女子たちは何を考えているのだ！」

石松が青ざめさせていた顔を今度は赤くして、怒りながらメールに応対し始める。その間も四方から聞こえる銃撃音は収まらず、時折爆音が混ざり、窓ガラスが震える。

（昨日の流星と、何か関係あるのかな）と、心の声。彼方も思い出した。

百合草《ゆりくさ》リイン悠《はるか》からもらった例の手紙の、流星が降ったら気をつけろという追伸を。

——そんなこと、俺にわかるわけがない。

（でも。百合草さんからの手紙には、流星が降ったら気をつけろって——）

「気をつけてどうこうなる問題か、これ⁉」

思わず声に出してしまった彼方を、石松が驚いた顔で見る。

「ど、どうしたのだ逢坂。いきなり大声出すな、心臓に悪い」

「……あ。ごめん。ちょっと考え事してて」

いっそ手紙の話を石松にしたほうがいいのだろうか。そう、ちらりと彼方は考えた。

——今さら見せたところで、意味はないか……

――百合草さんとの関係を訊《き》かれても、俺自身、わかってないから答えられないし。
「焦《あせ》る気持ちは小生にもわかる。しかしだな、こういう時こそ落ち着こう」
区隊の仲間にメール指示をする行為で、石松は平静を取り戻したようだ。
彼方も、自分に落ち着け、と言い聞かせて深呼吸をした。
――百合草リイン悠三等陸佐《さんとうりくさ》か。
――極東《きょくとう》最強と謳《うた》われる、俺と同じ歳《とし》の、でも超一流の魔戦術士。
――そもそも何で。そんな人が、俺に手紙なんか……。
(心当たりはないいんだよね？)
――あるわけがない。手紙をもらうまで俺は国防隊《こくぼうたい》なんかに興味なかったし。
――百合草さんのことだって、名前さえ知らなかったんだ。
(一部のミリタリーファンの間じゃアイドル扱いされているんだっけ)
彼方は脳裏に、ポスターや国防隊広報誌で見たリイン悠の姿を思い浮かべた。
――無表情だけど。綺麗《きれい》な人……だよな。

君のことは、必ず私が守るから。

ふとそんなリイン悠の声を彼方は耳の奥で聞いた気がした。
え、と目を瞬かせる。リイン悠の声など一度も聞いたことはなく、耳が覚えているはずがない。しかし今の空耳は、確かに彼女の声のように彼方には思えた。

——何だったんだ、今の。

今の聞こえたか、と胸中で彼方は心の声に訊ねてみた。心の声は接続が途切れたように反応がない。ただの空耳だ、と彼方は一人で納得し、無言を保った。

待つしかない。待つしかない。待つしかない。と繰り返して念じ、一分、二分と時が過ぎていく。もう二時間くらい待ったんじゃないかと携帯電話で時刻を確かめても、まだ一〇分も過ぎてはいなかった。

向かいのベッドに座った石松は、まだ一生懸命メールに返信をし続けていた。

時の流れの遅さが、再び彼方を焦らせる。足が勝手に貧乏揺《ゆ》すりを始めた。両手で足を押さえても貧乏揺すりは酷《ひど》くなる一方だ。

「——収まれよっ」

向きになって腕に力を込め、震えているのが足だけではなく体全体だと気がついた。

——これは恐怖……か？　いや、違う。何だ、これ……？

「……悪い予感がする……」

ぼそりと彼方が呟いた時だった。続きっぱなしだった銃撃音がいきなりまばらになり、消えた。窓ガラスを震わせていた爆発音も止まる。

「……戦闘音。止まった？」

彼方は耳を澄ました。メールに没頭《ぼっとう》していた石松が、ばっと顔を上げる。

「じょ、状況終了か⁉」

状況終了。汚染地区災害が収束し、部隊の戦闘行為が終了したことを意味する。

彼方も、ほっとした。悪い予感なんて不安のせいの勘違いだと、安堵《あんど》の息をつく——

ぐどむ、と一際《ひときわ》大きな破裂音に、背筋が痛むほどに一瞬で緊張し直した。

「今のはっ？」

反射的に彼方はベッドから飛び降り、窓へと走った。どおっと再び爆発音が聞こえ、
夜明け前の地平に火柱が噴き上がったのを目撃する。昨日、彼方たち一教二区隊が行った汚染地区の方角。三度、闇《やみ》が紅蓮《ぐれん》の炎《ほのお》に焼かれて爆音が轟《とどろ》く。

〈爆炎《ばくえん》使い〉と呼ばれる緋鶴の炎熱系攻撃魔法。その炎だと彼方にはわかった。

「ひっちゃんだけ、まだ戦ってる⁉　他の隊はどうしたんだよ‼」

彼方は窓を乗り越えて外に出た。つんのめって転びそうになるが、堪《こら》えて走り出す。

「お、おい逢坂‼　どこに行くのだ‼　待機命令を守れ‼」

石松の声を彼方は背中で聞いたが、足を止めない。どころか振り向いて応《こた》えもしない。

（まさかとは、思うけれど！）

「そのまさかかもしれない‼」

自分が行っても何ができるか、わからない。むしろ何もできない可能性が高い。それでも彼方は、行かずにはいられなかった。悪い予感に背中を蹴《け》り飛ばされるように、ひたすら夜の底を火炎が見えるほうへと走る。女子寮舎の前を駆け抜ける時、

「逢坂くんっ⁉」という嵐らしき呼び声が彼方の鼓膜を揺さぶったが、それでも立ち止まらずに、彼方は走った。

どっと腹を揺さぶる爆音と闇を焼く炎に導かれ、彼方は夜の明けない真っ暗な中を、迷わずに目的の場所まで駆けてきた。

横倒しになって燃えている軽装甲車。そこかしこに落ちている幾《いく》つもの自動小銃。使い切って空になったロケットランチャー。

落ちている武器の数からして、数十人はここで戦っていたはず――

しかし、人間の形をした影は、そこに一つしかなかった。

汚染地区を囲んでいた鉄条網《てつじょうもう》が、ずたずたになっている。瘴気の塊の前、およそ人の眼《め》の高さほどの場所に、金色の光の点が幾つも浮かんでいた。

一〇や二〇の数ではない。光の点は、全てが、汚染獣の眼だ。

一体現れるだけでも汚染地区災害認定される汚染獣が数十体、出現している。それも大型犬ほどだった昨日の汚染獣と違い、熊《くま》ほどの大きさだ。脅威《きょうい》が高いと分類される汚染獣甲種と考えて間違いない。

唯一の人影――緋鶴がちらりと一瞬横目で彼方を見やり、虚空《こくう》に金色の魔力光糸《まりょくこうし》で魔法回路を形成しつつ叫ぶ。瘴気マスク越しのくぐもった怒声《どせい》が響く。

「馬鹿野郎、何で来やがったんだテメエッ!!」

「教官、他の人たちは！」

「――とにかくテメエは戻れッ!!」

怒鳴ると同時に緋鶴が魔法を発動させる。

「薙《な》ぎ払《はら》え、あたしの炎!!」

ぶんっと緋鶴が横薙ぎに腕を大きく振る。その動きの通りに火流が迸《ほとばし》り、地上を舐《な》めるように焼く。躍《おど》る火炎に、一〇体近い数の汚染獣が飲み込まれる。

「γΨαοβερααα!!」と聞き取れない耳障りな断末魔《だんまつま》の声を上げ、瘴気を纏《まと》う真っ黒い体が、次々と焼き尽くされて塵《ちり》と化す。

炎が収まる前に瘴気の中から新たな汚染獣が次々と這《は》い出《だ》し、緋鶴が舌打ちした。

「……ったく、切りがねえぞコラ」

瘴気マスクを緋鶴が剥《は》ぎ取《と》り、彼方に向かって放《ほう》り投げた。

「ソイツを被《かぶ》ってとっとと逃げろ、これは教官命令だ!!」

彼方は飛んでくる瘴気マスクを受け取ろうとして伸ばした手を途中で止めた。落ちて弾む瘴気マスクではなく、足下に落ちていた小銃を拾い上げる。

〇四式五・五六ミリ魔弾小銃。昨日、教官の郷田が使っていた武器だ。

「馬鹿野郎、そんなモン拾ってどうすんだ！　一教はまだ実射訓練してねえだろ！」

「でも扱い方だけは学んでます！　それに昨日、郷田教官が使うのを見ました！」

彼方は弾倉《だんそう》を外して残りの弾丸数を確認した。弾倉に収まるのは全三〇発で、一発も減っていない。弾丸があると知って、ずしりと小銃が重さを増した気がした。

弾倉を戻して安全レバーと射撃モードの状態を確かめる。撃てる状態の安全レバーをうっかり動かしてしまい、焦っている自分に気付く。

（汚染獣、来るよ！）

心の声が警告し、慌てて彼方はストックを肩に当て、射撃姿勢に構えた。三〇メートルほど先で、ゴリラのようなシルエットの汚染獣が、のっそりと頭らしき部分をこちらに向けた。誰？　何？　と言いそうな素振りで、じ、と金色の眼が彼方を見据《みす》える。

「わあああッ!!」

反射的に彼方はトリガーを引いた。タタタッと軽い発砲音に対して、反動は強烈だった。彼方はきちんと銃を抑えられず、銃身が上下左右に激しく揺れる。

魔戦小銃から放たれた弾丸は、練り込まれた魔力が熱閃光《ねっせんこう》に変換され、光の矢と化す。

無数の光の矢が闇を貫くが、全てが見当違いのほうへと飛んでいく。

一秒で一五発を発射するフルオートでの発砲だ。三〇発の弾倉は二秒で空になる。

弾切れで、がしゃんと音を立てて小銃が停止した。彼方は焦り顔で何度もトリガーを引き直してから、やっと弾がなくなったことに気付く。

他に銃は、と彼方はきょろきょろとした。

「逃げろ逢坂あッ!!」

鼓膜を貫く緋鶴の絶叫に、彼方は視線を前に戻した。

どどどどっと重量感のある足音を立て、汚染獣が猛烈な勢いで迫ってくる。

──逃げられない。

（諦《あきら》めちゃ駄目だッ！）

心が叫んでも、彼方の足は動かなかった。竦《すく》んでしまっていた。

一体、僕は。何をしに来たんだ。

後悔も反省もなく、ただただ己《おのれ》が役立たずという事実を再認識する。

「──間に合えッ！」

必死の形相《ぎょうそう》で緋鶴が魔法回路を宙に組み立てる。発動までの速度を重視したのか、昨日、彼方が失敗した初歩の炎熱系攻撃魔法、〈火炎砲〉の魔法回路だと彼方には理解できた。魔法回路の種類がわかると同時に、気付く。生徒とは桁違《けたちが》いの速さで魔法回路を組み立てる緋鶴であっても、この状況では間に合わない、と。

一秒以下の差で、緋鶴の魔法発動よりも自分が汚染獣に喰《く》われるのが早い。

──俺にできること、あと一つだけあるじゃないか！

「教官こそ逃げろ、俺が喰われる間にッ‼」

彼方は弾のない小銃を鈍器代わりに振り上げ、汚染獣に殴りかかろうとした。

「やめろおッ‼」

彼方の暴挙で緋鶴の精神集中が途切れた。未完成の魔法回路が崩れ、収束し始めていたばかりの魔力が霧散《むさん》する。

「しまっ――」

緋鶴の悔恨《かいこん》の声の途中で、彼方へと汚染獣が跳躍《ちょうやく》する。

汚染獣の予想外の動きを、彼方は眼で追うことしかできなかった。小銃を振り下ろそうにも、上から落ちてくる熊ほどもある巨体には意味がない。

――せめて。眼だけは閉じずにいよう。

覚悟を決めた彼方の眼に、一条の金色の糸が映った。

魔力光糸だ。霧散した緋鶴の魔法回路の残滓《ざんし》ではなく、彼方のものでもない。

誰かが、彼方と落ちてくる汚染獣の間に、何かの魔法回路を組み立て始めたのだ。

一条だった魔力光糸が、次の瞬間には数え切れない量に増え、瞬《まばた》き一つする間に複雑極まりない魔法回路を編み上げる。

「転移魔法か⁉」

緋鶴が叫ぶと同時に、それは完成した。

魔力光糸で編み上げられた、人の形。華奢《きゃしゃ》な少女のボディライン。人型に組み立てられた魔法回路の中に、膨大な量の魔力が常軌を逸した速度で集まり、魔法が発動する。

閃光と衝撃波が発生した。汚染獣を吹っ飛ばし、彼方にも襲いかかる――

彼方の前に円形の防御型魔法回路が出現し、それが衝撃波を防いだ。彼方にそよ風ほども衝撃を感じさせず、防御魔法の効果が消える。

すとっと小さな足音を立て、その人が、彼方のすぐ前に降り立った。

燃える装甲車の炎の灯りに照らされて、黒と白銀《はくぎん》の長い髪がふわりと宙に広がる。

左の肩越しに、その魔法使いは振り返る。

翡翠色《ひすいいろ》の瞳《ひとみ》が、彼方を映した。


「すまない、遅れた。大丈夫だろうか」


静かな澄んだ声で、しかし固い口調で訊ねた彼女の名を、彼方は思わず口に出す。

「……百合草、リイン、悠……」

陸上国防隊が世界に誇る、極東最強と謳われる魔戦術士。

百合草リイン悠三等陸佐が、そこにいた。炎が陰影を作る綺麗な顔。肌が透けるように白いのか、不思議と現実感がない。

——案外、小さい人なんだ。

それが彼方の抱いた最初の感想だった。リイン悠は一六歳と公表されているが、体つきだけ見れば中学生でも通用しそうだ。華奢なのは広報誌の写真などで知っていたが、実物は写真よりもいっそう小柄に見える。儚《はかな》げに思えるくらいだった。

——幻みたいに感じられる。なんだろう、この人。

彼方はじっとリインの左の瞳を見つめた。深い碧《みどり》に吸い込まれそうな錯覚を覚える。

「三佐、前!!」

緋鶴の警告で、彼方は現実に引き戻された。先ほど吹っ飛ばされた汚染獣のみならず、全ての汚染獣がこちらを向いていた。汚染獣は強い魔力に惹かれる習性がある。転移魔法で尋常ではない量の魔力が集められたため、汚染獣の注意が集中したようだ。

数十対の金色の眼に見つめられ、彼方は怖気《おぞけ》がした。

「問題ない」

しかし、前に向き直ったリイン悠に動揺の気配はまったくない。

「今、片を付ける」

その言葉が合図だったかのように、無数の魔法回路が虚空に出現した。

魔力光糸を発生させ魔法回路を組むために、多くの魔戦術士は腕を掲《かか》げ、指先に精神集中する。そうした動作を、リイン悠は必要としないようだった。

宙に、彼方が見たこともない複雑で精緻《せいち》な魔法回路が同時に幾つも瞬間的に組み立てられる。だがその間、リイン悠は指一本動かしていない。

(まるで息をするように魔力光糸を発生させて、魔法回路を作ってる……凄い)

「あ、ああ。現実とは思えない。本当に凄い。構えないで魔法回路を組むなんて」

心の声に彼方は無意識に返事をした。その声がリイン悠にも聞こえたようだ。

「この程度なら構えは不要なだけだ、たいしたことはない。私など、しょせんはただの魔戦術士だ」

振り返らずに、どこか悲しげな声でリイン悠がささやくように呟いた。

「……え？」と彼方。空耳かと己の耳を疑った途端、視界が光で奪われる。

リイン悠の魔法回路群が発動したのだ。

幾つもの真っ白い熱閃光が、地表もろとも汚染獣の群れを焼き払う。

熱閃光の直径はどれもリイン悠の背より大きい。汚染獣は熊ほどもある巨体とはいえ、土をマグマ化させる超高温の熱閃光の中では、為《な》す術《すべ》無く塵と消えていく。

数秒かからず、リイン悠の魔法は一体残さず汚染獣を焼き尽くした。

魔法の効果が消えた後には、土や石がぐずぐずに溶けた赤い溶岩が残るのみ。

冬の夜明け前なのに、周囲が一気に蒸し暑くなった。

彼方は背筋に冷たい汗が流れるのを感じた。暑さからくる汗ではない。冷や汗だ。

数十体の汚染獣が痕跡《こんせき》も残さず消滅する。およそ人間の使える魔法には思えない。

人は理解を超えた力には、恐怖を覚える。それは彼方も例外ではなかった。

しかし彼方は、恐怖を覚えると同時に、感動していた。

（本当に、凄い。こんな力が僕にあれば、どんなことからでも、どんなものからでも、誰でも守れるのに）

こんな力が俺にあれば。彼方も一瞬思い、首を横に振った。分不相応《ぶんふそうおう》な力を求めたら、我が身のみならず全てに害を成してしまう、そんなことを考えてしまった。

――たぶんこれは、力というものに対する根源的な恐怖なのだろう。

背中に流れる冷や汗の理由を、彼方はそう結論づけた。

「無事か？」の声に彼方は我に返った。リイン悠が、振り返って彼方を見ていた。

魔法の熱の影響で風が生まれ、黒と白銀の長い髪が輝きながら舞っている。

その姿もまた、彼女が使った魔法のように、この世のものとは思えなかった。

それほどに、彼方にはリイン悠が美しく見えた。

「き、綺麗ですね」

ぴく、と小さくリイン悠の左眼が揺れた。

「無事ならば、それでいい」

無表情のままでリイン悠が緋鶴に視線を向ける。

「宇月《うづき》緋鶴三等陸曹《さんとうりくそう》で相違ないな？」

リイン悠に見とれていた緋鶴が、慌てて敬礼する。

「――は。はい！　そうであります、百合草三佐！」

「ここにもう脅威はない。宇月三曹、前浜キャンパスに戻り、残った生徒をグラウンドに集めておいて欲しい」

「了解であります！」

頼む、と頷いてリイン悠がしゃがんで姿勢を低くした。足下に楕円形《だえんけい》の魔法回路が出現する。その大きさはスノーボードほどで、魔法回路の構成が彼方には読めた。風を操る式の応用のようだ。

魔法回路が輝きを増し、リイン悠の体が数十センチほど浮かび上がる。

「私は他を片づけてくる――また、後で」

ちらりと彼方を見やったリイン悠が、ぼっと風を唸《うな》らせて彼方の前から消えた。

一瞬遅れて彼方はリイン悠の姿を眼で追った。

楕円形の魔法回路が、地表を滑るようにリイン悠を高速で運ぶ。すぐに後ろ姿が見えなくなり、やがて魔法回路の光も闇に溶け込んで消えた。

「おい、逢坂！」

緋鶴の大声に彼方はぎくりとした。

「な、何ですか、教官」

「てめえ……何か知らんがお知り合いみてえじゃねえか、あたしのリインたんと？　また後で、だあ？　どうゆうこった、さあ説明してもらおうじゃねえか、おお？」

不安そうな彼方を気遣ってなのか、どことなくわざとらしい口調で緋鶴が問うた。

「し、知りませんよ。俺だって今日、初めて会ったんですから！」

「嘘ついてたら焼くぞ？　こんがりと？」

緋鶴が炎熱魔法の魔法回路を組み立て始めた。彼方は慌てて敬礼する。

「天地神明に誓って嘘などついておりません！　今日が初対面です‼」

(手紙のことは……言えないか。殺されちゃいそうだし)

――そういうことだ。何が何だかわけがわからないし、言える事実だけで押し通す。

彼方は脂汗を流しつつ敬礼の姿勢を保った。疑念の眼をしたまま緋鶴が魔法回路を消す。

「ま、ここで嘘つく度胸なんて逢坂にはねえか。って、おまえらまで来たのかよ」

緋鶴が振り向いた先。嵐、芽砂、里海がちょうど到着したようだった。駆けてきたらしく、皆、肩で息をしている。

「馬鹿野郎、また反省文書きたいのか？　石松がいねえな……あいつみたいにきちんと待機命令守ってろよ、馬鹿者どもが」

緋鶴が呆《あき》れたように言い、さらに、来ちまったものはしょうがねえか、とぼやく。

「あ、あの、教官。私たちに何か、できること、ありませんか」

嵐が、弾む息で途切れ途切れに訊ねた。

「ねえな」と突き放すように緋鶴が返す。

「ここの状況は、もう終了だ。たった今、百合草三佐が全てを片づけて行った」

「……悠、が？」

嵐の唇がとても小さく動いた。芽砂が、ぱあっと顔を輝かせて高い声を上げる。

「三佐がいらしたんですか、ここに！　して、今はどちらに⁉」

「別の現場を片づけに行ったよ。後は三佐に任せるのが一番《せ》だ。あたしたちは戻るぞ」

緋鶴が生徒の返事を待たずに歩き出す。途中、ほれ、と急かすように里海の肩を叩いたが、立ち止まらない。

嵐たちが顔を見合わせ、緋鶴に続こうとする。ふと嵐が彼方を振り返った。

「逢坂くんも、戻ろう」

彼方は答えず、立ち止まったままだ。嵐の顔色が少し曇る。

「もしかして、怪我しているの？　それなら、肩を貸すよ」

「……いや、大丈夫。ただ……」

彼方は辺りを見回してから、緋鶴の背に声を投じる。

「……教官。他の人たちは」

「全員、殉職《じゅんしょく》した」

ただひと言、緋鶴は振り向かずに感情を押し殺した声で、そう告げた。

その時、嵐たちがどんな顔をしたのか、彼方には確かめることができなかった。

ただ、強く唇を嚙みしめるのみだった。


——俺は。やっぱり無力なのか。

Ⅲ 先の見えない閉塞の元で

夜も明けきらない前浜《まえはま》キャンパスのグラウンドに一教の生徒全八八名が集められ、区隊ごとに朝礼台に向かって六列縦隊で並んでいる。

ＨＩＤランプの青白い照明が、緊張した生徒たちを照らす。

朝礼台の上で、生徒たちと歳《とし》の変わらない三等陸佐《さんとうりくさ》の魔戦術士《ませんじゆつし》が、通る声で告げる。

「皆さん、初めまして。本日一二月一五日付けで、当面のこの駐屯地《ちゆうとんち》の責任者となった、第一師団第九魔戦術科中隊所属、百合草《ゆりくさ》リイン悠《はるか》三等陸佐だ」

彼方の後ろで、石松《いしまつ》がぼそぼそとしゃべる。

「第九魔戦術科中隊、三佐一人きりの部隊だったたな、確か。あの人が、一人で一〇〇人相当の魔戦術士の戦力に匹敵《ひつてき》するから、一人で部隊扱いと聞いたが」

朝礼台の隣にいるのは、緋鶴《ひづる》と郷田《ごうだ》だ。郷田は緋鶴と別の現場に出動し、そこでリイン悠に助けられたらしい。郷田はいつにも増して不機嫌《ふきげん》そうで、緋鶴の表情も固い。

リイン悠がゆっくりと生徒全員を見渡し、口を開き直す。

「最初にまず事実を言っておく。この陸上国防隊高等魔戦術科学校《りくじようこくぼうたいこうとう》前浜キャンパスは、未曾有《みぞう》の危機に瀕《ひん》している。駐屯地は、周囲に複数同時に発生した汚染《おせん》地区によって、外部とは隔絶《かくぜつ》された状態にあり、現時点での駐屯地からの脱出は、事実上、不可能だ。

　この駐屯地に配属されていた第二二魔戦術科派遣隊は、宇月《うづき》緋鶴三曹《さんそう》、郷田貞正《さだまさ》三曹の二名を残して全滅。勇敢に、しかし無謀にも汚染地区災害に出動した君たちの先輩たちも全員、殉職《じゅんしょく》または行方不明となっている」

　ざわ、と生徒たちに動揺《どうよう》が走る。

「おたおたすんじゃねえ、ヒヨッコども！　全員、気をつけ‼　百合草三佐に注目‼」

　朝礼台の横で、緋鶴が手にしていた竹刀《しない》で地面を叩《たた》いた。日頃の訓練の賜物《たまもの》か、すぐさま生徒たちは気をつけをし直す。

「君たちの不安は理解できる、とは言わない。おそらく、私が思う以上にこの状況に対して恐怖を覚え、己《おのれ》の無力さを再認識しているだろうから。汚染地区に対して今の君たちにできることはないと、理解してくれていることと思う。

　これは駐屯地責任者としての命令であると同時に、私個人からのお願いでもある。全員、汚染地区に対しては何もしないように。私は、自分と同じ歳の子供が死ぬのを、見たくはない」

　しん、と生徒たちが静まりかえった。その静寂《せいじゃく》の中、女子生徒の誰かが「私たち、助かるのかな」と呟《つぶや》いた。小さな声だったが、誰もが同じことを思う故に、聞き逃す生徒はいなかった。ざわりと生徒たちの間に再び動揺が走る。

「そうよ、汚染地区に囲まれてるのよ」「飛行機もヘリも来られないんだよね」「あの瘴《しょう》気《き》の中を、誰が助けに来てくれるんだ」「そんなの無理よ、絶対に無理なんだわ！」

騒ぐ生徒に、彼方《かなた》は、真っ先に郷田が叱責《しっせき》を飛ばすだろうと思ったのだが、郷田はちらりとリイン悠を横目に見ただけで、口をつぐんでいる。

その郷田の視線に、彼方は怯《おび》えと侮蔑《ぶべつ》の混ざったような、妙な気配を感じた。

——何だ？　郷田、三佐が苦手なのか？

（あの人は年下なのにずっと階級が上だから、苦手でも不思議じゃない気もするよ）

と、心の声。あの人とはリイン悠のことだろう。なるほど、郷田はあれでかなりプライドが高く、女という存在をどこか下に見ている雰囲気がある。生徒と同年代の上級士官であるリイン悠を郷田が苦手に思っても、何も不思議はないと彼方は納得した。

「だから、騒ぐな！　悪いほうへと考えたって得なんざねえんだ、こういう時は——」

緋鶴が先ほどと同じように、竹刀で地面を叩く。途端。いきなり照明が消えた。

「な、何？」「停電っ⁉」「まさかまた災害が！」

生徒たちの騒ぎがますます大きくなる。緋鶴がいっそう声を張る。

「落ち着け！　今のはたぶん、汚染地区に飲まれた送電線が瘴気で腐食したせいだ！　すぐに非常用電源に切り替わるから、ぎゃあぎゃあ騒ぐんじゃねえよ！」

闇《やみ》。それは人間にとって根源的な恐怖の対象だ。今は、月のない夜明け前で、もっとも闇が濃くなる時刻だ。生徒たちの騒ぎは収まらない。

その闇の中。朝礼台の上で、すいっと一条の光が踊《おど》った。魔力光糸《こうし》である。

次の瞬間。魔力光糸が爆発的に数を増やした。その輝きが、リイン悠の姿を闇に浮かび上がらせる。魔力光糸が数十メートルの高さまで上って球形の魔法回路を形成し、カッとまばゆく発光した。

闇全《すべ》てを打ち払う閃光《せんこう》に、ほとんどの生徒が手で目を覆《おお》う。閃光が収まった後も、辺りは暗くならなかった。まるで昼間のように明るい。

「……魔法の太陽だ……」と誰かが呟いた。

生徒たちの頭上に、球形の暖かい光が消えずに佇《たたず》んでいる。太陽代わりになるような強い光の魔法を持続させるのは、高度な魔法技術だ。魔戦術科学校の生徒は誰もできないし、炎熱魔法を得手とする緋鶴でも、これほどの灯《あか》りは作れない。

中空に佇む太陽のごとき輝きは、生徒たちの誰もにリイン悠の実力を納得させた。

「救助はすぐに来ないかもしれない。しかし心配はいらない。私が、必ず守るから」

リイン悠が掲《かか》げていた腕を下ろすと、わあっと生徒たちから歓声が沸き上がった。

ちらりと一瞬、リイン悠の左眼《ひだりめ》がこちらを見たように、彼方は感じた。

何、と彼方が思う間もなくリイン悠が話を再開する。

「幸いこの駐屯地には当面を凌《しの》ぐのに充分な食料と水は確保されている。全員が協力してこの危機に立ち向かえば、必ず道は開ける。これより宇月三曹、郷田三曹と私で今後の計画を立てるため、全員、別命あるまで待機するように。特に行動に制限は設けないが、周囲を囲む汚染地区には決して近づかないよう、厳に守っていただきたい」

「おら、てめえら！　返事は⁉」

緋鶴の大声に、生徒たちは一斉に姿勢を正して敬礼をした。

『了解いたしました‼』

皆と同じく敬礼をした彼方は、ややもやするものを胸に抱えていた。

――どうしてこんな人が、俺に手紙なんてくれたのか。

――ここに入るよう、進言してきたのか。

――わからない。

(訊《き》いてみる機会、あるかもしれないよ)

と心の声。彼方は、そうだな、と胸中で曖昧《あいまい》に相づちを打った。


日が昇ってから、彼方は班の仲間全員と共に校舎の屋上に来た。班長である石松が、状況を肉眼で確認しておくべきだと主張したからだ。

フェンスに囲まれた校舎屋上には、多くの生徒が来ていた。フェンス越しに見る風景に、誰もが表情を曇らせている。女子生徒の中には泣き出しているものもいた。

「何なのだ、これは……有り得ない……」と石松。

「向こう側が、まったく見えませんわね」と芽砂《めいさ》。

「完全に、汚染地区に包囲されている」と里海《さとみ》。

顔色の悪い石松が、普段と変わらない様子の芽砂と里海に顔を向ける。

「織部《おりべ》も宇月も、ずいぶんと落ち着いているんだな、こんな状況だというのに」

「慌てても仕方ありませんわ、事、ここに至っては。それに、あの百合草三佐が助けてくださるというのですから、信じて従うしかありませんもの」

「私は、三佐を信じているわけではないけれど。人は死ぬ時は死ぬ。そういうものだから、その瞬間まで抵抗するしかないと思っている」

里海が珍しく、淡々とだが長い言葉を口にした。

「な、なるほど。一理あるな、おまえたちの考えも。小生《しょうせい》とて焦っているわけではないんだ、ただ、驚いただけで――な、逢坂《あいさか》？」

「あ、ああ。そうだと思う」

いきなり話題を振られて、彼方は曖昧に相づちを打った。それで石松は満足したらしく、観察するような視線を地平に向ける。

彼方の隣で黙していた嵐《あらし》が、無言で彼方の服の袖《そで》を、きゅっと摘《つま》んだ。その手からわずかな震えを彼方は感じた。芽砂や里海と違い、嵐は不安のようだ。

大丈夫。気休めであったとしても、その一言を、彼方も不安で口に出せなかった。

ぐるりと見渡す全ての地平に黒い瘴気が広がり、難攻不落《なんこうふらく》の城壁《じょうへき》のごとく存在を誇示《こじ》している。駐屯地からの距離は、近いところでは五〇〇メートル以内、遠いところでも一キロメートルほどしかなさそうだ。

まるで前浜駐屯地周辺を残して、世界全てが瘴気に飲まれたかのようだった。

心の声と彼方は、同時に同じことを考えた。

（……見渡す限り、世界は死んでしまったみたいだね……）

「……見渡す限り、世界が死んでいるようだ……」

「そ、そんなことはないぞ逢坂！　見ろ、そっちに高圧線の鉄塔の先端が見えるじゃないか！　あっちもだ、アルトタワーがちゃんとある！」

アルトタワーは、この駐屯地からかなり離れた場所にある、高さ二〇〇メートル級の高層ビルだ。新幹線の駅前にあり、地域でもっともにぎやかな場所である。

「でも。ビルの見え方、何か変」と最初に里海が気付いた。

外から水中を眺める時のように、ビルがゆらゆらと揺らめいて見えるのだ。

彼方はアルトタワーの姿に眼をこらしてみた。錯覚《さっかく》ではなく、歪《ゆが》んで見える。

「大規模汚染地区だと、空間の歪みや重力の異常も起こるって習いましたけれど。あれが、そうなのかしら。これでは、外から光でモールス信号を送ってもらうのも無理ですわね……連絡手段、本当に皆無《かいむ》のようですわね」

と、芽砂。なるほど、と彼方は思う。強力なライトを使えば、数キロ先からでも光の点滅を利用した、モールスという種類の信号で通信は可能だが、ビルが揺らいで見えるような状況では、正しく光の点滅も伝わらない。それでは信号にならないのだ。

「……でも。こうやって見える建築物があるってことは。あの辺りは無事だってことだ。それだけでもよかったよ」

彼方はわずかに、ほっとした。

瘴気は物体を腐食《ふしょく》させて土に変えてしまう。瘴気に包まれたら高層ビルとて容易《たやす》く崩《ほう》落《らく》し、土の山と化す。ビルが見えるということは、そこに瘴気はないという証拠だ。

でも、と再び彼方は表情を暗くした。

この前浜駐屯地周辺は元から汚染地区があったせいもあり、畑や水田ばかりで民家はない。だが、今回の汚染地区が出現した辺りには、当たり前の街並みがあった。

汚染地区に飲まれた地域での生存率は、ゼロとされている。

過去、全世界で汚染地区から生還者《せいかんしゃ》が現れた例は、ただの一つもない。

遠くからサイレンの音が聞こえ、時折、離れた空を国防隊やマスコミのものと思《おぼ》しきヘリコプターが通る。汚染地区の外では、民間人の避難が始まっているようだ。

彼方は、ますます自分たちだけが取り残された気がした。

泣いている女子が「私たち、もうきっと助からない……」とくずおれ、別の女子に慰《なぐさ》められている。慰めている女子までが涙をこぼし始めた。

「あの三佐が助けると言ってくださっているのですから、信じていればいいだけですのに。ことさら不安を覚える意味などなくってよ？」

不満そうに言った芽砂の隣で、里海が小さく俯《うつむ》いた。

「そうは言うけれど。信じ切ることは、私にもできない」

「どうしてですの？」と芽砂。

「それは――」と里海が言いよどむ。その時、今まで黙っていた嵐が口を開いた。

「その、百合草三佐なのだけれど。みんなに話しておきたいことが、あるの」

「話だと？」「何をですの？」「どんな話なんだ？」

石松、芽砂、彼方の問いが揃《そろ》った。戸惑うように嵐が視線をわずかにさまよわせる。

「芽砂にも里海にも、話していなかったけれど。私――百合草悠と幼馴染《おさなな じ》みなの」

「何だって？」「何ですって？」「本当なのか？」

石松、芽砂、彼方の問いが再び揃う。こくりと嵐が小さく、しかしはっきりと頷《うなず》いた。

きい、と芽砂が妙な声を漏らした。

「ね、妬《ねた》ましいですわねっ。あのお方と幼馴染みだなんてっ。嵐さん、ここは当然、わたくしにも三佐を個人的に紹介してくださりますわよねっ？」

「それは、構わないけれど……」と嵐が歯切れ悪く答えた。でも、と挟《はさ》んで嵐が続ける。

「私が知っているのは、百合草悠。百合草リイン悠、じゃないの」

石松と彼方は、きょとんとした。里海は無表情のまま。芽砂が訝《いぶか》しげに眉《まゆ》を寄せる。

「それは、どういう意味なのかしら」

「リイン悠が、私の知っている悠と同じ人かどうか、私にも、よくわからない。顔立ちも、声も悠だけれど……でも、悠の髪は普通に黒かったし、眼だって碧色《みどり》なんかじゃなかった——いつの間にか悠は、別人になってしまったみたいで……。けれど。悠の家にある日、国防官が大勢やってきて、彼女を連れて行ったのは、事実なの。その後、悠が魔戦術士になったと、悠のお母さんから、私は聞いた」

「髪の色や瞳《ひとみ》の色は、どうとでもなりますわ。わたくしもこの金髪は、中学の時は教師がうるさいので黒く染めていましたし。三佐の、黒と白銀の髪、ファッションとしては有りですわよ？　ほら、ひっちゃんだって真似《まね》ていますしね」

　緋鶴は赤と金の髪だ。リイン悠よりよほど派手である。

「それは、そうなんだけど」と嵐。

「なるほど」と石松。「幼馴染みがあんなエキセントリックな髪にしていきなりミドルネームなど名乗ったら、戸惑って当然だ。わかるぞ、うむ」

　そういう問題なのだろうか、と黙考する彼方の心に、声が響く。

(百合草さん。何か事情があるのかな)

　——それこそ想像もつかないが。何もないことは、なさそうだ。

　そう言えば、と彼方は思い出す。昨日の授業で、緋鶴がリイン悠の話をしたことを。

「円城《えんじょう》さん、ちょっといいか。百合草三佐が変わったのって、一三歳の時か？」

「うん。中学校に入ってすぐだった。悠の家に国防官がたくさん来て、辺りが封鎖《ふうさ》されたあの日のことは、よく覚えてる。悠は四月生まれだから、一三歳だったはずだよ」

「三佐が、魔法の全てを突然知ったというのも、確か一三歳の時だったはず……姿が変わったのと、何か関係があるのか？」

彼方が考えようとした、その時だった。

『これでいいのかな、放送。あたし、触ったことねえんだよなあ』

今日の未明に非常事態のラッパを伝えた駐屯地のあちこちにあるスピーカーから、緋鶴の声が聞こえ始めた。

『あー、テステス。お、どうやら聞こえてるよーだな。呼び出しだ、耳をかっぽじって聞け！　一教二区隊一班、石松、逢坂、円城、織部、それから我が愛する妹！　ただちに教官室に来い！　繰り返すぞ、一教二区隊一班の奴ら、教官室に来やがれ！　以上‼　って、これで切れるのか？』

ボリューム操作を緋鶴が間違えたらしく、切れるのか、が音が割れるほどの大音量になり、ぶつっと盛大なノイズを立てて放送が終わった。

「何の用だろう」と彼方。

「何の用かは問題ではない。招集されたという事実が重要なのだ！　急げ！」

石松が階下への入口に早足で向かった。

「とにかく行きますわよ。ここで何かを考えていても、意味はありませんわ」

「うん」「そうだよね」

芽砂と里海、嵐が石松を追う。彼方も仲間を追おうとして、足を止めて振り返った。

（どうかした？）

――泣いてるあの女子、ちょっと気になって。放《ほ》っておいて大丈夫だろうか。

（知り合いだっけ？）

――確か、三区隊の……名前、なんだっけ……。

相手の名前も思い出せない自分が「必ず助かる、そう信じよう」と声をかけても無意味だろうかと考えている間に、別の女子が泣いている生徒のそばに行き、声をかけた。

俺の出る幕はないか、と彼方は軽く後悔しながらも屋上を後にし、教官室に向かった。

教官室は校舎の一階、昇降口近くにある。普通の学校の職員室と同じような部屋だ。

階段を下りて一階に来た彼方は、立ち止まっている嵐に気付いた。遅れた彼方を、嵐は待っていてくれたようだった。彼方が追いつくと、嵐が肩を並べて歩き出す。

「逢坂くん。私たちの班だけ呼ぶって、何の用かな」

「見当もつかない。こんな状況だし」

「そうだよね……こんな状況だもんね……助かるのかな、私たち」

不安を隠さない嵐の呟きに、彼方は思わず足を止めた。びっくりした顔で、嵐が一歩遅れて立ち止まり、振り返る。

先ほど、泣いている女子に声をかけられなかった後悔が、彼方に言わせる。

「必ず助かる！　もしもの時は円城さんの一人くらい、俺が助けてみせるから！」

嵐の頬《ほお》に朱《しゅ》が散った。見る間に耳まで赤くなる。

「あ、逢坂くん。う、嬉《うれ》しいけれど、その……ちょっと、恥ずかしいかも……」

廊下にいるのは彼方と嵐だけではない。ちらほらと他の生徒の姿もあった。中には彼方の知った顔もある。逢坂の奴、今どさくさに紛《まぎ》れて告らなかったか、と誰かが言い、彼方も顔が熱くなるのを感じた。

「急ごうっ、円城さん。招集にあまり遅れると、ひっちゃんに怒られるしっ」

彼方は嵐の返事を待たずに早足で歩き出した。すぐに嵐がついてくる。

「そうだね、急いだほうがいいよねっ」

でも、ありがとう。そんな小さな嵐の声を首の後ろ辺りで聞いて、彼方はどきりとした。返事もできずにいっそう足を速め、ほどなくして教官室前に着いた。

教官室のドアの前で、石松が不機嫌を隠さない顔で彼方を睨《にら》む。

「逢坂、さっきのアレは何なのだ！　こっちまで丸聞こえだったぞ⁉」

「驚きましたわね。逢坂くんも、言う時は案外、言うのですわね」

「悪くはない」

芽砂と里海は好意的な感想を持ったようだが、彼方は誤解されている気がした。

「俺は別に――」円城さんのこと、好きってわけじゃ。

彼方はその言葉を言えずに飲み込んだ。

「別に？」と上目遣いで嵐が訊《たず》ねる。その仕草はとても可愛《かわい》らしい。

嵐は確かに可愛いと彼方は思うが、だからといって恋愛対象として見ているのではない。しかし、こうして見ると嵐を好きな男子が多いという事実は理解できる。

――何を言ったらいいんだ、こういう時は。

(僕にも、さすがにわからないよ)

――だよな、僕も俺も、どっちも俺なんだし。

僕――心の声と胸中で頷きあうという妙な感覚を彼方は覚えた。

「おいこらてめえら！　何をそこで騒いでる、とっとと教官室に入れ‼」

ドア越しに緋鶴の怒声が聞こえ、彼方たちは姿勢を正した。石松がドアを開ける。

「一教二区隊一班、入るであります‼」

『失礼いたします！』

声を揃えて彼方たちは敬礼し、教官室に入った。

事務机が並ぶ広めの教官室にいたのは、緋鶴ともう一人。リイン悠だった。

「入口に突っ立ってねえで、こっち来い。別に説教とかしようってんじゃねえからよ」

リイン悠が座っている椅子《いす》の横に立つ緋鶴が、手招きをした。

緊張した面持《おもも》ちで彼方たちはリイン悠の前まで歩み寄り、気をつけの姿勢を取った。

「そんな固くなるなって。こっちまで何か緊張してくらあ」と苦笑して緋鶴。

リイン悠が彼方たちを順番に見て、淡々と固い口調で告げる。

「宇月三曹は一九歳、私は君たちと同じ一六歳。いざという時には指示に従ってもらわないと困るが、緊張されるような相手でもない。楽にしてくれていい」

「休め！」と石松が号令をかけ、彼方たちは姿勢を変えた。

「だからそう固く――ま、いいか。普段の訓練がちゃんとできてるってことでもあるしな、その態度」

さてと、と挟んで緋鶴が続ける。

「今朝、説明したように。この駐屯地には正規の職員があたしと三佐、後は郷田しか、もういないんだ。幸か不幸か、明け方前の災害だったから、売店や食堂のおっちゃんおばちゃんや、外から来てもらってる一般科目の教官とか、みんな出勤前だったしな。はっきり言って人手不足なんだよ。そこで、だ。てめえらの班に、雑用係を頼みたい」

「雑用係、でありますか？」と石松。

「雑用っても草むしりとかそういうんじゃねえからな、言っておくけど。あたしと三佐だけじゃ生徒たちの行動に目が行き届かないところがあるだろうから、そうゆうとこ、てめえらで注意してもらいたいんだ」

「それ。わたくしたちに、スパイのような真似をしろということですの？」と芽砂。

「ここで取り繕っても意味ねえし、はっきり言うけどよ。そう考えてもらって構わねえ。とにかく今は、バリバリやばい状態だ。馬鹿する生徒がいないとも限らねえんだ」

「……馬鹿って？」と訊ねた彼方を、ぴっと緋鶴が彼方を指さす。

「例えばそう、逢坂。てめえだ。今朝、後先考えずにあたしのとこ来たろ？　あれも馬鹿の一つだな。無謀もいいとこだ、銃の扱い方もろくに知らねえくせに」

う、と彼方は息を詰まらせた。反論などできるはずがない。

「円城たちもな。なまじ魔法を知っているから、自分たちだけで汚染地区を突破できるんじゃねえかとか、考えやしないか？　いや、てめえらが考えなくても、考える奴らは必ず出てくる。そうゆう奴らに気付いたら、教えろ。何かあってからじゃ遅いんだ」

「一理ありますわね。そういう事情でしたら引き受けますわ、気は進みませんが」

芽砂が、しぶしぶというように納得する。

「あの、他には」と嵐。緋鶴が罰の悪そうな顔になる。

「あー、その……なんだ……あたしもそういうのは考えたくはねえんだが……勝手に絶望して暴走するアホ男子が、いるかもしれん。女子、特に注意するように円城から言っておいてくれ。一応今晩からあたしも三佐も女子寮で寝起きするつもりだけどな……アホがもし大量に発生したら……ああもう、こうゆうのは苦手だ。考えてたくねえよ」

あ、と嵐が息を漏《も》らして前で手を組み合わせ、きゅっと身を固くした。

そうか、と彼方は理解した。石松はきょとんとしているが、芽砂も里海も緋鶴の話の内容がわかったようだ。芽砂が不愉快《ふゆかい》そうになり、里海がかすかに表情を暗くする。

「童貞《どうてい》のまま死にたくないという男子が暴挙に出る可能性があるということですわね」

「…………一人の時に狙《ねら》われたら。力だと私、敵《かな》わない」

この魔戦術科学校前浜キャンパス一教生の男女比率は、約三対七で女子が多いが、一教生の生徒のうち、男子生徒は二五人もいる。今は少ないと考えるべきではない。

「ど、童貞って。何の話だ⁉」

石松が話についていけずに目を白黒とさせる。緋鶴が微妙な表情で言う。

「わかんねえなら無理にわかろうとしなくていいって。こん中じゃ石松、てめえが一番あぶねえ気が……っと、あんまし余計なことは言うもんじゃねえか」

っつうことで、と緋鶴が話題を変える。

「てめえらに声をかけたのは、あたし的にはそれほど意味はねえんだ。あえて言うなら、特に無謀《むぼう》なことをしそうな逢坂には、目をつけておきてえなという程度の考えだよ」

無謀。またもそう言われ、昨日今日と彼方はいかに自分が実力にそぐわない無茶をしたのか、改めて理解した。

「……すみませんでした、教官」

「謝るくらいなら考えて行動しろっての。いいか、逢坂。てめえは脊髄反射《せきずいはんしゃ》で行動しすぎる。特に、誰かがピンチになった時にはな。それは長所でもあり、短所でもあるがよ……あんまし自分を粗末《そまつ》にすんなよな？」

「了解しました」と彼方は緋鶴に敬礼した。ふ、と緋鶴の表情が緩む。

「あの、少しよろしいでしょうか？」と嵐。

「何だ？」と緋鶴。

「いえ、ひっちゃ……宇月教官じゃなく、その……百合草三佐に、訊《き》きたいことが」

嵐が躊躇《ためら》いがちにリイン悠を見やった。ん、とリイン悠が小首を傾げる。

「何か？」と他人行儀にリイン悠が訊ねた。

「私のこと。覚えて、いますか？」

どこか緊張した敬語で嵐が問うた。リイン悠が無表情のままで答える。

「円城嵐さんじゃないのか？　私とは、幼稚園から小学校まで一緒だったと記憶しているが……私が中学校で私立の女子校に進学してしまったから、考えてみたら、顔を合わせたのは小学校の卒業式以来か。すまない、久しぶりの挨拶《あいさつ》さえもしてなくて」

リイン悠の口調は淡々としていて、しかも他人事《ひとごと》のようだった。

無言の嵐に、リイン悠が「すまないことをした」と言い加える。

「……いえ、大丈夫です。覚えてくれていたなら、それで」

嵐がかすかに笑みを作った。しかし、落胆《らくたん》の色は隠せていない。いつの間にか悠は、別人になってしまったみたいで、という先ほどの嵐の言葉を、彼方は思い出した。

――人がある日突然、別人のようになる、か。有り得るのか、そんなこと。

（……それはそうとさ。ちょうどいい機会だし、手紙のこと聞いてみたら？）

「え。ちょっとそれは」

唐突《とうとつ》な心の声の提案に、彼方は思わず声を漏らした。皆の前で手紙の話をするだなんて考えてもいなかったせいだ。一同の目が彼方に集まる。緋鶴が目をぱちくりとさせ、

「何が、ちょっとなんだ？　たまにてめえ変な独り言ゆうけどよ、悩みでもあるのか？　あたしでよければ相談に乗るぞ？」

「い、いえ。特に悩みとかは」

「本当に？」と嵐。「私も悩みくらいなら、いつでも聞くよ？」

嵐が心配そうに、彼方の顔を覗《のぞ》き込むように言った。石松が露骨に舌打ちする。

「悩みごとなら、小生だって色々あるというのに」

拗《す》ねたような石松を、緋鶴が笑った。

「おいおい、青春か？　ま、話したいことがあるならいつでもあたしのところに来い、多少えっちな相談でも、乗ってやるからよ！」

緋鶴はひとしきり笑うと、真顔に戻った。

「そんじゃてめえら、ご苦労さん。ひとまず話はこれで——」

緋鶴が話を締めようとした時だった。遠くから甲高《かんだか》い女子の悲鳴が聞こえた。

「って、おい！　さっそく馬鹿野郎が出たんじゃねえんだろうなッ!!」

女子の悲鳴が、先ほど話題になったばかりの男子の暴挙を想像させる。

彼方は、嵐たち女子が身を固くしたのを気配として感じ取った。

「女子はここにいろ、男子はついてこい！」

緋鶴がドアに向かって走る。同時に席を立ったリイン悠が、緋鶴とは逆のほうへと駆け出した。

「三佐っ？」と問う緋鶴に応《こた》えず、リイン悠が窓に向かって跳ぶ。両腕で頭をかばってガラスを砕き、そのまま外に転がり出た。地面で前転し、片膝《かたひざ》をついた姿勢でリイン悠が片手を前に掲げる。途端、ざわっと凄《すさ》まじい数の魔力光糸が手の先から発生した。

一体何が、と彼方たちは全員、窓へと走ってリイン悠がすることを見る。

リイン悠の放った魔力光糸の束は、十数メートル離れた場所で魔法回路を形成した。

校舎のすぐ前。平面型で、直径は三メートルほど。彼方は魔法回路の構成を読む。

「大気操作？」

「爆圧発生型だ、伏せろ‼」

緋鶴は正確に魔法回路の構成を読み取ったらしい。大声を発して身を低くする。石松や嵐たちもガラス窓の下の壁際にしゃがみ込んだが、彼方は一人、立ったままだ。

「逢坂くん、危ないよ！」と嵐。

「大丈夫！」何が大丈夫なんだと思いつつ彼方は両腕で顔をかばった。

外で何が起こるのか。自分の目で確かめたいのだ。

視界の中。上から不意に、何か影が降ってきた。

それに彼方が気付いた瞬間に、魔法回路が発動した。どんっと破裂音を放って大気が爆《は》ぜ、衝撃が教官室の多くの窓ガラスを粉砕する。爆風はほとんど真上に集中しているらしく、彼方は音ほどの風を感じなかったが、それでも幾つかのガラスの破片が腕にあたり、かばいきれなかった鋭い破片が一つ、浅く頬を切った。

落ちてきた影が爆風に受け止められ、しずかに横たえられる。

「――嘘《うそ》だろ」

彼方は愕然《がくぜん》とした。落ちてきたのは、女子生徒。

それも、先ほど屋上で泣いていた女子だった。

「……自殺しようとした……のか？」

屋上にはフェンスがあり、彼女以外に何人も生徒がいた。他の生徒が見ている前で、誤って転落するという可能性は低い。

汚染地区に囲まれた状況に絶望し、身投げをした。彼方はそう認識して青ざめた。

緋鶴が跳ねるように身を起こす。「てめえら、怪我《けが》はねえな⁉」と石松たちの状態を確認して窓へと目を向け、倒れている女子の姿に舌打ちをした。

「円城、織部、里海、ついてこい！　男子は、生徒たちに教室で自習するよう伝えに行け！　後で各区隊ごとに役割やら当番やらを決めるからな、それも言っとけ！」

『了解です！』

身を翻した緋鶴に嵐たちが声を揃えて応え、ここから離れようとした。一瞬立ち止まって嵐がポケットを探り、たっと彼方の元に戻って何かを差し出す。

「これ、使って」

パステルカラーの絆創膏《ばんそうこう》だった。ここで初めて彼方は頬の傷の痛みに気がついた。

「あ——ああ。助かるよ」と彼方は絆創膏を受け取った。

嵐がにこりとして、先に行った緋鶴や芽砂を追って走り出す。

「小生らもこうしてはおれん」

石松が身を起こした一方で、彼方は絆創膏を持ったまま、外に再び目を向けた。

リイン悠が立ち上がり、倒れた生徒を観察するように見ている。

「逢坂、ぼんやりしてないで急げ。それとも、今ので顔以外にも怪我をしたのか？」

石松が、動かない彼方を気にした。

「わ、悪い。びっくりしてただけだ」

「なら、いい。小生は一階から順に生徒に伝令する。逢坂はまず屋上に行ってくれ」

「了解だ、行こう」

石松が先に廊下に向かった。彼方は石松を追いつつ肩越しにちらりと振り返った。

突っ立ったままのリイン悠の唇が小さく動く。

「……今回もこのパターンか」

そう聞こえた気がした。今回。パターン。意味がわからない。

「逢坂！　急げ！」と石松に再び急かされ、彼方は足を速めた。

◇◆◇

明け方の汚染地区災害の発生。駐屯地の孤立。女子生徒の自殺未遂。事件続きだが、生徒たちには、悩む暇も、浮き足立つ暇もなかった。

リイン悠の指示に従い、駐屯地にある食料や水、武器弾薬や燃料などの資材の量の確認や、太陽光発電設備、エンジン発電機の状態のチェック、目測での周囲の汚染地区マップの作成と、一日中、生徒たちは働いた。

観測された汚染地区の大きさは、内側、つまり前浜駐屯地の上空、瘴気に覆われていない部分の直径が二キロメートル弱、外側の直径が推定五キロメートル。瘴気の高さが平均で三〇メートル。かなりの大規模汚染地区である。

ドーナッツ型の汚染地区に切れ目はなく、脱出は簡単そうではなかった。

その汚染地区を交替《こうたい》で監視するのも、生徒の仕事だ。各区隊の各班が二時間ごとの交替制で監視塔に上ることになり、昼から監視が始められている。

一教は三区隊あり、およそ三〇名の各区隊には、四人または五人で一つの班が、六つある。つまり班は全部で一八。三六時間ごとに見張りの当番が回ってくるということだ。

彼方たちの班、一教二区隊第一班は、〇二〇〇《マルフタマルマル》――午前二時からの当番である。

すでに日が沈み、気温も下がってきた。燃料節約のために女子寮も暖房が切られ、普段の放課後は好みの部屋着に着替える女子たちも、今日は野戦服姿のままか、野戦服にジャージというジャージ戦の格好で、室内なのに防寒コートを羽織っている。

嵐と芽砂は、防寒コート姿で寮のリネン室に来ていた。

「にしても。灯りがないから余計に寒く感じますわね」

「そうだね。心が冷えるからかな」

芽砂がLEDライトで照らした棚の毛布やシーツなどの寝具を、嵐は引っ張り出して抱えた。芽砂のライトが嵐の顔に向けられる。

「心が冷えると仰《おっしゃ》る割には。やけに頬が緩《ゆる》んでいるように見えますわよ？」

「そ、そんなことないよ？」

嵐は軽くうろたえて、抱えた寝具を抱きしめた。ふ、と芽砂が悟ったように笑う。

「円城さんの一人くらい、俺が助けてみせるから！」

いきなり芽砂が、女優が男役をするような芝居《しばい》じみた口調で、高らかに語った。

今日、教官室へ続く廊下で彼方が言った、あの台詞《せりふ》だ。嵐が耳まで赤くなる。

「――でしたわね。よかったですわね、嵐さん」

「…………わ、私のことはいいから。これ、早く届けに行こうよ」

「ですわねっ！」と芽砂が声を弾ませた。「百合草三佐を待たせてはなりませんわね、急ぎますわよ、嵐さん！」

今日から、緋鶴とリイン悠も女子寮に泊まり込む。取りに来た寝具は緋鶴たちが使うもので、先ほど緋鶴から持ってくるよう頼まれたものだ。

嵐一人でもこなせる仕事だったが、芽砂はリイン悠に会う口実になると、嬉々《きき》としてついてきた。里海だけは、興味がないからと部屋に残っている。

くるりと芽砂が身を翻《ひるがえ》して廊下に戻った。嵐は灯りを持っていないのでリネン室の中が真っ暗になり、慌てて芽砂を追いかけた。芽砂と肩を並べて、嵐は口を開き直す。

「ちょっと、いい……かな？」

「何かしら？」

「こういうこと、訊いていいのかわからないんだけど……その」

「歯切れが悪いですわね。そういう口ぶりは、聞く方もストレスになりますわよ？」

ごめんね、と挟んで嵐はおずおずと訊ねる。

「……里海、もしかして、あんまりひっちゃんと上手《うま》くいってないのかな」

「どうしてそんなことを訊きますの？」

里海は緋鶴の実の妹だ。姉の緋鶴が今日から寮に住むというのだから、話くらいはしたいんじゃないかなと嵐は思ったのだが、里海に、緋鶴に会いに行く様子はなかった。

普段も、里海から緋鶴に話しかけることがあまりない。それが嵐は気になっていた。

「里海、あまりひっちゃんと話をしてないなって。せっかく同じ寮に来たんだし、こういう時くらい、話をしに行ってもいいんじゃないかなって、思ったの」

芽砂が足を止めずに、そうですわね、と少し思案顔になる。

「里海さんは誰に対してもほとんど感情を見せませんし、さほど気にはしていませんでしたけれど。言われてみれば、身内相手と考えると、少し違和感がありますわね」

「……違和感……そうだね、そういう言い方があってるかも」

「言い換えれば。里海さんはひっちゃんに、何か戸惑《とまど》いのようなものを持っているようにも、見えますわ。その理由はわかりませんし、想像することも他所さまの家庭に首を突っ込むみたいで、わたくしは差し控えたいと思いますけれど」

戸惑い。その言葉が嵐の胸に、すとんと落ちた。もしかしてと考えたことを、芽砂が代弁するように口に出す。

「あくまで、わたくし個人の印象ですけれども。嵐さんが幼馴染みの三佐を見る眼差《まなざ》しと、里海さんがひっちゃんを見る眼差しは、どこか似ている気もいたしますわね――雑談はこれくらいにいたしましょう。つきましたわよ、三佐のお部屋に」

今日まで空き部屋だった女子寮の一室に、二人は到着した。

「こ、この中に。あの百合草さまが……」

芽砂は憧《あこが》れの女優に会うような表情で、三佐という階級抜きの敬称でリイン悠の名を口にした。夢見る乙女《おとめ》の表情が、一瞬で緊張に転じる。

失礼なきよう注意いたしませんと、と芽砂は呟いてから、ドアをノックした。

「織部芽砂生徒、円城嵐生徒、寝具をお持ちいたしました。よろしいでしょうか」

おう入れ、とドア越しに緋鶴の声。

「し、失礼いたします」

うわずった声で告げ、芽砂がドアを開けた。ドアが閉じないよう芽砂が保ち、寝具を抱えて両手の塞《ふさ》がっている嵐が先に入室する。照明がＬＥＤランタンだけの薄暗い部屋の作りは、見慣れたものだった。カーテンで区切られる四つの個人スペースには、それぞれにベッドとサイドボード、小さなロッカーという最小限の家具。

窓際のベッドをリイン悠と緋鶴が使うらしく、荷物はそちらにあった。

「毛布とシーツ、枕はこれでいいですか？」

芽砂がドアを閉めてから、嵐は寝具を差し出した。緋鶴が寝具を受け取りに来る。

「おー、それで充分。ありがとさん、円城、織部。……織部？」

緋鶴が芽砂の名を二度呼んだ。どうしたのだろうと嵐も後ろの芽砂を振り返る。

芽砂は頬を上気させ、目をとろんとさせていた。心ここにあらずという顔だ。

「……はあ」と芽砂の形のよい唇から熱っぽい吐息が漏れる。

「お美しいですわ、可憐《かれん》ですわ、まさしく美の女神ですわ。ああもうわたくし、見ているだけで昇天してしまいそう……は、ふぅ……でもどうせなら薔薇《ばら》の花びらをたっぷり浮かせたバスで、ローズオイルを多めに利かせた香りにまみれて、きっと桜色に色づくでしょう百合草さまの肌を、こう……でゅふふふふ」

芽砂が変な声を漏らし、何かをなで回すかのように手を奇妙に動かした。

嵐にも、芽砂が何を想像しているのか理解できてしまったため、顔を赤くして俯いた。

話題にされているリイン悠は無表情のままだが、緋鶴が露骨に苦笑した。

「おい織部。あたしも三佐が隣にいるから気持ちは似たようなもんだが、おまえは妄想が声に出ているぞ？　おい、織部ってば！　いい加減にしとけ！」

緋鶴は寝具を手近なベッドに放《ほう》り出すと、芽砂の前に行き、頭を拳骨《げんこつ》で殴った。

ごつっという鈍い音がし、ようやく芽砂が素に戻る。

「——は。何かわたくし、夢のようなものを見ていたような……」

「めんどくせえからもう突っ込まねえ。すみません、三佐。気持ち悪いっすよね」

「気持ち悪いとは、何がだ？」と、眉一つ動かさずにリイン悠が返した。

「わかっていないんでしたら、いいんですよ。じゃ円城たち、お疲れさん」

緋鶴のねぎらいの言葉に、芽砂の顔に悲嘆の色が浮かんだ。

「ええ、もうよろしいんですのっ？　せっかくですからもう少し、この部屋の空気を味わいたいですわ、わたくしはっ」

すーはーすーはーと深呼吸する芽砂。「負けんっ！」と緋鶴も深呼吸を始める。

嵐は困惑した。とにかく妙な場の空気を変えたくて、リイン悠に声をかける。

「その。伺ってもいいですか？」

「どんなことでも、答えられることならば」

幼馴染み同士には聞こえない他人行儀《たにんぎょうぎ》の口調で、嵐とリイン悠は話を続ける。

「女子寮、部屋はまだ余っていますけれど。お二人一緒でいいんですか？」

「ですわよね」と芽砂が真顔に戻って会話に口を挟む。

「三佐でしたら、個室待遇が当然でしょうに。何でしたらすぐさま、わたくし自ら他の部屋をご準備させていただきますわ、ベッドメイクもきちんと済ませて」

緋鶴がすぐさま芽砂に告げる。

「織部に任せたら何か余計なものまでベッドにメイクしそうだけどな」

「ししし、しませんわよ、そんなことっ」

芽砂が露骨にうろたえた。どうだかなぁと意味ありげに緋鶴が笑む。

そんなやり取りなど無視するように、リイン悠が淡々と嵐の質問に答える。

「宇月三曹とはこれから、何かと相談すべきことも多い。同室のほうが都合がいい」

「ですよね！」と緋鶴。どこか嬉しそうだ。芽砂が悔しそうな顔をする。

「ひっちゃ――いいえ、宇月教官は、三佐のファンでしたわね。わたくしほどではありませんけれど」

「バッカ、あたしのほうが筋金入りのファンだって！　っていうか本人前にしてバラしてんじゃねえよ、恥ずかしいじゃねえかっ」

緋鶴が照れて、抱きかかえた枕に顔を半分埋《うず》める。

「あたしにとっちゃあ、この人は憧れの姫さまみてーなもんなんだからよ」

緋鶴がちらちらとリイン悠を盗み見る。リイン悠は無表情のままだ。

「光栄な話ではあるが、私など、ただの魔戦術士だ。それ以上でもそれ以下でもない」

緋鶴がばっと枕から顔を出した。頬を赤らめて声を張る。

「そんな謙遜《けんそん》することないですって！　三佐がただの魔戦術士だったら、あたしなんてゴミっすよ、マジで」

ははは、と嵐は苦笑した。芽砂もどこか遠い目をする。

「……一等魔戦術士のひっちゃんがゴミなら、私なんて塵芥《ちりあくた》だよね……」

「――右に同じくですわ……どれほどの修練を積めば三佐に認められることでしょう」

いや、とリイン悠が小さく首を横に振った。

「君たちは立派にやっていると思う。宇月三曹こそ自分をそう卑下《ひげ》するものではないよ。円城くんたちの成績も見させてもらったが、一教の生徒でその実力ならば、将来はとても有望だ。塵芥など、とんでもない」

真剣な口調でリイン悠が言った。緋鶴、嵐と芽砂が揃って恐縮《きようしゆく》する。

「あたし、そんな立派なモンじゃないっすっ」

「私なんて全然勉強不足で本当にまだまだですから」

「お言葉大変嬉しく存じますけれども、我が身の不勉強は心得ておりますわ」

緋鶴が照れたのか、そんなことより、と強引に話題を変える。

「円城。ところでおまえ、逢坂のことどう思う？」

「ええっ⁉　あ、逢坂くん、ですかっ⁉」

嵐の顔が一気に赤くなる。胸の前で両手をもじもじと組み合わせ、ぼそぼそと言う。

「……その……ええとですね……嫌いじゃや、ないですよ……？　真面目《まじめ》ですし、優しいところありますし、昨日も、助けてもらいましたし……」

「や、悪ぃ。そういう意味じゃなくってな、逢坂が魔法を失敗することについてだよ。同じ班なら、あたしと違う何かに気付いてるんじゃないかって思ってさ」

「え。あ、そ、そうですかっ。嫌だ私、何を変なこと――ま、魔法のことですよね」

数秒ほど考えて、嵐が口を開き直す。

「昨日の実習前に、成功のイメージが大切と話しました。それは逢坂くんもわかっていたようですけれど、その。私なんかの観察が正しいかどうか、自信ないですし……」

「いいから言ってみろ、円城」

「逢坂くん、何か根本的なコンプレックスを持っているような気がします。魔法が使えないって、心のどこかで思いこんでしまっているような、そんな感じがします」

ああ、と芽砂が軽く手を打った。

「わたくしにも、そう見える時がありますわね。魔法なんて、己の魔力適性を心得た上で分相応の魔法回路を自信満々に構築すれば、まず発動するものですのに」

「……そっか、円城たちにもそう見えるか。あたしも同じ意見なんだよな。自信って教えてどうにかしてやれるものじゃねえから、厄介《やっかい》なんだよなあ」

むー、と緋鶴が難しい顔になる。自信か、とリイン悠が小さく呟いた。

「こればかりは、他人が魔法は使えるから自信を持てと言っても意味はない。必要なのは、きっかけだ――宇月三曹、円城くん、織部くん。これからも彼のことを頼む」

小さくリイン悠が頭を下げた。三佐という階級は、緋鶴や嵐から見たら絶対的に上の存在だ。嵐と芽砂が同じようにうろたえる。

「あああ、頭なんて下げないでくださいよ、三佐！」

「そそそ、そんな、顔を上げてくださいまし、三佐！」

リイン悠が姿勢を正した。ほ、と芽砂が小さく息をつき、はー、と緋鶴が大きく嘆息する。嵐は緋鶴たちが落ち着くのを待ってから、わかりました、とリイン悠に答えた。

罰が悪そうに、緋鶴が言う。

「すんません、三佐。あたしの教え子のことで要らない心配させて」

「――教え子、か」

そのリイン悠の言葉は、どこか寂しげだった。

「三佐？　どうかいたしましたの？」と芽砂。

「いや、何でもない。二人とも、寝具の調達ご苦労だった。これからしばらく、何かと世話をかけるかもしれない。よろしく頼む」

「三佐のお世話でしたら、よろこんで！　むしろ光栄ですわ！」

嵐は返事をすることも忘れて、じっとリイン悠を見つめた。

――やっぱり。本当に、他人みたいにしか話さないのね、私にも……。

「どうかしたのか？」とリイン悠。

「いいえ、何でもありません。それでは私たちは、これで失礼します」

きちんとした礼をして、嵐はリイン悠に背を向けた。

「わたくしも、これにて失礼いたします」と芽砂が嵐に続く。

部屋を出る際に再び礼をし、二人は廊下に戻った。疑問が、嵐の唇からこぼれ落ちる。

「……三佐。どうして逢坂くんのこと、よろしくなんて気にかけたのだろう……」

今朝、彼方が窮地をリイン悠に救われた、という経緯は嵐も聞いている。それが理由で、リイン悠が彼方を気にかけたのかもしれないと考えるが、どこか心が納得しない。

「三佐のことですもの。きっと何か、深いお考えがあるのですわ。それにしても、ああ……本当に、本っ当に、素敵な方でした……全身に染みついた百合草さまの部屋の空気を洗い流さないためにも、今日と言わず一週間ほど入浴を控えようかしら……」

放っておいたら、芽砂はまた妙な妄想を始めそうだ。

仕方がないな、と嵐は強引に芽砂の手を引き、部屋の前を離れた。

†

城の中庭に、ずどおっと盛大に爆発音が轟《とどろ》く。

僕が構成していた魔法回路は、今日も魔法を発動させることなく爆発した。

「やっぱり僕。才能ないのでしょうか」

恐る恐る僕は振り向いた。数歩後ろ。白い法衣《ほうえ》姿の、僕の魔法のお師匠《ししょう》さまがいる。

神聖王国リーリエ＝エルヴァテインの女神に仕える最高位の神官にして、世界最高の魔法使いと呼ばれる、この国の姫王陛下。一四の僕より二つ年上なだけなのに、とてもしっかりしていて、大人びていて、そして僕の知る限り、誰よりも綺麗《きれい》な人。

そんなお師匠さまが、呆《あき》れ顔で僕を見ている。

「この私が見込んだのだ、君には魔法の才能がある。足りないのは自信だ」

「自信、ですか……」

片田舎の鍛冶《かじ》職人の子で、ほんの三年前まで魔法なんて使い方さえ知らなかった僕に、魔法についての自信なんてあるわけがない。

「魔法剣が扱えて、魔法が使えぬ道理はなかろう？」

「あれは、その。父さんのこしらえた魔法剣が、たまたま僕に順応《じゅんのう》してくれただけで」

三年前を思い出す。国を脅かす瘴気雲の調査のため、姫王陛下自らが調査団を率いて僕の村に逗留《とうりゅう》した。その時、瘴気雲に住む『汚れたけもの』の群れが村を襲った。

混乱の中。必死だった僕は、気付けば父さんの作った魔法剣を振るい、たまたま姫王陛下を守ることができた――姫王陛下の実力を考えたら、僕が何もしなくても、きっと大丈夫だったんだろうと、今となっては本当に思う。

歳が近いのと、何よりお師匠さまが僕を気に入ったという理由で、僕はお師匠さまの側仕え兼魔法の弟子になった。

綺麗な銀髪を揺らして、お師匠さまが小首を傾げる。

「魔力光糸と魔法回路で魔法を発動させるのも、魔法剣に刻《きざ》まれた魔法回路を用いて魔法を発動させるのも、理論的には同じだ」

すい、とお師匠さまが片手を軽く掲げた。手に握るような形で、剣を模《かたど》った魔法回路が発生する。さっき僕が失敗した、魔力を集めて光の刃を作る魔法だ。

「光の刃の錬成なら、剣を好む君であれば不安なくできると思ったのだが」

「理論的には同じでも、その。体一つで使う魔法って、元々、王族さまとか貴族さまとか、神属の血を引く高貴な生まれの方だけに許される、奇跡《きせき》の一種じゃないですか？　僕たちのような平民は、道具を用いた魔法しか教えられてませんでしたし」

生身で使う魔法は、高貴なもののみに許される、神の御業《みわざ》に等しい奇跡。

よい生まれの人間に優秀な魔法使いが多いのは歴史が証明している。リーリエ＝エルヴァテインの王家正統で、姫にしてすでに王のお師匠さまが、その典型的な例。

「世界の魔力には限りがある故、臣民《しんみん》には、魔法についての情報を制限していたのは、事実なのだが」

むうとお師匠さまが小さく唸《うな》った。

「確かに神属の血を引くものは強い魔法を扱える資質を持っていることがあるが、たいていの貴族は、家柄をよく思わせるために神属の血を引いているだなんて言っているだけで、そんな事実などないよ。あれらは普通の、君と同じ人間だ」

貴族が実はただの人。僕のいたような片田舎の村でもまことしやかに噂されていることで、世界のほとんどが瘴気で覆い尽くされた今、実力を伴わない「高貴な血筋だけの貴族さま」は、とっくに地位を失っている。

「同じ人間……ですよね。それは、僕もわかるんですけれど」

「けれど？」

「お師匠さまを見ていると。やっぱり生身で魔法を使える人って、特別な存在にしか思えなくて……僕なんかに、魔法が使えるとは、信じ切れなくて」

「私のどこが特別なんだ？　王族ということを指摘されたら、返す言葉はないが」

――だって、お師匠さま。そんなに綺麗じゃないですか。

その言葉を僕は口に出せず、お師匠さまを納得させることだけを考えて応える。

「何もかもが特別ですよ、お師匠さま。臣民の誰だって、きっとそう言います。我らが姫王は何にも代え難い、特別な存在だって」

「……そうか。心に留めておこう」

お師匠さまは表情が乏しい人だけれど、どこか落胆したように見える。

僕は腰に提げた、父さんから貰《もら》い受けた魔法剣の柄《つか》を叩いた。

「臣民を代表してと言うと、大げさかもしれませんけれど。僕はこの剣に誓って、お師匠さまをお守りします」

「剣に誓って、か。君は騎士になりたいのか？　君は華奢《きゃしゃ》だし小柄《こがら》だから、かなりの苦労をするかもしれないが、それでもと言うのなら、私が、君を騎士団に推挙しよう」

お師匠さまは割と頑固《がんこ》な人だ。決めたら折れない人なので、ここで騎士になりたいなんて言ったら、絶対に騎士にされてしまう。

「そ、そういうわけじゃ。もし剣を捧《ささ》げるとしても、僕はお師匠さまだけがいいです」

「私一人の騎士になりたい、ということか？」

「そ、そういうことかもしれないです。僕、騎士とかよくわかってないですし」

「そうか」ふっとお師匠さまの気配が緩んだ。

「それならなおのこと、魔法剣抜きで魔法を使えるようになってもらわないと困る」

「どうしてですか？」

「いざという時、その剣が折れていたり、なくなっていることだって有り得るだろう。心配しなくても、この私が保証する。君には魔法の才能がある、必ずや私が君を、どこに出しても恥ずかしくない魔法使いにしてみせる」

わ。お師匠さま、宣言しちゃった……。お師匠さまが言った以上、僕はいつか必ず、魔法使いになれるのだろう――できることなら、その日が遠いほうがいい。

魔法を一つでも修得してしまったら、きっと僕はお師匠さまのそばにいられなくなる。そんな気がするから。

「お師匠さま。少し剣を振りたいので、お付き合いしてもらえませんか？」

毎日、短い時間だけれど僕はお師匠さまに手伝ってもらって剣の修練をする。と言ってもお師匠さまは剣など使えないので、思念で操作する魔法光弾が相手だ。

「いいだろう、光弾を出す。幾《いく》つ相手にする？」

お師匠さまの思い通りに、高速で宙を駆ける光弾を幾つも相手にするのは、実は結構、大変。並の腕前の騎士だと、三つ相手にするので精一杯だとお師匠さまは言う。

僕の場合、同時に四つまでなら捌《さば》くのにそれほど苦労しないけれど、五つになると一苦労、六つが今までのところの限界。

「七つ！　今日こそ記録更新してみせます！」

「よし。それなら私も本気で光弾を操ることにする」

「え。そんな、本気にならなくても──」

「行くぞ」

お師匠さまの宣言と共に、球形の魔法回路が同時に七つ、周囲に一瞬で構築された。大きさは拳《こぶし》ほど。ぱぱっと魔法回路は閃光を放つと一回り小さな白い光弾になる。しゅっと光弾が残像を残して宙を疾《はし》る。矢よりもよほど速い。

僕は片手で剣の柄を握り、後ろに跳んだ。この魔法剣は羽のように軽く、僕の細い腕でも素早く鋭く振るうことができる。

「一つ！」剣を鞘《さや》から抜き放つ動作で、正面から飛来する光弾を横に斬《き》る。刃に両断された光弾は、水玉が弾《はじ》けるように魔力の残滓を散らして消えた。

幸先がいいな、と手首を返してすくい上げるように剣を振るう。

「二つ！」横から迫っていた光弾を下から縦に割った。

僕の剣は、両刃の片手剣。腕ほどの長さという短めの刃には、熱閃光系の魔法回路が彫り込んであって、僕はほとんど意識することなく剣の魔法を発動させている。飛んでくるのが鉄球であっても、この剣なら、すっぱりと切れる。

斬った光弾の末路を凝視したりはしない。視点を固定せずに、周囲の空間全体をあえて散漫に見ることで死角を減らす。光弾を目で追わずに、感覚で捉《とら》える。

残り、五つ。見えるのは三つ。二つの光弾が視界にないということは、すなわち――

僕は反射的に頭を前に振った。ぼっと頭の上を光弾が左右から貫く。ちりっと音がしたのは、髪が何本か焼けたせいらしい。直撃していたら、とぞっとする。

「お、お師匠さま！　この光弾、練習用じゃないですよね⁉」

「本気だと言っただろう」

お師匠さまがきっぱりと言った。冗談じゃないと僕は必死になる。死角から飛んでくる殺傷力を有した光弾を、半ば直感を頼りにかわしつつ、剣を振るう。

「三つ！」「四つ！」「五つ！」

立て続けに三つ、光弾を斬った。残り二つ。やっかいなことに、この思念で動かす光弾は数が減ると速度が上がる。一気に三つ減らしたから、その反動は大きい。

視点を固定していない視界で、光弾を意識に捉え続けるのが困難になった。危険だけれど視線で光弾を追うしかない。

「ほう、やるものだ。だが、私にも意地がある」

お師匠さまが褒めてくれた。嬉しい反面、頰が引きつる。

「全速で、行くぞ？」

「全速じゃなかったんですか、これっ？」

光弾がさらに加速した。もはや光弾というよりは光線だ。光線が一筋、僕めがけて襲いかかってくる。速度だけなら僕にも自信がある。いつか僕が大人になったらこの速度も失われてしまうだろうけれど、今の小さく軽い体は、素早さだけなら誰にも負けない。

――一瞬だけなら。

光線の先端に精神を限界まで集中し、一瞬を狙う。光線と剣の軌跡が刹那《せつな》、重なった。

頭を振った僕の頬を、二つに分かたれた光弾がかすめるように過ぎる。

「やった！」

喜んだのもつかの間。斬った光弾のすぐ後ろに隠れて飛んできた光弾が、僕の額《ひたい》を直撃した。ぱこんと木の珠《たま》でもぶつけたかのような音がして、視界に火花が飛ぶ。

「～～～～～～っ」剣を持ったまま額を押さえ、僕はしゃがみ込んだ。

「……やられた……今日は行けると思ったのに……って、あれ。痛いで済んでる？」

光弾には充分な殺傷力があったんじゃ、と僕は首を傾げた。

「最後二つは、ちゃんと訓練用光弾を使ったよ。全部が訓練用だと君も本気になれないかと思って」

「――うう。騙《だま》された気がします」

「惜《お》しかったな。しかし、並の騎士なら五つも切れずに終わっている。一四歳でその剣の腕なら、騎士団に推挙するのもまったく問題はないが」

僕は立ち上がり、額をさすりつつ剣を鞘に戻した。

「いえ、だから僕は別に、騎士になりたいわけじゃないですし。その。やっぱり僕は、お師匠さまの魔法の弟子ですから」

そうか、とお師匠さま。相変わらず表情は乏しいけれど、どこか嬉しそうだ。

「それなら。もう一度最初から〈光刃《リヒトクリンゲ》〉の魔法を練習してみよう」

「はい、お師匠さま！」

僕は頷いた後、この城の中庭に通じる石畳の歩道をかけてくる、白銀の鎧《よろい》をつけた騎士に気がついた。その騎士が大きな声で告げる。

「姫王、城のすぐ近くにけものが出ました！　すぐに御出陣を‼」

白い法衣と白銀の髪を揺らして、お師匠さまが騎士に向き直る。

「心得た。案内を頼む」

「あの、お師匠さま。僕は」

僕はお師匠さまの背に訊ねた。お師匠さまが肩越しに振り返る。

「来い。近くで魔法を見るのも修練だ」

「しかし姫王、その弟子はまだ足手まといでしか――」

「弟子一人を守れぬ程度の師だと申すか、この私を」

騎士の言葉をお師匠さまは途中で遮った。

「し、失礼いたしました‼　どうぞこちらへ‼」

騎士が焦った顔で踵《きびす》を返した。騎士を追う前に、お師匠さまが僕に手を差し出す。

「君のことは、必ず私が守るから」

――守りたいのは、僕がお師匠さまを……なんだけれどな。

そう思いながら、お師匠さまの色白で華奢な手を握ろうとした僕の視界で、真っ黒い何かが突然、騎士に襲いかかった。

剣を抜く間さえなく、それが大きく顎門《あぎと》を開いて騎士の体にかぶりつく。

ごりっと音がして、体の上半分がなくなった騎士がその場に倒れた。

汚れた、けもの。瘴気を纏ったその黒い異形が、金色の眼を僕たちに向けた――

†

「うわあああッ‼」

彼方は悲鳴を上げて跳ね起きた。

「汚染獣が来るッ‼」

ベッドから飛び降りつつ、彼方は腰を探った。あるはずの剣がない。どこに置いた、とLEDランタンのみの暗い部屋できょろきょろとする。

「……どうしたんだ、逢坂。怖い夢でも見たんじゃあるまいな、子供でもなかろうに」

頭まで被っていた毛布から、のそりと石松が坊主頭を出して言った。

「……え？　――夢……？」

彼方は顔に滲《にじ》んでいた冷や汗を袖で拭《ぬぐ》いつつ、息をついた。

「…………あれ。思い出せない。何か夢を見たような気がするが……」

夢の中で腰に剣を提げていた。そんな気がしていた。

——剣……だっけ。そんなもの、俺が持っているはずがないのに。

心の声が何か言ってくるかと彼方は思ったが、少し待っても声はない。

彼方はぼんやりとしつつ、枕の下に押し込んでいた携帯電話を取りだし、時刻を確かめた。午前一時四五分過ぎ。彼方たち一教二区隊一班の監視当番は、午前二時からだ。

嵐たち女子とは、アンテナ塔を兼ねた監視塔の下で、一時五五分に待ち合わせをしている。彼方は、一時五〇分にセットしてあったマナーモードのアラームを解除した。

石松もベッドから這い出し、携帯電話を確認する。

「む……五分、早かったか。ま、いいだろう。遅れるよりマシだ」

「そうだな。監視塔に向かおう」

彼方も石松も、万一に備えて野戦服姿のままベッドに入っていた。後はコートを羽織って出かけるだけだ。彼方たちはそれぞれにLEDの懐中電灯をサイドボードの上から取り、部屋のLEDランタンを消して廊下に出た。

常夜灯《じょうやとう》さえ消えている真っ暗な廊下を、懐中電灯で床を照らして進む。

廊下の暗がりの先に大柄な影があった。彼方と石松は同時に気付き、足を止めた。

深夜の、人気《ひとけ》のない寮の廊下だ。予想外の人影は、ただそれだけでも恐ろしい。しかも相手は懐中電灯さえ持っていないのだ。こんな闇の中で何をしていたのか、見当もつかない。その影が、ゆらりとこちらに動いた。

ぎゅ、ぎゅ、とリノリウムをゴム底で踏む軋《きし》んだ音が響く。

ちらりと彼方は石松を見やった。懐中電灯の明かりは前しか照らさないから、石松の表情はわからない。だが、息を潜《ひそ》めているから緊張しているのは確かなようだ。

床を照らしている懐中電灯を上げて、人影の正体を確かめるべきか、どうか。

いきなりライトを向けられたら、思わぬ行動に相手がでるかもしれない――

一瞬の逡巡《しゅんじゅん》の後、彼方は懐中電灯を下に向けたまま、口を開いた。

「一教二区隊一班、逢坂彼方だ。誰だ？」

「……ああん？　逢坂だ？　何えらそうな口を利いてんだ、おまえ」

闇の中から野太い声が返ってきた。ぷん、と甘ったるい異臭も漂《ただよ》ってくる。

「この匂《にお》いは……酒か？　誰だか知らないが、未成年の飲酒は禁止だぞ」

石松が懐中電灯を前に掲げた。そこにいたのは教官の郷田だった。女子寮にリイン悠たちが泊まるのと同じく、郷田も男子寮の空き部屋で寝起きすることになっていた。

「バッカ野郎、誰が未成年だ、誰が。だいたい言われるくらい呑《の》んでねえ、酔ってなんざ、いねえっての。便所行ってきただけだ、酔っぱらってたら便所も行けねえだろ」

彼方は、何だこの大人、と不快感を覚えた。石松もそれは同じらしい。

「僭越《せんえつ》ながら、教官。この非常時に飲酒とは、未成年でなくても好ましくないかと」

「うるっせえよ、ガキ。自分の金で、本来なら勤務時間外に呑んでんだ、文句あるか」

「僭越ながら、教官。文句などではなく、常識で――」

「ああもうクソ真面目だな、石松はよ。いいか？　どこもかしこも瘴気だらけで助かるかも怪しいってのに、これが呑まずにいられるか。いつ死ぬかわかったもんじゃねえし、女子の一人でも捕まえて、楽しもうと思ったのによお、あんな化け物がいるんじゃ、そんなこともできねえしな」

最悪だな、おまえ。と石松が声を押し殺して呟くのを彼方は聞いた。

石松が切れて殴りかからないよう、彼方は片手を広げて一歩、前に出た。

郷田の飲酒や女子を物扱いするような暴言は、彼方も腹が立つ。

それ以上に、今の郷田の言葉に彼方は引っかかる単語があった。

「あんな、化け物？」と彼方。

「化け物だ、化け物。ああ化け物だ。百合草リイン悠。三佐だ？　なんだそりゃ。あれ、おまえらと同じ歳だぜ？　ああそうだ、逢坂は見たんだろ、今朝の現場でよ。ずどーん、どかーんってな。魔弾小銃や魔力迫撃砲でちまちま戦うのが馬鹿らしくなるわ、あんな人間魔法砲台を目の当たりにしたらよ。

知ってるだろ？　あの女、一人中隊とか言われているのを。冗談じゃねえ、その気になれば大隊だって魔法一発で、どかん、だ。あれが化け物じゃなくて何だってんだ、あぁ？」

呂律《ろれつ》の乱れた口調で、長々と愚痴《ぐち》るように郷田が言った。

「――あの人を化け物呼ばわりするのだけは……許さない！」

反射的に彼方は郷田に殴りかかってしまった。彼方は、男子でも細身で腕力がないほうだ。逆に郷田は、現役国防官で体格がよく、しかも格闘技の教官でもある。

「おお？　元気だな、おい」

「馬鹿、止《や》めろ！」

石松が彼方と郷田の間に割って入った。彼方の中途半端なパンチを頭の後ろで受け、つんのめって郷田に寄りかかる。

「……お？」と間の抜けた声を上げ、郷田が後ろにふらついた。三歩ほど下がって、ばたりと後ろに倒れ込む。

「きょ、教官っ？」と石松が慌てて郷田に駆け寄った。しゃがんで郷田の様子を確かめ、深く息をつく。

「何が酔ってなんかいない、だ。泥酔《でいすい》しているじゃないか」

郷田はいびきをかき眠りこけていた。立ち止まったままの彼方を、石松が振り返る。

「こんな奴、放っておいて監視任務に行くぞ。……おい、逢坂。どうした？」

どうして、リイン悠が化け物と呼ばれた時に、彼方は郷田が許せなかったのか。

理由がわからず、彼方は動けずにいた。

「――あ、いや。悪い、殴ったみたいだが頭、大丈夫か？」

「小生の石頭は伊達《だて》ではないからな。問題ない、気にするな。先に教官に飛びかかろうとしたのも、小生だしな」

「なら、貸し借りなしで」

「当然だ」

「郷田。このままにしておくと風邪引きそうだな。俺、ちょっと毛布取ってくる」

彼方は急いで、予備の寝具が仕舞われているリネン室に毛布を取りに行った。幸い、ここからリネン室は近い。すぐに毛布を一枚持って、彼方は戻った。

ごがあごがあと喧《やかま》しくいびきをかく郷田に、彼方は無造作に毛布をかけた。

「これでよし、と。余計な時間を食ったたな。急ごう、石松」

「そうだな。五分のアドバンテージは、もう残ってないだろう」

彼方と石松は、急ぎ足で寮の外に出た。ふと夜空を見上げると、満天の星。冷たく澄んだ真冬の大気に、無数の星々が瞬《またた》いている。

石松が難しい顔をした。

「綺麗では、あるが。否《いや》が応でも一帯が封鎖されているというのがわかるな、こんな星空は、直径五キロの汚染地区のせいで停電していなければ、見られまい」

彼方は星空に、石松とは違うことを思っていた。

――また昨日の夜のように、流星が降るんじゃないだろうか。

流星と今の状況との関係など、彼方にはわからない。リイン悠の手紙が、流星が凶兆だと伝えているだけだ。それでも夜空から視線が外せず、ただ、立ち尽くしていた。

「おい、逢坂。交替に遅れるぞ」

「――あ、ああ。悪い」

先に歩き出した石松に急かされてようやく、彼方は我に返った。

石松を追って、各種アンテナを装備した、通信塔を兼ねた監視塔に向かう。

外周部分が螺旋《らせん》階段になっている鉄骨製の監視塔の下。すでに嵐たちが待っていた。

「遅れたか？」と石松。「ちょうどいいタイミングだよ」と嵐。

石松が班員を見回し、全員が揃っていることを確認する。

「よし、揃ってるな。点呼省略、監視台に上がろう」

石松が先頭に立ち、人がすれ違えないほどに狭く急な螺旋階段を一列になって上る。

彼方が一番後ろだ。階段を上りながら、彼方はちらりと周りを見た。だいぶ闇に眼が慣れたおかげで、月と星の明かりのみでも駐屯地の様子が何となく見える。

各施設や校舎はもちろんのこと、男子寮舎も女子寮舎も静まり返っている。

――今でも信じられない。たった一日で、三分の二の人がいなくなったなんて。

ぶるっと彼方は身震いした。寒さのせいだけじゃないと思う。

――本当に。どうにかして、残りのみんなを助けたい。

「……そのためにも、まずはこの任務をきちんとこなそう」

彼方は口の中だけで呟いた。ほどなくして、塔の中間部分にある監視台に到着する。

円形の足場は狭く、手すりもそれほど高くはない。

「二区隊一班、班長の石松だ。〇二〇〇《マルフタマルマル》、交替に来た」と石松。

監視台にいた男子の一人が、石松にハンディタイプの無線機を手渡す。

「一区隊六班、班長の松倉《まつくら》だ。現在まで異常なし、交替確認した。……寒《さみ》ーぞ、ここ。あと五分くらいで凍るとこだった」

一区隊六班は、班長以外が全員女子だった。女子たちがよく通る声でしゃべる。

「ほんとほんと」「お風呂入りたいんだけど無理だよね」「誰か携帯コンロ持ってたよね、帰ったら熱いコーヒー淹《い》れようか」「あ、お菓子あるよ！　持ってくね！」

当番を終えた班が、彼方たちと入れ替わりで螺旋階段を下りていく。

「コーヒーですって。わたくしは紅茶派ですけれど、今は羨《うらや》ましいですわ」

「ぼやくな織部。缶の紅茶くらい、小生が後でくれてやる」

「それ、冷たいのでしょう？」

「室温と同じだ」

「ご遠慮いたしますわ……では、わたくしは南を見張りますわね」

嘆息しつつ芽砂が監視台の一角に立つ。里海が「それなら私は東を」と動いた。

「ならば小生は北だな――と。一人、余るな。どうする？」

石松が、彼方と嵐を見た。班員は五名、監視の方角は四つ。確かに人数が多い。

「逢坂くんは目が悪いから、私が一緒に立つよ」

と、嵐。石松の眉間《みけん》に皺《しわ》が寄った。

「……むぅ……逢坂だけ得じゃないか……い、いや。その程度の細かいこと、小生はいちいち気になどしない。よし、円城。逢坂と共に西を頼む」

「ああ、わかった」

彼方は嵐と、監視台の西側に立った。監視台は狭く、自然と寄り添う形になる。

むぅ、と石松のうなり声が聞こえ「気にしないいんじゃなかったですの？」とからかうように芽砂が言った。

「き、気にしてなどおらぬというに！　いいから監視を怠《おこた》るな！」

「了解」と里海。「了解ですわ」と芽砂。「了解です」「了解した」と、嵐と彼方。

彼方は眼鏡《めがね》の位置を少し直して、西の地平を見やる。そちらには女子寮舎があり、その向こうが、元々汚染地区があった場所だ。

彼方たちは直立不動の姿勢で、任された方角を見据《みす》えた。星空は地表に近づくにつれて大きく揺らめき、星の瞬きも強くなる。汚染地区に生じた空間の歪みのせいだ。

「一つ、気になるのですけれど」と芽砂。「照明もないのに、汚染地区を夜に見張って意味があるのですの？」

「そうだな。確かにこう暗くては、闇と瘴気の区別さえつかないな」と、石松。

「異変……わかると思うよ」と彼方は振り向かずに言った。

「どうやって？」と隣の嵐が彼方を見上げて訊ねた。

「汚染獣の金色のあの眼は、闇で光って目立つんだ——昨日、嫌っていうほど見たから間違いない」

「地上に星が出現したら、注意ってことですわね。そうならないよう、神様仏様百合草三佐様に、お祈りするといたしましょう」

芽砂が胸元で十字を切り、手を組み合わせる。ふざけた態度だと石松が怒るかと彼方は思ったが、石松は無反応だ。月明かりを頼りに石松の横顔を見ると、強ばっている。

「石松。もし汚染獣の眼が見えても駐屯地からはそこそこ距離あるし、大丈夫だよ」

「小生は、べ、別に竦《すく》んでなどいないぞ」

「誰もそんなこと言ってないって」

彼方が苦笑した、その時だった。ちかりと視界の隅で星が瞬いたような気がした。

「今の、何？」と隣の嵐も小さく呟く。

彼方は、じ、と気になる闇の先へと目を凝らす——

ばっと金粉をばらまいたように、地上すれすれと思しき場所に光の点が発生した。

彼方が見間違えるはずはない。昨夜の死の恐怖は、あまりに新鮮な記憶だ。

無数の金眼の群れを見据えたまま、彼方は叫ぶ。

「汚染獣だッ‼　それも多数‼」

Ⅳ 己の立場に気付かないままで

汚染獣《おせんじゅう》に気付いた彼方《かなた》は、すぐさま無線機を持っている石松《いしまつ》を振り返った。

「石松、早く教官に連絡を‼」

「おおお、汚染獣だって⁉　間違いないのか⁉」

「いいから連絡を‼」

「わわわ、わかった！」と、石松が肩にベルトを掛けていた無線機を手にした。ベルトが突っ張ってしまい、操作できずに石松が苛立《いらだ》つ。

「ベルト、邪魔だっ」石松が乱暴にベルトを肩から外す。ベルトに気を取られたせいで、石松の手から無線機が滑《すべ》り落ちる。

「――あ」と気付いた時にはもう遅い。無線機は金網の床で一度弾むと、鉄パイプの柵《さく》の隙間《すきま》から落ちた。一瞬で闇《やみ》に溶け込んで消える。

「何をしているのですの‼」

芽砂《めいさ》の叱責《しっせき》が飛び、石松が無言で顔を青ざめさせる。どうすれば、と彼方は焦《あせ》った。

迅速に動いたのは里海《さとみ》だった。すぐさまコートの内ポケットから携帯電話を取りだし、どこかに発信する。その行動の意味に嵐《あらし》が気付いた。

「そっか、里海ならひっちゃんの電話番号、知ってるんだ！」

「……もしもし、お姉ちゃん。落ち着いて聞いて。西に汚染獣の群れが出た」

『なんだとおッ⁉』と携帯電話から緋鶴《ひづる》の声が漏《も》れた。かなりの大声だったのか、里海が顔をしかめて携帯電話を耳から遠ざける。

『わかった、さっちんはそこにいて！　三佐《さんさ》に報告するから！』

それで通話は切れたようだ。里海の携帯電話は、無音になった。

「……さっちん、ですのね。まあずいぶんと可愛《かわい》らしい愛称だこと」と芽砂。

「忘れて欲しい」と里海。そんなやり取りを吹き飛ばすように、どんっと女子寮の一角が爆発した。誰かが、魔法《まほう》を使って壁を破壊したらしい。

「な、何だっ？」「何ですのっ？」

石松と芽砂が手すりに駆け寄って騒ぐ。冷静に嵐が告げる。

「たぶん三佐が魔法で壁を壊したんだと思う」

直後。女子寮の前、地面に楕円形《だえんけい》の光が発生した。リイン悠《はるか》が昨日使って見せた、高速移動用の魔法回路だと彼方にはすぐにわかった。

魔法回路の輝きに、黒と白銀《はくぎん》の長い髪が浮かび上がり、躍《おど》る。

ひゅんっと一瞬でその姿が消えた。彼方たちは遅れて視線を動かす。汚染獣が出現した方角へと、移動用魔法回路の光が滑るように地上に線を描き、闇に消えた。

「さて、と。わたくしたちは、どういたしますの、班長」

芽砂に問われて、石松が軽くうろたえる。

「そ、そんなこと小生《しょうせい》に訊《き》かれても――」

「石松くんは、まず落とした無線機を拾ってくるべきだと思う」

淡々と、里海。石松が大きく頷《うなず》き階段に向かった。

「そ、そうだな！　行ってくる‼」

カンカンと石松が階段を早足で下りる音に遅れて、非常事態を告げる信号ラッパの音が、駐屯地《ちゅうとんち》中のスピーカーから鳴り響いた。男子寮の窓にも灯《あか》りがつく。

その間、彼方はじっとリイン悠が向かった方角を見据《みす》えていた。

地表に散らばった星のように見える、汚染獣の眼《め》の輝き――

次の瞬間。それは全《すべ》て、真っ白い閃光《せんこう》に払拭《ふっしょく》された。

彼方が昨日見たのと同じ、リイン悠の熱閃光攻撃魔法の輝きだ。

「きゃっ」「目がっ⁉」「……！」

嵐たちが眩《まぶ》しさに腕で顔を覆《おお》う。彼方もとっさに眼を覆った。

ぎゃあと下のほうで悲鳴がし、がんがんと石松が転げ落ちる音がした。

閃光が収まり、彼方は眩《くら》んだ眼を再び闇に投じた。地上の星は消えている。

まだ眼が眩んでいるのかも、と幾度《いくど》か瞬《まばた》きをして眼を休めてから汚染獣が出現した場所を眺《なが》めてみたが、やはり何も見えない。

ただ、そこには闇があるだけだった。呆然《ぼうぜん》とした口調で嵐が呟《つぶや》く。

「……今のが、悠の攻撃魔法なの？　一瞬で、あんなにいた汚染獣を消し去るだなんて、人の身で使っていい力なの？　……本当に彼女、私の幼馴染《おさなな じ》みなの……？」

「凄《すさ》まじい火力でしたわね。小型の戦術核並かもしれませんわ。さすがは三佐、なのでしょうけれども……あまりに凄《すご》すぎて、ちょっと……」

怖いですわね、と芽砂が身震いした。里海はぼそりとこぼす。

「あの人。人間？」

聞き逃してしまいそうなほどに小さなその声が、彼方の心を強烈に揺《ゆ》さぶった。

（人間に決まっているじゃないか！）

「人間に決まっているだろう‼」

心の声と同時に彼方は怒鳴《どな》った。彼方の大声で、びくっと大きく里海が身を震わせる。

「そ、そんなに怒鳴らなくてもよろしいのではありませんのっ？　里海さんが怯《おび》えていますわよっ！」

芽砂がかばうように里海を抱きしめた。嵐も腑《ふ》に落ちないと言いたげな顔になる。

「そこでどうして、逢坂《あいさか》くんが怒るの？」

周囲の視線で、自分がおかしな行動をしたと彼方は悟った。

「……あ。違うんだ、今のは別に……その……」

彼方は、自分でも怒鳴ったわけがわからなかった。

リイン悠が人間なのかと疑われても、そこで彼方には怒る理由がない。リイン悠とは、一通の手紙だけでつながっている、それだけなのだから。

「……悪い。怒鳴るつもりは、なかったんだ」

「そうは思えませんでしたわよ」と芽砂。

「本当に、自分でも何で怒鳴ったのか、わからないんだよ」

困惑する彼方に、芽砂も嵐も困った顔で黙り込む。途端。先ほどとは違う場所でカッと閃光が瞬《またた》いた。地上で雷が炸裂《さくれつ》しているかのような閃光が、幾度も繰り返して輝く。

「何と申しましょうか……本当に、凄いとしか言葉がありませんわね」

芽砂が呆《あき》れたように呟いた。彼方は何も言えず夜空を見上げた。

ざざっと駐屯地中のスピーカーがノイズを放ち、続いて緋鶴の放送が始まる。

『生徒全員に通達すっぞ！　汚染地区災害二種が発生したが、百合草《ゆりくさ》三佐が対処に出た！　どいつもこいつも騒がず冷静に、次の連絡を待ってろ！　いいな‼』

放送が途絶え、静けさが戻る。そこに、騒々しく石松が帰ってきた。

「な、何なんだ、さっきからの閃光は！　第三国の戦術核攻撃か⁉」

「核ではありませんわ。百合草三佐の攻撃魔法でしてよ」と芽砂。

「あ、あれが魔法なのか……？」

石松が記憶を探るように考え込む。

「百合草式に〈重光爆《じゅうこうばく》〉という凄まじい熱閃光系攻撃魔法があると、何かの資料で読んだが、あれがそうなのだろうか――」

ピリリリリ、ピリリリリリ、と石松が手にしている無線機がコール音を放った。

「ぬおっ？」と焦った石松が無線機を持ち直そうとして、またも手を滑らせる。

「危ないっ」と咄嗟《とっさ》に彼方は落ちる途中で無線機の肩かけベルトを摑《つか》んだ。

「早く応対したほうがいいよ」

嵐に言われ、「そうだな」と彼方はそのまま無線機を手にして通信に応じた。

「こちら一教二区隊一班、逢坂。なんでしょうか。送れ」

語尾に加えた「送れ」は返答を求める決まりの単語である。

『宇月《うづき》緋鶴だ。汚染地区災害の発見、まずはごくろうさん。見えたのはどの程度の規模だ？　送れ』

監視台の全員に聞こえる音量で、無線機が緋鶴の声を伝えた。

「北北西に汚染獣の眼を多数確認。昨夜、教官と俺が遭遇した数よりは多く見えました。送れ」

『その程度なら、三佐の敵じゃねえな。おまえらはそのまま、予定の時間まで見張りをしてろ、送れ』

「了解しました。他に指示は？　送れ」

『三佐が状況終了後に、そこに行くってよ。あたしのリインたんに絶対失礼なことすんじゃねえぞ。通信終わり！』

通信を切り、彼方は無線機を石松に渡した。

「三佐がお越しになるだと？　いち早く災害を発見した小生たちをねぎらいに、わざわざお足を運んでくださるのだろうか……そ、そうに違いない。あ、逢坂。小生、どこかおかしなところはないだろうか？」

すでに緊張した面持ちで、石松が己《おのれ》の坊主頭を撫《な》でくりまわし、服装を気にかける。

「おかしなところはないよ。とにかく見張りに戻ろう」

彼方は苦笑して監視位置に戻った。すぐ隣に嵐が並ぶ。芽砂も里海も監視位置に着く。

「そ、そうだ。任務をおろそかにしてはいかん」

こほんとわざとらしく咳払《せきばら》いをして石松も見張りに戻った。

バッと攻撃魔法の閃光が闇の先で瞬くたびに、全員でビクッとする。

「音は、しないのだな」と石松。

「昨日、俺は目の前で見たけど。百合草三佐のあの攻撃魔法は、ひっちゃんの爆炎と違って、熱エネルギーの高い光で対象を焼くタイプだから、爆音はしなかった」

「音がないと、現実感に乏《とぼ》しいですわね」

「こんなこと、現実じゃないほうがいい」

か細い里海の声に、彼方は、でも現実なんだ、と思ったが口に出せなかった。石松も嵐も同じことを考えたのか、二人とも沈黙している。静けさのせいで、初冬《しょとう》の深夜という事実以上に空気が冷たく感じられた。雰囲気の重さに耐えられず、彼方は口を開く。

「……そう言えば。閃光、止《や》んだようだ。状況終了したのかな」

「ひとまずは安心して――あ、あれは何だっ？」

石松が声をうわずらせ、片手で闇の一点を指さした。全員が揃《そろ》ってそちらを見る。

ぽ、と闇の中に灯った光が、見る間に大きくなっていく。

「ままま、まさか、汚染獣が来るのかっ⁉」

「落ち着くんだ石松、あれは汚染獣じゃない。あれはたぶん、三佐の――」

彼方の言葉の途中で、近づいてくる光が一気に加速した。

次の瞬間。ぼっと空気を裂き、楕円形の魔法回路に乗った人影が、真下から真上に、監視台の手すりをかすめて通過した。彼方の眼には魔法回路は一瞬しか見えなかったが、それが高速移動用の、彼女のあの魔法回路だと見て取れた。

皆が上を振り仰ぐ。星空の中で魔法回路の光が砕けて散り、光の残滓《ざんし》が降る中、黒と白銀の髪を風に躍らせて、彼女が落下する。

かしゃんと足場の金網を鳴らして降り立ったのは、リイン悠だった。

高速移動魔法を使ってこなくても、と思う彼方を他所《よそ》に、リイン悠が敬礼する。

「ごくろうさま、皆さん。早期発見のおかげで駆逐が楽だった。感謝する」

即座に彼方たちも踵《かかと》を揃えて背筋を伸ばし、敬礼を返す。

「さささ、三佐どのこそお疲れしゃまでありゅますうッ‼」

石松が声を裏返らせ、さらに噛《か》んだ。リイン悠が小さく頷《うなず》いて石松に向き直る。暗がりでもわかるくらいに石松の顔が赤くなった。

「班長。そんなに緊張していましたら、窒息いたしますわよ？」

芽砂に言われてぷはっと石松が息をつき、ぜいぜいと荒く呼吸する。

「た、確かに、一歩間違えば、死んで、いたかも、しれんっ」

「その時は、馬鹿な死に方した魔戦術科生がいたと後生に語り継いで差し上げてもよくってよ？」

「そんな伝説などに小生はなりたくないわっ！」

漫才のような短いやり取りに、はは、と彼方は笑った。不安そうだった里海の気配も、少しだが和らいでいる。嵐も、安心したようだった。

リイン悠が敬礼を解き、無言で彼方の横に歩み寄ると、手すりに背中を預けて立った。右に嵐、左に小柄なリイン悠の肩が、彼方の腕に触れそうな距離にある。

予想外のリイン悠の行動に、彼方は面食らった。

「さ、三佐。な、何かご用でしょうか？」

「いや、特に用はない。ただ、念のために今夜はここで待機しようと思っただけだが」

「念のため、ですか」

「そうだ。朝まで何もなければ、当面は安全のはず」

今のリイン悠の言葉に彼方は引っかかるものを感じた。違和感の正体を確かめる間もなく、リイン悠が、上目遣いで彼方を覗《のぞ》き込むように、しかし無表情のままで訊《たず》ねる。

「私がここにいては、迷惑なのだろうか」

「い、いえ。そんなことはっ」

「そうか。ならばいい。このまま少し休ませてもらうから、気にしなくていい」

リイン悠が手すりに寄りかかったままで腕組みをし、眼を閉じる。そのまま小さく寝息を立て始めたので、彼方は仰天した。

――な、何なんだ、この人。

（……らしいなぁ）と、不意に心の声が言った。

「――らしい？　何が？」首を捻《ひね》る彼方に、心の声は応《こた》えない。

「本当に、眠ったの？」と嵐が不思議そうな顔をし、リイン悠のそばに行き、顔の前で片手を振った。反応はない。やはり寝てしまっているようだ。

ひそひそ声で石松が問い、芽砂が口を尖《とが》らせる。

「……逢坂。正直に言うのだ。本当に逢坂は、三佐どのと無関係なのだな？」

「三佐、逢坂くんの親しい人に見えましたわよ？　ええ、嫉妬《しっと》したくなるくらいに」

「し、知らないよ、そんなこと」

彼方も声を潜《ひそ》めて返した。

「本当なのか？」「本当ですの？」

「本当に知らない人なんだって」

芽砂、石松のみならず、嵐からも質問が飛ぶ。

「本当の、本当に？　私にも、悠は何か、逢坂くんに特別な感情を持っているように見えたけれど」

「……信じてくれよ、みんな。俺が一番、戸惑《とまど》ってるんだから」

この後。彼方は繰り返してリイン悠との関係を仲間に訊《き》かれることとなり。

見張り交替までの時間が、彼方にはひたすら長く感じられるのだった。


結局。この夜に他の事件が起こることはなく、朝になった。

生徒は動揺させないためにも可能な限り普段通りに過ごさせるべきという、リイン悠の方針により、〇六〇〇《マルロクマルマル》、朝六時の起床直後の定時朝礼を行い、大食堂で生徒揃って食事を取り、いつも通りに身支度を調えてから、生徒たちは登校した。

数学や国語等の一般科目を担当していた教官は国防官ではなく外部から通っていた職員のために一般科目の授業は全て自習だが、魔法学については、緋鶴とリイン悠が授業を行った。汚染地区に囲まれている今、魔法は生き残るための重要なスキルだ。誰もが普段にも増して真剣に授業を受けた。

――おそらく、上の空だったのは俺一人だろうな。

緋鶴の魔法学の授業が終わり、放課後になると同時に彼方は軽く嘆息《たんそく》した。さっぱり今日は授業が頭に入ってこなかったのだ。考えるのは、リイン悠のことばかりである。

——本当に、よくわからない。俺の横で居眠りって。何だったんだ、あの行動。

『らしい』と心の声はあの時、言った。まるで心の声がリイン悠を知っているかのように彼方には思えた。

「あの、逢坂くん。さっきの授業——」

後ろの席の嵐が話しかけてきたそのタイミングで、教壇から立ち去ろうとしていた緋鶴が、足を止めて彼方の名を呼んだ。

「そーだ、逢坂！　後でちいっと教官室に顔だせや。三佐が話あるそうだ」

「三佐が、ですか？　どういう用件です？」

「あたしが知るかよ、そんなこと。とにかく伝えたからな？」

いいな、と念を押して緋鶴が教室を出る。彼方は片手で頭をかきつつ振り返った。

「で、何。円城さん」

「べ、別にいいよ、もう。それより——百合草三佐、逢坂くんに何の話があるのかな。何か心当たり、ある？」

「……ないから正直、困ってる」

「困るの？」

きょとんとした顔で嵐が言った。ここで余計なことを言うと変に誤解されるかも、と彼方は話題を打ち切って席を離れる。

「とにかく教官室に行ってくるよ。石松に班ミーティングをやるならメールでもくれって言っておいて」

嵐の首肯《しゅこう》の確認もほどほどに、彼方は三階の教室から一階にある教官室に向かった。

校舎は静寂に包まれていて、階段に彼方の足音だけが響く。その静けさが、一六〇人近い上級生がいなくなったという事実を認識させた。強烈な不安がこみ上げてきて彼方は足を速めた。一人で歩く、それだけのことに恐怖さえ感じてしまっている。

——屋上から飛び降りる女子が、出るわけだ。

彼方は、せめて班の仲間たちの話相手だけでも、きちんと務《つと》めようと思った。

先ほど話しかけてきたのも、嵐が不安なせいじゃないかと考える。

「……不安じゃない生徒なんか、いるわけがない」

こんな時こそ心の声の相づちが欲しかった。だがこういう時に限って聞こえない。

「あんな幻聴《げんちょう》みたいなものにすがる俺も、どうかしているよな」

自嘲《じちょう》気味に呟き、彼方は教官室の前に立った。

「逢坂彼方、来ました。百合草三佐、いらっしゃいますか」

「いるよ。入ってくれ」

ドア越しにリイン悠の声。彼方は「失礼します」と告げてドアを開けた。

薄暗い教官室にいたのは、リイン悠一人きりだった。昨日、彼女が自殺未遂をした女子生徒を助けるために使った魔法のせいで割れた窓は、段ボールで塞《ふさ》がれていた。

ドアを閉め、彼方は窓際の席にいるリイン悠のそばに行った。

「どういうご用件でしょうか」

「まずはその堅苦しい口調、どうにかならないだろうか。私は確かに三佐という階級を与えられているが、こんなもの、お飾りのようなものだ。歳《とし》も同じなのだし、そう畏《かしこ》まることもないだろう」

どっちが堅苦しい言葉遣いなんですか、と彼方は喉《のど》まで出かかった言葉を飲み込んだ。歳は同じでも、リイン悠は三佐だ。他国の軍なら少佐相当。彼方の立場なら敬語を使って当然だが、それがリイン悠はあまり気に入らないらしい。

「そ、そうは言われましても……」

「どうにもならないか？」

「ど、努力いたしま――いえ。頑張ってみます……こ、このくらいでいいですか？」

「まだ堅苦しい気がするが……よしとしよう」

さて、とリイン悠が気を取り直したように彼方を改めて見やる。

「来てもらったのは、君の魔力適性と今の魔法の実力について、話があるからだ」

「――俺の実力ですか？」

「君の魔力適性は高い。適性値のみならば、今いる生徒の誰よりも優れている」

「……らしいですね」

他人事《ひとごと》のように彼方は返した。魔力適性が高いのに魔法がろくに使えない。それは自分でもよくわかっている。なまじ魔力適性が高いせいで、魔法を暴走させると大事になってしまうことがある。一昨日、汚染地区前で初歩の炎熱系攻撃魔法、〈火炎砲《かえんほう》〉の制御をしくじって暴走させ、汚染獣を招いてしまった時のように。

「魔力適性は、すなわち魂《たましい》の力に由来《ゆらい》する。これぱかりは望んで得られるものではない。君の魔力適正値は、魔法の才能があると一般的に言われる人間のおよそ倍――ほぼ二人分の魂の力に匹敵《ひってき》する」

じ、と椅子《いす》に座った姿勢でリイン悠が彼方を見つめた。

左のみの、翡翠色《ひすいいろ》の瞳《ひとみ》。吸い込まれるように透明な、深い湖を思わせる色。

右眼が眼帯に覆われているせいで、余計に左の瞳が印象深い。

綺麗《きれい》な瞳だな、と彼方はつい見入ってしまった。

「――逢坂くん？　どうかしたのか？」

「い、いえ。何でもありません、三佐」

ふと照れくさくなってしまい、彼方は視線を泳がせた。

「それならいい。話を続けよう」

その言葉で彼方はリイン悠に視線を戻した。リイン悠は彼方の微妙な態度に気付きもしなかったのか、無表情のままだ。

「君も知っての通り、汚染地区に囲まれた現在は、先が見えない状態にあり、戦力が絶対的に不足している。魔力適性の高い君には、できるだけ早く多少でも魔法を行使できるようになってもらいたい」

「そう言われても。魔力適性はともかく、俺には魔法を使う才能そのものが、ないような気がしますが。そもそも魔法が使える気がしないんです、俺」

「それは宇月三曹から聞いている。魔法の発動にもっとも重要な、成功のイメージができないらしい、と。おそらくそれは自信の問題だろう」

「――自信、ですか」

「君は、君自身に何か疑いを持っているのではないだろうか？」

「――……疑い、ですか。そう言われても……」

――心の声を聞いたり、あまつさえその声と会話したりする俺は、変だとは思うが。

心の声についてリイン悠に説明しても、理解してもらえるとは思えない。

「わかりません、俺には」

「そうか」とどこかわずかに落胆した口調で、リイン悠が言った。

「あの」と彼方は、いい機会だからと話題を変える。

「俺に手紙、くれましたよね？　何で俺に、あんな手紙を。それにどうして、俺の魔力適性が高いって、知っていたんですか」

一瞬だけ、リイン悠の翡翠色の瞳に動揺《どうよう》の色が浮かんだ。

「――すまない。それはまだ、話せない」

要領を得ない言葉だった。まだ、ということは、今は話せない理由があるということだ。もやもやしたものを彼方は感じたが、追及しても説明はないように思った。

彼方はリイン悠をよく知らないはずだが、頑《かたく》なな人、という妙な既視感がある。

（頑固なんだ、この人）

いきなり心の声がそう告げて、びくっと大きく彼方は身震いした。

「が、頑固？」

「——頑固がどうかしたのか？」

「い、いえ。たぶん何でもありませんっ。それより三佐、用はもう終わりでしょうか」

強引に彼方は話題を変えた。幸い、リイン悠は質問を重ねては来なかった。

「これを渡しておこうと思う」

リイン悠がリボンタイを解き、首のボタンを外した。わずかに覗く白い肌に彼方はどきりとする。

リイン悠の首には、細い革紐《ひも》のペンダントが二つ、かかっていた。どちらの革紐にも、親指の先ほどの大きさの、顔が映るくらいに磨《みが》き込まれた銀のメダルがついている。メダルには、外周に沿って魔法の紋様《もんよう》が刻《きざ》まれていた。

「身につけることで、メダルには私の気を込めておいた。このメダルを握り、私を思い出すがいい。メダルに仕込んだ固有空間結界系の魔法が自動で発動する」

ペンダントの一つを外し、リイン悠が彼方に渡した。彼方の掌《てのひら》に乗せられたメダルには、まだ彼女の体温が残り、仄《ほの》かに温かい。

「結界系の魔法――ですか？　何で、そんなものを俺に」

「このメダルの作る固有空間結界は、外部と時間軸が切り離される。結界内でなら、いくら魔法の練習をしても、元の空間に戻った時に時間は過ぎていないし、誰に気付かれることもない。私が君に、そこで魔法を教えたいのだが。結界が発生したら自動的に私も結界内に移動するよう、メダルの魔法は構成してある」

世界最高ランクの魔戦術士による、魔法の個別指導。望んで受けられるようなものではなく、断る理由はない――はずだったが、彼方は首を縦に振れなかった。

「……………考えておきます」

「前向きに考えて欲しい。それと、後で君の携帯電話に私から直接メールを送っておく。電話番号もメールに記載しておくから、アドレス帳に登録しておいてくれるだろうか」

どうして俺にアドレスを、と彼方は思ったが、断る理由は特にない。

「わかりました、登録しておきます」

「魔法について疑問などがあったら、遠慮なく直接携帯電話に連絡をしてくれて構わない。話はこれで終わりだ、わざわざ来てもらい、ご苦労だった」

「では失礼します」と頭を下げ、彼方は踵《きびす》を返した。

教官室を出たところで、嵐と鉢合《はちあ》わせて彼方はぎくりとした。慌ててペンダントのメダルをポケットに突っ込む。嵐はどこか心配そうな表情をしていた。

「お疲れさま。悠……えっと、三佐に呼ばれるなんてちょっと心配だから、来ちゃった。

何の話だったの？」

「たいしたことじゃないよ。三佐が、魔力適性が高いのに魔法を使えない俺に、個別指導をしてやろうか、と言ってくれただけだ。どう返事していいかわからなかったから、保留にさせてもらったが」

「──個別指導？　悠が？」

百合草悠と幼馴染みで、今のリインの名を持つ悠に戸惑いを持っているらしい嵐が、不安と懸念《けねん》を混ぜた表情になる。

「……普通に考えたら、いい話なのだろうけれど……何だろう、ちょっと嫌かなぁ」

「嫌？　何でそう思うんだ？」

あ、と嵐が慌《あわ》てた素振りで手を交差させて振った。

「ち、違うの。別に嫌とか、そうじゃなくて。ええと、その。何て言えばいいのかな」

あたふたとする嵐に、彼方は軽く噴き出した。

「心配してくれてるのは、わかるから。ありがとうな」

彼方は無造作《むぞうさ》に、ぽんと嵐の頭を平手で軽く叩いた。嵐が顔を赤くして回れ右をした。

それ、反則。そんな嵐の呟きを彼方は聞いた気がした。

「反則って、何が」

「知りませんっ」と怒ったように言って、たたた、と嵐が駆け去った。

「……俺。何か、怒られるようなこと言ったのか？」

（君ってさ。もしかして鈍感だったりしない？）

と、不意に心の声。

「おまえも何を言ってるんだ、まったく。我ながら意味不明なことを言うなよな」

彼方は釈然《しゃくぜん》としないまま、一人で少しの間、廊下に立っていた。


軽快なラッパのメロディが、夕刻の前浜駐屯地に響く。夕食時刻を知らせるその信号ラッパを、彼方は寮《りょう》の部屋で聞いた。同室の石松が、さっそくとばかりに廊下に向かう。

「どうした逢坂。夕飯、行かないのか？」

彼方はベッドに座ってサイドボードを机代わりにし、ＬＥＤランタンの灯りで魔法学の教科書を読んでいた。

「ああ……うん。この問題だけ解いてから行くよ。先に行っていてくれ」

「何で突然、熱心に魔法の勉強を始めたのだ？　そう言えば三佐に呼び出されていたな、おまえ。魔法適性値が高いのに魔法を使えないのは不勉強とでも言われたのか？」

「……う。まあ、そんなところだよ」

そうか、と納得して石松が部屋を出て行く。

「飯が冷めんうちにな。調理だって貴重なエネルギーを使っているんだ」

「わかってる」

戦闘糧食《せんとうりようしよく》の缶詰やレトルト以外にも倉庫には食材があった。米や小麦粉、冷凍のうどんや中華麺《めん》、パスタ類。肉や魚、野菜のストックも当面は不自由なさそうだ。

調理も、ガスがプロパンのタンクを使うタイプのためにしばらくは問題なく、ガスコンロの他、電磁調理器も食堂の厨房《ちゆうぼう》にはある。材料と機材があるのだからと、女子生徒の一部が料理をしたいとリイン悠に申し出て、許可を得たのだ。

彼方は、石松が部屋を出てから少し待って、リイン悠からもらった結界生成用のメダルのついたペンダントを取り出した。磨かれた表面に、困惑気味の彼方の顔が映る。

「握って、私を思い出せ、だっけ」

メダルを発動させるつもりなどないのに、不用意に彼方はメダルを握り、リイン悠を一瞬、思い浮かべてしまった。くらりと目眩《めまい》がし、妙な浮遊感を覚える。

「な……んだ？」

な、と声を発した瞬間には、すでに彼方は見知らぬ空間にいた。見渡す限り灰色一色。物体と呼べるものは、自分以外に何もなく、足下に影さえも見あたらない。

「私の指導を受ける気になってくれたのか」

背後でリイン悠の声がして、彼方は「わっ？」と驚きの声を上げて振り返った。

「さ、三佐？　もしかして、ここが言っていたメダルの結界の中ですか？」

「……？　そうだが、何か疑問でも？」

きょとんとした顔でリイン悠が問いを返した。気まずい思いをしつつ、彼方は応える。

「いえ、その……メダル、使うつもりはなかったんです。うっかり握って三佐のことを考えてしまって。それくらいで魔法が発動するとは、思ってなかったので」

「そうなのか」と、無表情のままだがわずかに落胆した口調でリイン悠が言った。

「鋭敏《えいびん》に設定しすぎたようだ。再調整をするからメダルを貸してくれないだろうか」

「す、すみません。何か手間をかけさせるみたいで」

彼方はメダルをリイン悠に手渡した。一瞬指先に触れた彼女の掌は少し冷たかった。

ふむ、とリイン悠がメダルの表裏を確かめる。その手から、メダルがふっと離れて宙に留まった。周囲に魔力光糸が発生し、メダルを囲むように立体的な魔法回路を編み上げる。微細なその魔法回路は、彼方にはまったく意味がわからないものだった。

「……こんなものか」

宙に浮かんだままのメダルをリイン悠が手に取った。途端、魔法回路が霧散する。

「今度は、かなり強く私を思い出さないと魔法は発動しないはずだ。迷惑をかけてしまったようで、すまない」

リイン悠が彼方にメダルを返し、再び何か小さい魔法回路を組み立て始めた。

「夕食のラッパが聞こえた直後だったから、私も妙だとは思ったのだけれど……すぐに元の空間に戻そう」

どうやら通常空間に戻る魔法のようだ、と彼方はほっとした。次の瞬間、意志とは無関係の言葉が口をついて出る。

「待ってください」

言った台詞《せりふ》に彼方は仰天した。引き留めることなどまったく考えていなかった。

「——何か？」

リイン悠が、長い髪を揺らしてかすかに首を傾げた。その姿に、この人ともう少し一緒にいたいと彼方は思ってしまった。そう思う自分自身に彼方は戸惑った。

「い、いえ。何でも……ないです」

「そうか。では、また」

ぱっと魔法回路が瞬いた。カメラのフラッシュのような閃光が網膜に映る。

一瞬だけ眼が眩み、視力が回復した時には、元の部屋に戻っていた。目の前にはサイドボードがあり、魔法学の教科書が開いたままで置かれている。

彼方は手の中のメダルを握りしめないよう注意して革紐を持ち、顔の前に掲げた。

「……さっき。どうして俺は、あの人を引き留めようとしたんだ」

メダルは答えるはずもなく、小さな鏡のように彼方の顔を映して、ゆっくりと揺れるだけだった。また会えば、わかるのだろうか。ちらりと彼方は考えたが、メダルを握ることはできなかった。時間を忘れて、じっとメダルを見つめるのみだ。

「……何をしてるのだ、逢坂」

石松の声を背中で聞いて、彼方は慌ててメダルをポケットにしまった。

「石松こそどうしたんだ。忘れ物？」

「何を言ってるんだ、何を。もう食事を終えてきたぞ、小生は」

メダルを見ている間に、彼方が気付かぬまま、ずいぶんと時間が過ぎてしまったようだ。

「勉強熱心もいいが、さっさと飯に行ってこい。女子たちも片づけがあるんだからな」

と、石松。彼方はそそくさと魔法学の教科書を閉じて立ち上がった。

「そうだな。行ってくる」

――メダル。使うにしても、慎重にならないといけない。

ポケットの中で、不意にメダルが重さを増した気がした。

Ⅴ 平穏の振りをした重圧の下で

嵐《あらし》は一人分の夕食を乗せたトレイを持って、緋鶴《ひづる》とリイン悠《はるか》の部屋を訪《おとず》れた。赴任《ふにん》から数日。リイン悠は生徒と多少馴染《なじ》んできたが、食事だけは一人で部屋で取る。私がいると皆にいらぬ緊張をさせてしまうだろうと、リイン悠は言っている。事実、三佐《さんさ》という階級のリイン悠と接する際に緊張する生徒は多い。

こく、と緊張で一つ小さく息を飲み、ドアをノックして、室内に声をかける。

「お食事、持ってきました」

緋鶴は食堂だ。部屋にはリイン悠が一人でいるはずだが、返事がない。嵐はもう一度、ドアをノックした。それでも返事はなく、留守なのかなとドアノブに手をかけた。かちゃりと小さな音を立て、ドアノブは回った。鍵《かぎ》はかかっていなかった。

「……お邪魔します」

リイン悠が留守なら食事を置いて戻ろうと、そろりと嵐はドアを開け、中を窺《うかが》った。部屋の中は仄《ほの》かに明るい。ＬＥＤランタンではなく、照明魔法《まほう》の光のようだ。

その淡《あわ》い光の中に、どこかぼんやりとした表情の、リイン悠の横顔があった。

ベッドに座り、革紐《ひも》のついた銀のメダルのようなものを、顔の前に掲《かか》げている。

指で革紐を摘《つま》まれたメダルは、リイン悠の視線の先で、ゆっくりと回っていた。磨《みが》き込まれた鏡のような表面が、ちらちらと魔法の光を撥《は》ねる。

メダルの外周には細かい紋様が彫り込まれていて、どうやら魔法回路のようだが、嵐の場所からはその内容までは読み取れない。

嵐はメダルよりも、リイン悠の横顔に気を取られてしまった。見えているのは、左の横顔。どこか憂いを帯びた翡翠色《ひすいいろ》の瞳《ひとみ》に、どきりとする。

——悠って、こんなに綺麗《きれい》だったかな。

幼馴染《おさななじ》みと離れていた時間は、三年だ。人が変わってしまうには充分な時間で、髪や瞳の色まで変わるような何かを経験した悠が、自分の知らない表情をするのも自然だと嵐は感じた。陸上国防隊の三佐の魔戦術士としての活躍を知っていても、リイン悠がプライベートで何をしてきたのか、些細《ささい》なことでさえ嵐は知らない。

——どんな時間を、過ごしてきたのだろう。

嵐はリイン悠の横顔に見とれてしまった。少ししてリイン悠が嵐に気付いた。

「……食事を持ってきてくれたのか。すまない、考え事をしていて気付かなかった」

リイン悠が、掲げていたメダルの革紐を首にかけ、服の襟元《えりもと》を開いてメダルを服の中にしまった。

「い、いえ」嵐は我に返り、ドアを全部開くと両手でトレイを持ち直し、入室した。

じいっとリイン悠に見据《みす》えられ、嵐は困惑した。

「あの、えっと。何か私、失礼なことをしましたか？」

「そんなことなどない。ただ少し……昔馴染みなのだから、私に敬語など使うことはないのに、と思っただけだ」

予想もしていなかった言葉に嵐は戸惑《とまど》った。その戸惑いが素直な疑問を口にさせる。

「……悠こそ。どうしてそんな、人と距離を置く大人みたいな話し方をするの？　前は、そんなふうじゃなかったのに」

リイン悠が、わずかに目を伏《ふ》せる。

「なるほど。私の言葉遣いが、他人行儀《たにんぎょうぎ》すぎるのか――これは、処世術なんだ。子供の話など、大人ばかりの世界では誰も耳を傾けてくれなかったから。今ではもう、この話し方が身に染みついてしまった」

三等陸佐《さんとうりくさ》。そのリイン悠の階級を嵐は意識した。まごうことなき上級士官の一人だ。

一六歳の少女であっても階級は軽んじられない。事実、三〇歳近い郷田《ごうだ》もリイン悠に従っている。郷田なら、俺が唯一の大人なんだから俺に従え、と言い出しそうと嵐も思っていたが、今のところ、そうした事件も起きていなかった。

リイン悠は大人と対等に、むしろ多くの大人よりも上の立場に立たされている。

「――そうだね。悠はきっと、大人になるしかなかったんだね」

「自分が大人だという意識はないけれど、そう見えるなら、そうかもしれない……それより。できるなら、今のような口調で、これからも接してくれないだろうか」

あ、と嵐は声を漏らした。敬語を使うのを、忘れていたのだ。

――この人は。私の知っている、悠じゃないのかもしれないけれど。

――でも、きっと。私の知っている悠でもある、そんな気がする。

少し考えてから、悠は意を決して訊《たず》ねてみることにした。

「悠がそう望むなら、二人の時は敬語なんて使わないよ。でも、その前に訊《き》きたいの」

「私に答えられることならば」

こく、と一つ息を飲み、嵐は口を開き直す。

「あなたは本当に、私の幼馴染みの悠なの？　それとも、悠の姿をした別の――誰か、なの？」

リイン悠の眼帯に覆《おお》われていない左の翡翠色の瞳が、一瞬、揺《ゆ》れた。

「……答えは。イエスでもあり、ノーでもある。今は、それしか言えない。回答の意味をどう想像するかは、嵐、君の自由だけれども――……」

リイン悠が黙した。答えづらい質問だったようだ。嵐は、悠は変わってないな、と感じた。思えばこの幼馴染みは、とても不器用で、頑固だった。

自分が正しいと思うことは譲らない。自分が損をするとかを考える前に、己《おのれ》の正義を貫こうとして、どんな結果になったとしても文句一つ言わずに耐えてしまう。

嵐の知る一三歳までの百合草《ゆりくさ》悠は、そんな少女だった。

今の悠のことも、以前のように信じたい。そう思い、嵐は口を開き直した。

「……覚えてる、悠？　私が小学校の時に、クラスでいじめられそうになったことを」

「確か男子たちが、嵐は女のくせに変な名だって、騒いだのだったな。あれは嵐が可愛《かわい》らしかったから、からかいたかっただけだろう、今、思えば。あの頃、嵐は自分の名が嫌いだと言っていたから、名でからかいやすかったのかもしれない」

子供の頃、嵐が自分の名前を嫌っていた。それを嵐は、この魔戦《ませんじゆつ》術科学校《がっこう》で話したことは一度もない。だが、リイン悠はそのエピソードを覚えていた。

「悠、嵐はいい名前なんだから、からかうなって、クラスの全員の前で主張して、私をかばってくれたよね。そのせいで、悠がクラスで浮いちゃって……いじめも、受けて」

「……さて。そんなことは、あっただろうか」

リイン悠は無表情のままだが、どこかとぼけるような口調だった。

嵐はようやく、リイン悠の前で微笑《びしょう》を浮かべることができた。

「あの時のお礼、ずっと言えなかったのを気にしてたの。本当に、ありがとう。それから、ごめんね」

ぱちくりとリイン悠が左眼《ひだりめ》を瞬かせた。

「――あ、いや。殊更《ことさら》に礼を言われるほどのことではないよ。忘れて欲しい」

照れたようなその口ぶりに、嵐はようやく、数年前に別れたきりの幼馴染みに再会したような気がした。

　――変わってしまったのかもしれないけれど。悠、変わっていないところもあるんだ。

リイン悠のことを、幼馴染みとして嵐は信じてみようと思った。

「助けられたほうはね、たぶん、一生忘れないんだよ――じゃ、ご飯を持ってくね」

　嵐はリイン悠のそばに行き、サイドボードにトレイを置いた。

　嵐は、サイドボードに一冊、革張りの装丁《そうてい》の分厚い手帳があることに気付いた。革は少しすり減った箇所があり、年月を感じさせる。

「これは何？」

「日記だ。この学校での状況を記しておく義務があるから」

　業務日誌らしい。しかし、それにしては分厚いし、装丁の傷みが目立つ。

「……でも、古いものだよね」

「手帳は三年前から使っている個人的なものだ。上には別の書類に清書して報告する。今日もこの後、食事をしたらすぐに書類を作成しないといけない」

　リイン悠が手帳を取り、サイドボードの引き出しにしまった。

「日記をつけていないと日々を忘れてしまうから。時々、混乱することもある」

　混乱。何をだろうと思いつつ、嵐は追及しなかった。

　リイン悠のプライベートに好奇心で首を突っ込むのは、よくないと思えたからだ。

「じゃあ私、行くね。お仕事、まだあるみたいだし。悠もたまには食堂に来るといいよ、もうみんな、同い年の三佐さまにもだいぶ慣れてきてると思うよ？」

「……三佐さまとは少し意地悪い言い方ではないか？」

リイン悠の抗議に、嵐は小さく舌を見せて返した。けれど、と挟《はさ》んでリイン悠が言う。

「生徒たちは、私に慣れてくれなくても構わない。この状況がいつまでも続くことはないし、私も、いつまでもこの学校にはいないから」

「それって、救助が来るってこと？」

期待を込めて嵐は訊ねた。しかしリイン悠はどこか浮かない顔になる。

「……私がここに来る直前に、事実、救助隊は組織されている。救助計画は、おそらくまだ成立していない。数日の内に、何らかの形で動きはあるかもしれないが」

現時点で、汚染《おせん》地区の外とは連絡がついていない。情報が圧倒的に不足しているから、リイン悠もはっきりとは言えないのだろうと、嵐は思った。

「そうなんだ。じゃあやっぱり、私たちにできるのは、余計なことをしないで救助を待つだけだね。きっとみんなもわかってると思う。それじゃ本当に、行くね」

「ああ。そのうちゆっくりと話ができたらいい、と私も思う」

「そうだね」と相づちを打って、嵐は踵《きびす》を返した。嵐の背後で、リイン悠がせつなげに視線を伏せたことなど知る由もない――そして。日々だけが、さらに過ぎていく。

「災害が起きてからもう八日ですわね。明日はクリスマスイブなのですし、そろそろ奇《き》跡《せき》が起きてもいい頃合《ころあ》いなのですけれど」

きつねうどんの丼を手にしたまま、芽砂《めいさ》が疲れた声で言った。

「外部との連絡も、未《いま》だにつかないしな……さすがの小生《しょうせい》も、少々苛立ちを禁じ得ないぞ。飯も喉《のど》を通らん」

そう言いながら、石松《いしまつ》が生卵をかけたどんぶり飯をかき込む。

「……食欲、あるように見えるけれど」

嵐が、白飯の減っていない茶碗《ちゃわん》を手に、力なく微笑《ほほえ》んだ。里海《さとみ》は小さなお握りを両手で持って、美味《おい》しくなさそうに、ちびちびと食べている。

――一週間、か。

班の仲間と一緒に食堂にいる彼方《かなた》は、ラーメンを数本啜《すす》って咀嚼《そしゃく》しつつ、考える。

リイン悠が出撃したあの夜から今日まで、新たな汚染地区災害は起きていないが、生徒たちは駐屯地《ちゅうとんち》の敷地から外に出ないよう、リイン悠に厳重に禁じられている。

強力なサーチライトの光や、信号ラッパや太鼓などの音で、外部と意思の疎通ができないかと繰り返して実験を行ったが、よい結果は得られていない。やはり汚染地区に生じている空間の歪《ゆが》みが問題のようだ。

外部とは汚染地区で隔離されたままで、電力は太陽光発電がメインの非常用電源に頼っているために夜間は使用制限があり、ガスや水も備蓄《びちく》にゆとりはあるものの、自由に使える状態ではなく、駐屯地全体の閉塞感《へいそくかん》は、日に日に高まっている。

生徒たちの一日の楽しみは、もはや食事だけの状態だ。皆で食堂に集まって飯を食べる。この光景だけは、汚染地区に取り囲まれる前と、変わらない日常だ。

「とにかく、一週間か……何事もなくてよかった、本当に」

——そうだ。何も俺は、していない。

彼方は誤作動させた日から、メダルを一度も握っていなかった。何かを恐れている自分に、気がついている。その何かがよくわからない。

リイン悠という超一流の魔戦術士に師事《しじ》しても魔法が使えなかったら？　魔法という分野では自分がまったくの役立たずで、魔法で誰かを守ることなどできないとしたら？

確かにそうした危惧《きぐ》を、彼方は覚えている。しかし。リイン悠と二人きりになって、魔法を習うことに踏み切れないのは、他に理由があるように思えてしまう。

指導をしてもらいたいという欲求は、確かにある。だが、その欲求が自分自身のものなのかどうか、彼方は確信できないでいた。

確信できない自分自身にも、疑いを持ってしまっている。

自分が自分を理解できずに、自分を見失ってしまっている。

そんな不安定さを彼方は抱え込んで、結局、メダルが握れないのだ。

彼方の不安を知ってか知らずにか、リイン悠が魔法学の授業で、何かと彼方を気にかけてくれる。ありがたい反面、その気遣いがプレッシャーにもなる。

——俺は。どうしたらいいんだろう。

何も決断できないままの、一週間。その間、事件が起きずに済んで本当に助かったと彼方は考えて、ふと思い出した。監視塔でリイン悠が言ったことを。

「あの言葉通りになったよな」

「あの言葉って？」と嵐。

「円城《えんじょう》さんたちも聞いてただろ。最初の見張り当番の時さ、三佐が来たじゃないか。その時に『朝まで何もなければ、当面は安全のはず』って、言ってたのを」

「ああ、そう言えば」と芽砂が思案顔になる。

「確かに仰《おっしゃ》ってましたわね、百合草さま。でもそれが、どうかなさいましたの？」

「いや、ちょっと思い出しただけだ。別に意味はない」

「あらそう。そんなことより、わたくし、気になっていることがありますの。聞いていただけますかしら……ちょっと、お耳を」

芽砂が意味ありげに声を潜《ひそ》めた。彼方と石松が食器を置いて、前のめりになる。

「……郷田《ごうだ》の噂《うわさ》。何か、聞いていませんこと？」

「郷田の？」と石松。「いや、特に」と彼方。

「わたくしも、小耳に挟んだ程度の話なのですけれど。一部の女子が、男子よりも大人のほうが頼りになるからと、郷田の支持者になっているらしいのですの。あんな野蛮人《やばんじん》のどこがいいのか、わたくしにはさっぱりわかりませんのですけれど」

彼方は、嵐と里海に目を向けた。里海がこくりと頷《うなず》き、嵐が苦笑する。

「……噂、なんだけどね。私もよく知らないよ」

むぅぅぅ、と石松が長く唸《うな》った。

「郷田か……あの馬鹿者は、災害当日に酔っぱらって廊下で寝たような男だぞ。頼りになるわけもないだろうに」

「ところがですわ。郷田、この駐屯地だとひっちゃんに並んで特別な存在なのですわ」

「特別？」と彼方。芽砂が軽く頷く。

「ええ。何とこの駐屯地、運転免許所持者は、ひっちゃんと郷田しかいませんの」

「小生にはよくわからん。それが、郷田が支持されるのと何の関係がある？」

「班長さんは、お馬鹿さんですわね。それだから頼りにならないのですわ」

「ば、馬鹿っ？　頼りにならないっ？　それは聞き捨てならないぞ⁉」

とうろたえた石松の鼻に、芽砂が箸《はし》を向けた。

「考えてもみなさいな。この駐屯地には、コンテナ付きのトラックや軽装甲車《けいそうこうしゃ》がありますわ。成功率は低いと思いますけれど、瘴気《しょうき》の薄いところを狙《ねら》って、勢いよく突っ込めば。瘴気の障害でエンジンが止まる前に汚染地区を突破できるかもしれませんのよ？

で、車両の運転ができるのは、郷田と、ひっちゃんのみですわ。あのひっちゃんが三佐の命に背《そむ》いて無謀《むぼう》な脱出を考えることはないと思いますけれど、郷田なら――班長さん、想像できますわよね、もう」

瘴気のわだかまった汚染地区の上を航空機が飛べなくなるのは有名な話だ。電磁波に障害が出る他、原理は不明だが、瘴気の中では内燃機関も停止する。

そして瘴気はあらゆるものを腐らせて土塊《つちくれ》に変えるが、それは瞬間的ではない。特に金属であれば、かなりの時間、瘴気による腐食《ふしょく》に耐える。

「わからなくもないが、無茶だろう」と石松。

「無茶でも……考える奴はいそうだ」と彼方。

「と、いうことですの。この話は、もうひっちゃんには報告しましたわ。もちろん、わたくしも郷田を支持するつもりなど毛頭ありませんけれど、班長さんたちも、その手の誘いはお断りをするように。よろしいですわね？」

「心得た」「覚えておくよ」

石松と彼方は姿勢を戻した。石松が、ぶつぶつとこぼす。

「そんな馬鹿げた脱出を考える奴もいるのか。それもこれも外の情報が入ってこないせいに違いない――我が父上母上も、ご無事なのだろうか。己の身よりも、小生は家と両親のことが心配でならない」

その場の全員が、ぴくりと身を震わせた。

汚染地区に囲まれ、外部との通信手段がまったく回復していない今、寮生活をしている生徒たちに、家族の安否を知る術《すべ》はない。

「汚染地区災害……ここ以外でも、起きているかもしれないんだよね」

嵐が心配そうに言った。

「……考えてもいなかった」

あえて考えないようにしていた自分に、彼方は今さらのように気付いた。

汚染地区災害は、地上のあらゆるところで発生する可能性がある。今こうしている間にも、家族が瘴気に飲まれてしまっているかもしれないと考え、身震いした。

あまりよい関係とは言えなかった両親とは、魔戦術科学校入学後に一度も会っていない。もしこのまま二度と会えなくなったとしたら、きっと後悔しか残らない。

「――無事だといいけどな」

死ねばいいのに、と思ったことさえある両親の身を、彼方は案じた。

「うちも無事かな……」

里海の小さな呟《つぶや》きに、きっと無事だと彼方は無責任なことを言えず、黙り込むのみだ。

石松の先ほどの言葉を、聞きつけた生徒が周りにいたらしい。そこかしこから、実家を案ずる声や、帰宅を望む声が聞こえ始めた。

生徒たちには不満が募《つの》っているようだ。不満は人を苛立たせトラブルの原因になる。どうにかしたいと思っても、仲間の不安を和らげることさえ今の彼方にはできない。

──やっぱり。俺自身がまず、強くならないと。

「逢坂くん、何か難しい顔をしてるけど。やっぱり家族が心配？」

嵐の声に彼方は、我に返った。

「あ、ああ。そんなところだよ」

ばつの悪い気分で彼方は食事を再開した。里海が小声で言う。

「逢坂くん。噂なら、私も気になることがある」

「何だ、宇月《うづき》さん」

彼方は食事の手を止めて、里海に返した。無表情のまま、里海が訊《き》く。

「百合草三佐と逢坂くんが付き合ってるって、本当？」

「はいいっ⁉」と彼方は裏返った声を上げた。

「お、俺と、三佐がっ？　ど、どこからそんな話が出てくるんだっ？」

「どこからって、みんな言っているけれど」

「みみ、みんなって、一体どこのみんなだよっ？　おまえら何か知ってるか⁉」

「さ、さあな。小生は、知らん」

石松が、何かを知っていそうな素振りで彼方から視線を外した。芽砂が、むっとする。

「本当に嫌な噂ですわよね、百合草さまが男と──だなんて。みんな言っているけれど、わたくしだけは信じませんわ」

みんな言っている。一瞬彼方は気が遠くなりかけた。どこからかひそひそと、あれが百合草三佐のお気に入りか、えこひいきされてるよね、と聞こえ、彼方は我に返った。

「わ、私は。噂は本当じゃないって思ってるから。悠と付き合ってるなんて、そんなこと、ないんだよね？」

と、嵐。彼方はうんうんと大きく頷いた。

「ないったら、ない。正直、そんな噂が出てくることが信じられない」

はあ、と彼方は嘆息《たんそく》した。しかしだな、と石松が彼方に目を戻す。

「おまえが悪い意味で目立っているというのは、事実だ。後先考えないスタンドプレーの結果だろうが、注意したほうがいい」

「目立ってる……」彼方は我が身を振り返った。

最初の汚染獣出現の時も駐屯地を囲んだ汚染地区発生の時も、確かに傍目《はため》にはスタンドプレーに見える行為をしたと自分でも思う。見方によっては『実力もないのに出しゃばって格好つけてるんじゃないか』と誤解されても、仕方がないような気がした。

「………そうだな。気をつけるよ」

彼方は、再び中断した食事を再開したが、味などさっぱりわからなかった。


午後最初の授業は、全生徒がグラウンドに集まっての合同魔法演習だ。体育座りの生徒たちの前にいるのは、緋鶴とリイン悠。非魔法系の実技教官である郷田の姿はない。

緋鶴の前で、実技演習に選ばれた石松が、テキストを片手に、真剣な顔で魔法回路を構築している。構築中の魔法回路は〈火炎砲《かえんほう》〉。以前、彼方が魔法回路形成までは成功させて発動に失敗した、初級の炎熱系攻撃魔法だ。

魔法の攻撃対象は、グラウンド向こうに幾《いく》つも並べられた、ドラム缶。距離はおよそ一五〇メートル。〈火炎砲〉なら問題ない射程距離だ。

「ここがこうなって、そっちがこうで、むぅぅ……」

石松は、テキストを持っていないほうの手を前に掲《かか》げている。指先から金色の魔力光《こう》糸《し》が幾本か伸びているが、のたのたと宙を蠢《うごめ》くだけで、魔法回路が組み上がらない。

「石松？　逢坂はそれ、暗記してたぞ？」

緋鶴が呆《あき》れたように言った、その直後。魔力光糸がぐちゃぐちゃに絡まって、消えた。

「きょ、教官が話しかけるので集中力が途切れたではないかっ」

「……話しかけなくても、あれじゃ無理だけどな。魔力適正値はそこそこだけど、おまえも魔法の才能、ないよなあ。やっぱり準魔戦術士コースだな。よし、お疲れさん」

「……そうでありますか。失礼します」と、落胆を隠さず、石松が隊列に戻る。

「じゃあ次。そうだな。織部《おりべ》、頼むわ〈火炎砲〉」

「よろしくってよ」と芽砂が立ち上がり、大きな胸を強調するようにモデルっぽい歩みで、緋鶴のそばに行った。

「織部芽砂生徒。これより〈火炎砲〉を発動させます。周辺の安全を確認、周辺の魔力濃度に問題なし。いきますわ！」

芽砂が片手を前に掲げた、その一瞬で砲身型魔法回路が完成した。砲身の中に瞬時にして魔力が収束して塊《かたまり》となり、発光する。

「シュート！」

どんっと音がして、炎熱変換された魔力塊が放たれる。砲弾と化した魔力は一五〇メートルの距離を一秒もかからずに飛び、ドラム缶の一つに大穴を開けた。さらに遠くの地面にぶつかって、ぐどんと爆《は》ぜる。

おお、と生徒たちから歓声が上がるが、あら、と芽砂は首を傾げた。緋鶴も苦笑する。

「〈火炎砲〉は、目標で爆発しないと駄目だろ。魔力砲弾を収束させすぎだ。なまじ威力があるから目標をぶち抜いちまったじゃねえか。あれじゃほとんど〈徹甲《てっこう》火炎砲〉だな」

〈徹甲火炎砲〉。〈火炎砲〉より上位の炎熱系攻撃魔法の一つだ。

「て、〈徹甲火炎砲〉のつもりで放ちましたのよ」と、うろたえ気味に芽砂。

「そんじゃ余計に駄目じゃねえか。あたしは〈火炎砲〉をやれって言ったのに」

んぐっ、と芽砂が唸って仰《の》け反《ぞ》る。失敗を認めたくないようだ。

「まあいいや、織部。充分上等な部類だ、お疲れさん」

「──た、たいしたことなどありませんわ」

最後まで強がり、芽砂が隊列に戻った。緋鶴が、生徒たちを見回す。

「〈火炎砲〉、きっちり実演してもらいてえんだけどな……里海。やってくれるか？　おまえ水属性だけどよ、〈火炎砲〉くらいなら問題ないだろ？」

「はい」と姉に指名された里海が立ち上がって前に出た。

魔法には属性というものがある。分類は六つ。火、水、風、土、光、影。それぞれの属性には相性というものもあり、火と水、風と土、光と影は反発するため、例えば水属性を得手とするものは、火属性を行使するのが難しいというのが魔法学の常識だ。

里海は水属性を得意とする。同じく水属性の生徒の大半は、火属性の魔法は回路の構築さえできない。だが、里海は芽砂よりも迅速に〈火炎砲〉の魔法回路を構築した。

「打ちます」里海の声に、どん、どおん、と発射音と破裂音が重なった。

目標のドラム缶が一つ、爆散し、おおお、と生徒たちに感嘆《かんたん》の声が広がる。

「よし、てめえら！　今のが〈火炎砲〉のお手本だ、これ以上ないくらいのな。ちょっと実演が早過ぎてわからなかったかもしれねえが、流れは理解できただろ？　覚えておけ」

はい、と生徒たちが返事を揃える。緋鶴が、さてと、と挟んで嵐に視線を向けた。

「円城。ちょっと難しいの、やって見せてくれないか？」

「何をでしょうか、教官」と嵐は立ち上がって返した。

「〈火炎連砲《かえんれんほう》〉。おまえの得意は風属性だが、風は炎と相性いいし、行けるよな？」

と、緋鶴。嵐が少し考えた顔をしてから、返答する。

「はい。頑張ってみます」

〈火炎連砲〉は〈火炎砲〉の応用型。中級の炎熱系攻撃魔法だ。同時に複数の砲身型魔法回路を構成し、魔戦術士の実力次第で砲身が増やせる攻撃力の高さが特徴である。

嵐は緋鶴のそばに行き、両腕を目標のドラム缶へと掲げた。

「周辺魔力は潤沢《じゅんたく》、問題なし。術式は〈火炎連砲〉、砲身数は六と設定、これより魔法回路形成を始めます！」

掲げた嵐の指先から、魔力光糸の束が広がり、六本の筒を編み上げる。五本以上の砲身型魔法回路を形成するのは、任官した正式な魔戦術士と同じレベルだ。

嵐が周囲を見回してから、標的のドラム缶の的を見据え直す。

「周辺に危険なし、標的を改めて確認。円城嵐、〈火炎連砲〉、発動させます！」

「うっし、やれ！」

「了解、発動‼」

六本の砲身型魔法回路が同時に強く発光した。どどどどどんっと衝撃音が連なり、砲身内で魔力が火球《かきゅう》に変換されて放たれる。火球の群れは一瞬で的に到達し、爆裂した。ドラム缶がばらばらに千切れ飛ぶ威力の余波《よは》が、衝撃波となって座っている生徒たちにも及ぶ――直前に、生徒たちの前に防御系の魔法回路が一瞬にして発生した。

幅、高さ共に数十メートルの、巨大な魔法回路の壁。そんなものを瞬間的に形成できるのは一人しかいない。リイン悠である。魔法の防壁が、衝撃波をやすやすと退けた。

役目を終えた防壁が消える。リイン悠は腕組みをしたまま、嵐に片目を向けた。

「今の〈火炎連砲〉は見事だった、円城《えんじょう》さん」

「ありがとう、はる――いえ、ありがとうございます、教官」

嵐がリイン悠と幼馴染みだと周囲には知れ渡っている。だが嵐は、大勢の前では生徒と上官という立場を守っていた。そのほうがトラブルにならない、と。それはリイン悠も同じ考えのようで、相手が旧知の仲であっても他の生徒と変わらず接している。

「マジで上出来だ。あたしの『愛と正義の爆熱の魔法少女』の二つ名は、ちょいと譲ってやれねえけどな」

にっと緋鶴が笑んでみせた。嵐は軽く引きつり笑いを浮かべる。

「ええと、その二つ名は、遠慮しておきます……その。可愛くないですし」

「マジでっ？　か、可愛くないっ？　あたしはけっこう可愛いと思ってたのにっ」

あはは、と生徒たちの間でまばらに笑い声が起こった。彼方は笑えた一人だが、押し黙ったままの生徒も多い。ちょっとしたことに笑う精神的なゆとりがないようだ。

食堂で感じた通り、ストレスや不満を抱えている生徒は少なくないらしい。

――何か、よくない空気だ。

ちらりと考えた彼方の隣に、実技を終えた嵐が戻ってくる。

「どうだったかな、今の」

「――え？　ああ、びっくりするくらいに上手《うま》かったと思う」

考え事をしかけていた彼方は、嵐の声で我に返った。えへへ、と嵐が照れ笑いをする。

その笑顔の可愛らしさに彼方は思わず見とれた。

「んじゃあ次。逢坂《あいさか》！　こっち来い！」

彼方はすぐに気付かない。嵐が慌《あわ》てて言う。

「逢坂くん、呼ばれてるってば」

「——あ。え。あ、はい！」

彼方はその場で、急いで立ち上がり、緋鶴の元に向かった。

「あたしじゃねえよ、三佐のほう」

くいっと緋鶴が顎《あご》で彼方をリイン悠のほうに誘導する。

「逢坂くんには、これを実演してもらおうと思う」

リイン悠が、剣を握るような手つきで片手を前に掲げた。手の先から発生した魔力光糸が、棒状に編み上がりつつ伸びる。

魔法回路の構成は熱閃光《ねっせんこう》の応用で、集めた魔力を刃《やいば》状に形成し、長時間の熱閃光の効果を発生させて剣として扱うようだと、彼方には一目で理解できた。

——って。あれ。初めて見たはずなのに、何で簡単に構成が読めるんだ、俺。

知識を総動員して時間をかければ、確かに彼方にも読み取れるレベルの魔法回路だが、ぱっと見ただけで理解できるほどには、簡単なものではない。

なのに、一見しただけで魔法回路を把握《はあく》できた自分を、彼方は訝《いぶか》しんだ。

彼方の理解通りに、リイン悠の手に光の大剣が発生した。長さが二メートル以上ある巨大なものだが、魔力に質量はないため、リイン悠は片手で光の剣を構えている。

「百合草式光術魔法の一つ〈光刃《こうじん》〉。この光の刃は振るうものの意識をそのまま反映し、形状や切断対象を自在に変える。物質を切らずに魂のみを切断することもでき、通常の物理攻撃の通じない汚染獣をも一刀両断することが可能だ」

ひゅんっと風を切ってリイン悠が刃を振るう。ぎゅんっと刃が一瞬で伸びた。さして力を込めていないその一振りで、グラウンドにざっくりと一条の亀裂《きれつ》が走る。

「溝は後で埋めておく」とリイン悠が〈光刃〉を消し、生徒たちに視線を配る。

「このように使い勝手はいい。魔戦術科学校の教本にはないが覚えて損はないと思う」

光の剣――妙な既視感《きしかん》に彼方は囚《とら》われた。つい浮かばない顔になる。

「どうした。初見でコイツは、てめえには難しいか？　無理なら無理っつって構わねえけどよ、挑戦してみねえか？　おまえの魔法の属性、光系だったよな？」

と、緋鶴。彼方は、どうしたものかと悩んだ。

「魔力適性検査だと確かに光系と言われてますが、俺、魔法使えた例《ためし》がないですし」

指名を辞退しようと彼方が考えた、その時。

「結局、逢坂って三佐にえこひいきされているだけか」

と、誰か男子生徒の声が彼方の耳に入った。ここで彼方が実習を辞退したら、それを認めるようなものだ。

――引けなくなったな、俺。

たとえ魔法の制御に失敗しようとも、構成を再現できる実力くらいは示さないと、気にかけてくれているリイン悠に失礼だとも、彼方は思った。

「いえ。構成は理解できたので、やってみます」

ほお、と感心したように緋鶴が目を丸くした。

「魔法回路の理解力はほんとたいしたものだよな、逢坂。んじゃやってみ。もし暴走しても、あたしと三佐が何とかするよ。汚染地区から距離はあるからな、ここで魔力を暴走させても、前みてえに魔力をかぎつけて出てくる汚染獣も、いねえだろうがな」

「――はい」

彼方は緊張した面持ちで、ちらりとリイン悠を横目で見た。

リイン悠がこくりと頷き返す。よし、と彼方は魔法発動の準備に入った。

「周辺魔力は潤沢、問題なし。効果は、収斂《しゅうれん》魔力の形状固定と熱閃光変換、その維持。魔法名称は、百合草式光術魔法〈光刃〉――逢坂彼方、これより魔法発動を試みます」

魔法は、様々な公式を組み合わせて暗算し、意志の力で周辺の魔力を集めて制御する魔力光糸の魔法回路を組み立て、回路を発動させることで、魔力から様々な効果を得る技術だ。寓話の中の「不思議な力」としての魔法とは違う、人の操れる理論である。

成功のイメージが大切と、前に嵐からアドバイスされたことを彼方は思い出した。

――大丈夫だ。成功例は、世界最高のものを今、目の前で見たじゃないか。

イメージができ、彼方は右腕を前へと掲げた。剣の柄《つか》を握る意識でゆるく拳《こぶし》を握る。

「……んだ？　やけに構えが様になってやがるじゃねえかよ」

と、緋鶴。ふと彼方も己に違和感を覚えた。

自分の腕が剣を知っている、そんな感覚があるのだ。

――まさかな。前世が剣士だった……とか……いや、そんなのってオカルトだ。

――有り得ない。

浮かんでしまった疑問を無理矢理胸の奥に押し込んで、彼方は三〇秒ほどで公式を用いた暗算を終え、魔法回路の構成に取りかかった。

かなり複雑な魔法回路だ。生徒のレベルで、一度見ただけで再現できるようなものではない。逢坂の奴やるじゃないか。そんな誰かの呟きが聞こえた。

ここできっちり魔法を制御してみせれば、気にかけてくれているリイン悠のためにもなるはず、と彼方は気合いを入れ直して魔法回路の形成を続けた。

（そこ。魔力の熱換算の代入値、違ってない？）

「――え？」

不意に心の声が魔法回路の間違いを指摘し、彼方は焦《あせ》った。間違いの場所は幸い対処可能な状態だが、このままだと間違った場所から魔法回路の記述が崩壊してしまう。

しかし修正のためには数値を計算し直さなければならない。魔法回路の構築を続けつつ公式を用いて暗算をし直す。それは教官レベルでも至難の業《わざ》である。

（数値は僕が計算する、三〇秒くれるかな。君は魔法回路の構築を続けて）

心の声が支援を申し出てくれた。いつものように、たまたまチャンネルが合っただけで聞こえるような状態ではないようだ。普段の彼方なら気味悪さを覚えるところだが、今だけはありがたい。

──頼む！

彼方は意図して魔法回路の構築速度を下げた。構築速度が遅すぎると魔力光糸が解けて回路が崩れてしまう。その見極めが難しい。

「お。間違いに気付いて修正しようってか、生徒の分際で頑張るじゃねえか」

緋鶴がにやりとした。リイン悠はいつも通りの無表情で、じっと彼方を見ている。

まだか、と彼方がじりじりと焦る。三〇秒が恐ろしく長い。記述の間違った箇所から、魔法回路がわずかに乱れ始めた。こうなると崩壊まで時間はない。

──く。もう持たんっ。

(計算できた、そこはプランク定数そのままでいいよ、数値は六・六二六〇六九！)

「了解だ！」彼方はすぐさま魔法回路の記述を一部、書き換えた。魔法回路がすぐさま安定し、彼方は構築速度を元に戻した。緋鶴が感心したように口笛を吹く。

「やるじゃねえか、逢坂。持ち直すとは思わなかったぞ、そこで。今年の魔法学の単位、約束してやるよ、それくらいの価値はあったぞ、今の」

「……」リイン悠はあくまで無言のまま。彼方の一挙一動を見逃さないかのように、瞬きさえしないで左の瞳に彼方を映している。

――行ける。

魔法を学ぶようになっておよそ八ヶ月。初めて、彼方は魔法が成功する予感を覚えた。

（本当に発動するのかな、これ。魔法なんて特別な人だけが使えるものなのに）

期待と不安の混ざった、心の声。

――特別。それこそ三佐のような人のことか。

――こんな高度な魔法、今まで初歩さえ成功させたことがない俺に、使えるのか？

彼方の頭にも一瞬、魔法の暴走が思い浮かび、魔法回路が乱れた。

わずかな不安が、魔法の制御を致命的な結果に導くのだ。くしゃりと、見えない巨大な手で握り潰《つぶ》されるように魔法回路が崩壊し、収束中の魔力が暴走して爆発する。

どおん、と盛大な爆音が響き、空気が揺らめくほどの灼熱《しゃくねつ》の爆風が渦巻き吹き荒れる。

とっさに彼方は目をつぶり、顔を両腕でかばった。

しかし、熱風は襲ってこない。恐る恐る目を開くと、すぐ前に円柱状の大きな魔法回路がそびえ立っていた。爆圧と熱風を防御系の魔法回路が封じ込めているのだ。

「言ったろ、あたしと三佐がいれば問題ねえってさ。って、それは三佐の魔法回路だけどよ、あたしじゃさすがに、一瞬でそこまでのモン構築できねえもん」

にしてもよ、と挟んで緋鶴が続ける。

「惜しかったなぁ、逢坂。単位の話、やっぱナシだ、結局失敗したしさ」

「……すみません、またも失態を見せてしまって」

「てめえが頭下げるのは、あたしじゃなくて防壁張ってくれた三佐だろ？」

緋鶴に促されて、彼方はリイン悠に向き直った。

「生徒に害が及ばないよう対処してくださり、ありがとうございました、三佐」

彼方は背筋を伸ばしたまま腰を折って頭を下げる様式の敬礼をした。

「礼には及ばない、君たちを守るのは私の義務だ。それよりも、訊きたい」

「何をですか？」と彼方は頭を上げた。リイン悠が無表情のまま、淡々と問う。

「今の失敗は、典型的な『自分を信じ切れない』ケースだった。魔法など特別な人間にしか使えない、とでも考えたのだろうか？」

頭の中を見透かしたようなその言葉に、彼方は驚愕《きょうがく》した。即座に返答もできない。

「…………そ、それは、その…………」

リイン悠が翡翠色の左眼を伏せる。

「いや、いい。今回の君に足りないのも自信だとわかっただけで、充分だ」

「自信だけじゃなく、まだ覚悟もなさそうだけどな」

ぼそりと緋鶴が言い加えたその一言が、彼方の胸に突き刺さった。

覚悟。確かに、この場のどの生徒よりも自分には覚悟が足りないと彼方も思う。

魔戦術士や準魔戦術士となって国土と国民の安全を守る――そんな動機で彼方はこの魔戦術科学校前浜《まえはま》キャンパスに入学したのではない。

窮屈《きゅうくつ》な親元を離れたい、ただそんな身勝手な理由で全寮制の学校を選んでいる時にリイン悠から手紙を貰い、この学校を受験することになっただけだ。

しかも、滑り止めとして。本命の進学校に受かっていれば、そもそも魔戦術科学校には来なかった。そんな彼方に、覚悟などあろうはずもない。

誰かを守りたい。そんな根拠のない欲求だけは持っているのに。

彼方は緋鶴にも一礼した。

「覚悟、ですか。改めて意識するようにします」

「そー思い詰めた顔すんな。真面目《まじめ》すぎるとパンクすっぞ？　覚悟なんざ、その時がくれば勝手に決まるもんだしな」

素なのか気を遣っているのか、けたけたと緋鶴が笑った。

「逢坂、戻っていいぞ」

「はい」と彼方は回れ右をした。座っている級友の列に戻ろうと一歩踏み出しつつ、ふと見やった空に、小さな点を見つけた。

青空に、ぽつんと点。シュシュシュとかすかに聞こえる風切り音――武器実習のビデオで聞き覚えがある、戦車や迫撃砲《はくげきほう》などの大口径砲弾が、大気を裂く音だ。

「砲撃っ⁉」

彼方が声をうわずらせるよりも早く、リイン悠が両手を天にかざしていた。

砲弾が来るのがわかっていたかのように、幾重《いくえ》にも連なった円形の防御魔法回路をリイン悠が空に向かって構築する。一三層の防御魔法回路の完成と同時に、砲弾が一層目の魔法回路に接触した。生徒たちの間に悲鳴が上がる。

彼方が砲弾を発見してから一秒足らず。砲弾はほぼ音速で飛んできた。

グラウンドに着弾すれば死者が複数出ただろうその砲弾は、次々と防御魔法回路を粉砕し、最後の一層でかろうじて止まった。

リイン悠の掲げた腕のすぐ先にあるのは、一二〇ミリ迫撃砲の砲弾だった。炸薬《さくやく》の詰まった金属の塊のようなもので、重さは二〇キロ近くある。

砲弾は高温になっているようで周りの空気が熱で揺らめいている。砲弾を受け止めた魔法回路を維持したまま、リイン悠が別の魔法回路を作って砲弾を包んだ。魔法回路の内容に冷却があるのを彼方は読み取った。

きんきんと金属音を立てて砲弾が冷えていく。やがて充分に冷却できたと判断したのか、リイン悠が冷却と防御の魔法回路を同時に消し、一歩下がった。

ごどんと重量感たっぷりに砲弾が地面に落下する。

爆発する、と生徒たちに短い悲鳴を上げるものがいたが、砲弾は転がったまま。炸薬を破裂させるための、信管《しんかん》と呼ばれる部品がついていないようだ。

目を白黒させていた緋鶴が、大きく息をつく。

「——はー、びっくらこいた……三佐、大丈夫っすか」

「問題ない」リイン悠がしゃがみ込み、砲弾に手を伸ばした。華奢《きゃしゃ》な手では持ち上げられないのか、そのまま砲弾の先端あたりを調べ、彼方を横目で見た。

「逢坂くん。この砲弾の先端、ねじ込み式で外れるようになっているが、私の握力では無理のようだ。分解を頼みたい」

「は、はい」と彼方は砲弾の元に駆け寄った。片膝《かたひざ》をついて腰を下ろし、砲弾に手を伸ばす。通常、先端部分は信管がついているが、そこの構造が違うようだ。

彼方は片手で砲弾を押さえ、もう片方の手で先端を摑んで捻《ひね》った。きりきりと音を立てて、ネジと同じ動きで先端が緩み、外れる。

「引っ張り出せるようですね、これ」

「ああ、外してくれ」

彼方は先端を引き抜いた。ステンレスと思《おぼ》しき円筒がついている。

「これ……通信カプセルか何かですか？」

「それをこちらに」

リイン悠に彼方はステンレスの円筒を渡した。慣れた手つきでリイン悠が円筒を捻り、引っ張る。ぽんっと音を立てて茶筒のように円筒が開いた。中から出てきたのは、畳まれた紙。やはり通信文のようである。なになに、と緋鶴がリイン悠の横に行き、手元の紙を覗き込んだ。その表情が、ぱあっと明るくなる。

「喜べてめえら！　外が救助の準備をしているぞ‼」

生徒たちが一斉に立ち上がり、歓声《かんせい》を上げる。口々に助かるんだと連呼して、互いに抱き合ったり肩を叩き合ったり、男子の中には、勢いあまって殴り合うものまでいた。

目元を潤《うる》ませている女子生徒が多い一方、男子生徒でも声を上げて泣き出すものもいる。誰だ、と思って彼方が見やった先では、石松が爆発したように泣いていた。

「家の、家の無事を確かめられる‼　小生、これほど、嬉しいこと、はないッ‼」

「喜ぶのはいいから、まずは落ち着きやがれ、てめえら‼」

怒鳴る緋鶴の顔も満面の笑みの状態だ。

ようやく救助が来る。その事実に、彼方も全身の力が抜けてその場に座り込む。

「………来てしまうのか、やはり」

リイン悠の絞り出すように小さな声を耳にして、彼方は座ったまま彼女を振り仰いだ。

無表情のままのリイン悠の瞳に、暗い影が宿っている。

どうかしたんですか。という一言が、彼方は言えなかった。生徒の喜びようとはあまりにかけ離れたリイン悠の雰囲気に気付いているのは、彼方一人きりだった。


外部から通信カプセルとして砲弾を撃ち込んできた一二〇ミリ迫撃砲は、同じものが前浜駐屯地にもあった。射程は最大で一三キロメートル。砲弾は単純に火薬の爆発力で撃ち出され、重力に従い放物線の軌道で飛ぶ。

到達距離を犠牲にして砲弾を高く打ち上げるようにすれば、汚染地区による空間の歪みの影響が最小限に抑えられ、当然、瘴気による電磁波の障害も問題にならない。

砲弾を通信に用いる手段は、災害発生後に陸上国防隊で発案されたとのことだが、大規模汚染地区発生による混乱のため、実行に移すのが遅れてしまったらしい。

この手があったかと、最初の着弾後に緋鶴は郷田を呼びに行き、郷田に迫撃砲を操作させ、すぐさま砲撃による返答の準備をして実行した。

その後、汚染地区越しに放った数発の砲弾のやり取りで、救助計画が立てられた。

明朝〇七〇〇《マルナナマルマル》。朝七時の夜明け頃に、環状汚染地区のもっとも幅が狭い北側の瘴気の際に、生徒たちは集合することになった。

汚染地区の向こうから太さ二メートルの巨大な鉄パイプを長さ五〇〇メートル以上に渡って幾つも継いで瘴気の塊の中に押し込み、汚染地区を貫通するトンネルを造るという計画だ。原油産出地域のパイプラインを応用した技術である。

瘴気は金属をも腐食させて土に変えるが、充分な厚さの鉄パイプを用いれば、生徒が脱出する間はパイプトンネルが保《も》つはずと、陸上国防隊は実験で確かめているらしい。

パイプトンネル設営作業は、陸上国防隊の救助部隊により夜を徹して行われる。

一方で、前浜キャンパスの大食堂は、お祭り騒ぎになっていた。

明日がクリスマスイブということもあり、もはやパーティ状態だ。

救助が来るなら倹約も必要ないだろうと、倉庫の食材を豊富に使って大皿料理を何品も作り、管理者がいないために封鎖されていた売店からは菓子類やジュースを持ってきてテーブルに積み、生徒たちは好きに飲み食いしながら談笑している。

食堂全体を見渡せる隅のテーブルで、彼方は一人でジュースを飲んでいた。近くに班のメンバーはいない。石松の姿は見あたらないし、嵐や芽砂、里海は、楽しそうにしている大勢の女子たちの輪の中だ。

――こんなに浮かれていて、いいんだろうか。

救助が来ると知った時の、あのリイン悠の瞳の翳《かげ》り。曇《くも》った翡翠色が忘れられず、彼方は他の生徒のようにはしゃぐことができないでいた。

耳の奥に『来てしまうのか、やはり』というリイン悠の呟きがこびりついて消えない。

――あの人。俺たちの知らない何かを知ってるんじゃ……？

知らない何か。その内容が彼方は気になった。少しでもリイン悠と話をしてみたいと、彼方は彼女の姿を探して視線をさまよわせたが、見あたらなかった。リイン悠の黒と白銀の長髪は目立つから、見落とすはずがなく、食堂にはいないと思えた。

探しに行くか彼方が決めかねていると、少し赤い顔をした緋鶴と石松がやってきた。

「おーい、逢坂、飲んでっかー？」と緋鶴。

「……教官。もしかして酒、飲んでます？」

「あー？　飲むわけねえだろ、んなもん。あひゃひゃひゃひゃ」

明らかに酔っぱらいの雰囲気で緋鶴が笑う。どういうわけか石松の足取りも怪しい。

「そーだぞ、逢坂ー。小生らはー、コーラでも酔えるのだー。嘘ではないぞい？」

石松が彼方の肩を抱き、顔を寄せてきた。その口から明らかにコーラではない香りがした。前に、深夜の男子寮で郷田から匂《にお》ったのと同じ、アルコール臭だった。

「何を辛気臭い顔をしてるのだー、逢坂！　明日は夢にまで見た脱出の日だぞお⁉　小生、誰よりも早く外に出て、父上母上の無事を確かめに行くのだ、おーっ‼」

石松が絡んで勝手に盛り上がる。やはり酔っぱらっているようにしか見えない。教官の郷田は酒を私物で持っていたが、緋鶴は教官でも未成年だ。私物の酒を持ってはいないだろう。売店にアルコール類はなかったよな、と彼方は首を捻る。

「おーっし、石松。厨房《ちゅうぼう》行こーぜ、厨房。もちっとみりんもらってくるべ」

「了解であります、教官！　本みりんの味見、続けるといたしましょうぞ！」

緋鶴と石松が彼方から離れ、互いに肩を抱いてふらふらと厨房に向かった。

「……調味料で酔っぱらってるのか、あいつら。呆れるな……そう言えば、みりんって元々は飲む酒の一種じゃなかったか？」

厨房に行ってみりんの瓶を調べたらアルコール度数もわかるだろうが、彼方はそんな気にはなれなかった。リイン悠を探しに行くか、再び考え始める。

少しして、大柄な影が近づいてくるのに彼方は気がついた。

郷田だ。片手に缶ビールを提げ、赤い顔をしている。酔っているようだ。

「よ、逢坂。明日はこのクソな軟禁《なんきん》生活が終わるというのに、しけた面してるな」

「すみません、教官。顔は元からです」

「まあまあ、そう嫌うなよ。好かれてねえのは知ってるけどよ。俺はこれでも一応、お

「おまえらがかけてくれたんだろ？　おまえに礼を言いに来たんだぜ？」

「……礼、ですか？　特に覚えは……」

「俺が廊下で寝こけた、いつぞやの毛布。あれ、おかげで風邪《かぜ》は引かずに済んだからな」

ああ、と彼方は思い出した。最初の監視任務の前に、男子寮の廊下であった出来事を。

「いえ、別に礼を言われるほどのことじゃ。ただ、放《ほ》っておけなかっただけで」

「放っておけない、か。逢坂はそういう奴だったな。お節介《せっかい》で余計なことに気が回る」

郷田が、酒臭い顔を彼方に寄せた。

「そういう奴は、己の正義を振りかざして他人の邪魔をする。最悪、他人の未来を平気で奪う。気をつけろよ？」

「……仰る意味が、よくわかりません」

「おまえはあの女と、同じ匂いがするんだよ。あの女……あの、化け物とな」

化け物。前に、郷田はリイン悠をそう呼んだ。彼方の頭に、かっと血が上る。

「——今の言葉。三佐のことだとしたら、俺は……許さない」

声を押し殺して彼方は郷田を睨みつけた。は、と郷田が余裕があるように笑う。

「誰も三佐のことだと言ってねえだろ？」

ぐ、と彼方は息を詰まらせた。この人、俺に喧嘩《けんか》を売っているんだろうか。だが、こんなところで喧嘩をして何になる。脱出計画が決まって、せっかくみんな喜んでいるのに、水を差すような真似《まね》は、するべきじゃない。

彼方は堪《こら》えて、自分から立ち去ることにした。持っていたコップを近くのテーブルに置き、郷田に一礼して背を向ける。

「失礼します、教官。ちょっと仕事を思い出しました」

「礼するって言ったろ。ビール、一本くれてやろうか？　今日くらい飲んでも懲罰《ちょうばつ》なんざ与えないぜ？」

「遠慮します」と彼方は振り向かずに、食堂の出口に向かった。食堂は、寮舎《りょうしゃ》や校舎と別の建物にある。彼方は食堂の建物から出ると足を止めた。すっかり日が暮れている。夜空に月はないが、徹底した節電は解除され、まばらにだが街灯がついていた。

「……しかし。三佐の姿がないな。一人で、どこで何をしているんだろう」

教官室かな、と彼方は校舎のほうを見やった。視界の隅でわずかに光の揺らめきを捉え、そちらに顔を向け直す。通信塔兼監視塔の方角だ。ちょうど監視台がある辺りの高さに、照明魔法と思しき青白い光が見える。

「……あ。救助が来るって浮かれて、誰も見張りをしてないんじゃないのか？　それなら、あそこにいるのは……」

彼方はポケットから携帯電話を取り出すと、アドレスデータでリイン悠の電話番号を表示させた。電話番号をメールで伝えられたのは一週間も前のことだが、これまで彼方は、リイン悠に、メールも電話もしたことがない。

「………」無言で緊張すること、一〇秒ほど。よし、と意を決して彼方は通話ボタンを押した。コール音を伝える携帯電話を耳に当て、さらに緊張する。

数回のコール音の後『もしもし』とリイン悠が応答した。

「あ、あのっ」緊張のせいで声が裏返る。それで焦って彼方は変に息を吸い、げふげふと咳《せ》き込《こ》んでしまった。

『……大丈夫か、逢坂くん？　風邪か？』

「い、いえ。風邪とかではありませんから。ちょっとむせただけです」

『そうか。それならいい。何の用か』

「三佐、今。監視塔にいませんか？」

『いる。それが何か』

やっぱり一人で汚染地区監視にあたっていたのか、と彼方は納得した。

「行ってもいいですか？　俺も監視を手伝います、少し訊きたいこともありますので」

『構わない。すぐに来るのか？』

「はい、もう食堂の外に出ましたから」

『了解だ。待ってる』

待ってる。その口調がわずかにだが弾んでいたように彼方は感じた。

急ごう、と彼方は駆け足で監視塔に向かった。監視塔の外周部の螺旋《らせん》階段を、一つ飛ばしで駆け上り、ほどなくして監視台に到着する。空中に拳大《こぶしだい》の魔法の光を浮かべ、金網の足場に座って書類を確認していたリイン悠が、彼方を見やった。

「来たか」と言ってリイン悠が立ち上がる。

「その書類は何です、三佐」

「明日の脱出計画をまとめたものだ。再確認をしていた」

書類を畳んでリイン悠が懐《ふところ》にしまう。

「それで。私に訊きたいこととは？」

単刀直入に切り出され、彼方は戸惑った。反射的に敬礼してしまう。

「お一人での見張り、お疲れさまです。宇月教官に後で、見張りの当番班をよこすよう言ってきます」

「いや、いい。宇月三曹だって今くらいは重圧を忘れたいだろう、歳《とし》は君たちと大差ないのだし。これまでよくストレスに耐えてくれたと思う」

淡々とした、そして大人びた口ぶりに彼方は違和感を覚えた。

「……歳なら、三佐も俺たちと同じですよね」

「――ああ、そうだったな。すまない、私はこんな性格だから、つい自分が子供だということを忘れてしまう。みっともない話だとは思うが……とにかく。明日の朝までは、異変はないだろう。私は好きでここにいるようなものだから、気にしないでくれ」

そのリイン悠の言葉に、彼方はまた引っかかるものを感じた。

「明日の朝までは――って。どうしてそんなことがわかるんです？」

ん、とリイン悠が小さく息を飲んだ。彼方は堰《せき》を切ったように疑念を一気に吐き出す。

「俺たちが最初に見張り当番をした時から、変に感じていたんです。あの時三佐は、汚染獣を駆除《くじょ》して戻ってきて、言いましたよね。朝まで何もなければ当面は安全なはず、と。その言葉通りに、あれから今日まで何も起きませんでした。

それに、今日。あの砲弾の通信カプセルの文書を見た時です。まるで明日、救助が来るとわかっていたようなことを言いましたよね。やっぱり来てしまうのか、と」

リイン悠が、頷きもせずにはっきりと告げる。

「どちらも、確かに言った」

ごくり、と今度は彼方が喉を鳴らして息を飲んだ。

「次に君は、こう訊きたいのだろう。私が、君たちの知らないことを何か、知っているのでは、と」

思考を読んだかのようなリイン悠の言葉に、彼方は身を固くした。

――何なんだ、この人は。

「確かに私は君の知らないことを全て知っている。今回の事件のきっかけも、今回の事件の結末も――そして、君が忘れてしまったことも」

「…………俺が…………忘れた…………こと…………？」

途切れ途切れのかすれた声が彼方の口から漏《も》れる。こくりとリイン悠が頷いた。

「話すことは容易《たやす》い。しかし、聞けば君は今の君ではいられなくなるかもしれない。それでも聞くというのなら――後の責任は、私が負う。今の全てを捨てる覚悟があるのなら、話そう」

聞く、と彼方は返事ができずにいた。念を押すように、リイン悠が問う。

「君は。君自身が全てを滅ぼすと聞いて、その言葉を信じられるか？」

「俺が、全てを、滅ぼす……？」

信じるか否かの以前に、言葉の意味が、彼方にはわからなかった。

「俺が、何を滅ぼすと言うんですか」

「全て。言葉通りだ」

「わけがわかりませんよ！　まさか、俺が今の世界を終わらせるとか、そんなことを言っているんじゃないですよね、それだったら馬鹿げてる‼」

思わず声を荒らげた彼方から、リイン悠が視線を外した。

「……馬鹿げている、か。やはり君は、そう言うんだな」

どうしてこんなに苛立つのか。それが自分でもわからないまま、彼方は言いつのる。

「何なんですか、その何もかも知っているような態度って！　本当に俺、わけがわかりません！」

リイン悠が左眼を彼方に向け直す。照明魔法の薄明かりに浮かぶ白い顔は、凍り付いたように無表情だ。

「だから、そう言った。私は君の知らないことを全て知っている、と」

「何なんですか、あなたは！」

普通の女子ならすくみ上がるだろう大声で、彼方はリイン悠を怒鳴りつけた。

眉一つ動かさず、リイン悠が小さく唇を動かす。

「今の私は、百合草、リイン、悠。ただの魔戦術士。それ以上でもそれ以下でもない」

名前を一言ずつ区切り、はっきりとリイン悠は言った。毅然《きぜん》とした態度だ。何を訊かれても聞く覚悟あるのならば答える、そう翡翠色の瞳が語っていた。

それならば、と彼方は気を落ち着けてから口を開き直す。

「円城から聞きました。三佐は前と別人のようだって。そのリインというミドルネーム、変わってしまったという髪や瞳の色。それも俺の知らない何かと関係があるんですか」

「ある」

「それは……汚染地区の発生とも、関係があるんですか」

「ある」

「世界が、こんなふうになってしまったこととも……関係が……？」

「ある」

彼方は、リイン悠からもらった手紙の文面の、最後を思い出す。

冬の初めに無数の流星を見るだろう——その言葉通りに彼方は流星を見て、駐屯地は汚染地区に取り囲まれた。つまり、一年前。リイン悠は手紙を記した時にはもう、この状況を知っていたということに他《ほか》ならない。

「流星が降って、学校がこんなことになることも、知っていたんですか。一体いつ、そんなことを知ったんですか」

「私が、今の私になった、その時に」

一三歳で魔法の全てを知ったと、リイン悠の人物像は噂されている。そして嵐の証言でも、中学校一年生の時に、彼女に何かが起こったことは確実だ。

「それって、一三歳の時……ですか。三年も前じゃないか――三年も前に、こんなことが起こるって、わかっていたんですか！」

再び彼方は声を荒らげた。叫ばずにはいられなかった。

「わかっていたなら、この学校の先輩たちだって隊員だって、死なずに済んだんじゃないんですか‼　どうして政府も国防隊も災害が起きるまで放っておいたんですかッ‼」

「何度も。何度も何度も――気が遠くなるくらい、何度も。この事態を私は防ごうとした。幕僚監部《ばくりょう》にも国防省にも進言はした。しかし、私の話を信じるものなど、いなかった」

幕僚監部は国防隊中枢《こくぼうたいちゅうすう》であり、国防省は、陸海空全ての国防隊を管轄する省庁だ。その国防を司《つかさど》る人間たちが、汚染地区災害の情報を無視すると彼方は信じられなかった。

「……どうして」

「私が、百合草リイン悠だからだ」

「三佐が、三佐だから……？」

「そう。この世界の短い魔法の歴史の中にいきなり出現した、たった一三歳で突然魔法を極めた、戦術核並の魔法攻撃力を有する得体の知れない化け物――

それが、私という魔戦術士の幕僚監部における認識だ。汚染地区災害対策に利用はしたい。しかし、それ以上のことは何もして欲しくない。上に意見するなど以《もっ》ての外。

言っただろう？　私の三佐という階級は、ただのお飾りであまり意味はない、と」

彼方は拳を固め、思わず近くの手すりの鉄パイプを殴りつけた。

「……何で……そんな……」

「今の君とて、私の話を信じなかった人たちと、さして変わりない」

「そんなことはないですよ！　俺はちゃんと三佐の話を信じますよ！」

リイン悠を化け物扱いした大人たちと、自分は違う。どんな突拍子もない話だろうが信じてみせる。その自信が彼方にはあったが、それは次の瞬間に砕け散る。

「ならば問おう。私が千年以上生きていると言って、信じられるか？」

「……千年……？」彼方は愕然とした。何を言い出すんだこの人は、と思ってしまった。

すなわち、リイン悠の言葉を信じなかったということだ。疑念を持った自分に気付き、
彼方は慌てた。

「あの、そのですね。疑ったわけじゃ、ないんです。ただ、千年だなんていきなり言わ

れても――三佐は俺たちと同じ歳のはずですし……」

　リイン悠が遠い目をする。

「その今の君の戸惑いと同じものを、幕僚監部の士官も国防省の官僚も感じたのだろう。人は己の理解の範疇《はんちゅう》を超える事実を、すぐさま理解はできない。時間が必要なんだ。そしてその時間は、私が私になって使えるこの三年間では、絶対的に足りなかった」

　寂寥《せきりょう》感のある声だった。何も言えない彼方に、リイン悠が視線を戻す。

「それでも。たとえどれほどの時を費やそうとも、せめて君だけは私が守る。それだけは、信じていて欲しい」

　リイン悠が彼方に向けて片手を差し出した。

　その背後に彼方は見た。見知らぬ、石造りの中世のような城を。

　野戦服も、金糸《きんし》の刺繍《ししゅう》の縁取りがあるキリスト教の司祭の法衣のようなものに変わっている。

　幾つもの尖塔《せんとう》が並ぶ、灰色の古城。その向こうにある空は、瘴気でどす黒く濁《にご》ってしまっていた。何もかもが暗く色彩を失った世界で、彼女の白銀の髪と白い法衣だけが、最後に残された希望の光のように、輝いていた。

「君のことは、必ず私が守るから」

　そう繰り返したリイン悠に、彼方は無意識に呟く。

「——守りたいのは、僕が、お師匠さまを……なのに」

無表情のはずのリイン悠の顔に、驚きの色が浮かんだ。

「……今、君は何て言った？」

「——え？　今、ですか？」

ぱちくりと彼方は瞬きをした。一瞬何か幻を見た気がするが、よく思い出せない。とても懐かしい、しかし終わってしまう世界の、悲しい幻影。

つ、と彼方は頰を伝うものを感じて、手の甲で顔をこすった。手に、水の感触。

「あれ？　雨、ですか？」

どこから水滴が、と彼方は空を見上げた。監視台の上、並ぶアンテナの向こうに夜空があった。少し雲が出てきている。明日は天気が崩れそうな感じだ。

どういうわけか、雲間の星々が妙に揺らいで見える。汚染地区のもたらす空間の揺らぎだろうか、と彼方が思った時、再び、つい、と頰を何かが伝った。

「…………何だ？」

彼方は両手で顔をこすった。あっという間に指が濡《ぬ》れるが、頰を流れる水滴の量は増えていく。

「何だよ。俺、何で泣いてるんだよ」

目元が熱くなるほどに溢《あふ》れる涙の理由が彼方にはまったくわからない。感情と体の反応がかけ離れすぎていて、思考が停止した。彼方はその場にくずおれて立て膝をつき、止めどなく流れる涙を両手で必死に拭《ぬぐ》い続ける。

「三佐。教えてください、三佐。俺が何で泣くのか、それも三佐なら知っているんじゃないんですか」

ふわりと彼方は甘い香りに包まれた。数秒遅れて、触れるか触れないかという形で、リイン悠の腕に頭を抱かれていることに気付いた。

柔らかい抱擁。耳元には謝罪の言葉。

「……すまない。やはり教えることはできないようだ、君が壊れてしまうから」

空間から流れ出るように発生した魔力光糸が、彼方の体を包んで魔法回路を構築していく。彼方は涙を拭う手を止めて顔を上げた。

「――何ですか、これは」

目の先、ほんの一〇センチほど。そこにリイン悠の唇があった。

「君はまだ、思い出さないほうがいい――けれども。今の君にはきっと、可能性がある。それは私にとって、どんなものにも代えられない、かけがえのない希望だよ」

その言葉を最後に、彼方の意識は途切れた。

監視塔の下。人影が、魔法の灯りに浮かぶ彼方とリイン悠の姿をじっと見つめていたが、それに彼方が気付くことはなかった。

VI 訪れた希望の先で

「――私は。彼らを騙《だま》してしまったのだろうか」

蠟燭《ろうそく》の灯《あか》りしかない部屋で、お師匠《ししょう》さまは辛《つら》そうな顔で呟《つぶや》いた。

瘴気《しょうき》の森のせいで他国と連絡が取れなくなって、ずいぶんと経《た》つ。他国に生き残りがいるのか、そもそも他国の国土が残っているのか、確かめることさえもうできない。

僕の知る限り、瘴気にあらゆる場所を奪われたこの世界に生き残った人間は、この国リーリエ＝エルヴァテインの臣民《しんみん》、わずか一万人ほどしか、いなかった。

その一万人を、一〇〇〇人ずつほどの集団に分け、お師匠さまは『時空間跳躍移民魔《じくうかんちょうやくいみんま》法《ほう》』で、別の世界に人々を送ってきた。

明日、最後の一団に移民魔法を施《ほどこ》して、この世界から人間はいなくなる。

これまで、およそ九〇〇〇人の人々が、体も魂も、全《すべ》て、魔力光糸《まりょくこうし》で綴《つづ》られた意味になり、僕の知らないどこかに向かって、時間と空間を跳び越えていった。

行き着いた先でどうなるのか――僕は知らない。

「私は。彼らを騙してしまったのだろうか、やはり」

再び、お師匠さまが呟いた。

「騙してなんて、いませんよ。この世界に残っても、次の季節を見る前に、みんな瘴気に飲まれてけものになるしかなかったんです。けものになってまでこの世界に残りたい人なんて、誰もいないと思います」

「君もか、アルク」

じっとお師匠さまが翡翠色《ひすいいろ》の両の瞳《ひとみ》に僕を映した。つい、本音が漏《も》れてしまう。

「お師匠さまと一緒なら、僕はこの世界でけものになってもいいですよ」

お師匠さまが纏《まと》っている重苦しい雰囲気が、かすかに和《やわ》らぐ。

「馬鹿だな、君は」

「馬鹿でいいです、お師匠さまのそばにいられるのなら」

「しかし、けものになられては困る。私たちも行かなければならない。どれだけの臣民と向こうで出会えるかはわからないが、それでも私には、手の届く限りの人々を助ける義務がある」

もう四度、季節が巡るのを一緒に過ごした僕のお師匠さまだ。そう言うのは、わかっていた。だから僕の願いも、とっくに決まっていて一つしかない。

お師匠さまの、そばに。それだけが、世界より大切な僕の願望。

「どこまででも、どこにでも、どんなところにでも、お供します。お願いです、連れて行ってください」

「約束しよう。如何《いか》なる場所、如何なる時、如何なる状況においても必ず私は君を見つけて、守ると。信じてくれるだろうか」

お師匠さまが、僕に片手を差し出した。その手を僕は、そうっと両手で包んだ。

「はい」

この人が、いつか救われますように。そう胸の奥で願ったら、涙がこぼれた。

「……どうかしたのか？　どこか痛いのだろうか？」

「………そうじゃ、ないです………だって、辛くても、悲しくても、だって、お師匠さま、絶対に泣かないから……僕が泣くしか、ないじゃないですか」

「すまない」

お師匠さまはただ、そう呟いた。

†

「…………ん…………くん………かくん――」

耳元で誰かの声がする。彼方《かなた》の意識はうっすらと覚醒《かくせい》し始めた。

――誰の声だ？

そう意識したことで、彼方は完全に目を覚ました。

最初に目に入ったのは、蛍光灯の白い無機質な光。天井に見覚えはない。

「逢坂《あいさか》くん、大丈夫？　どこか痛むの？」

声のするほうに首を向ける。視界が横になっていることでようやく寝かせられていることに気付いた。いつの間にか眠ってしまっていたようだ。

ベッドの横。椅子《いす》に座って彼方を心配そうに見ているのは、嵐《あらし》だった。

視界の歪《ゆが》みで目元の涙にも気付く。眠りながら泣いていたのかと彼方は恥ずかしくなり、頭を逆方向に向けて涙を拭《ぬぐ》った。身を起こしてベッドに座り、改めて嵐に問う。

「どこも痛くなんてないから、大丈夫。そんなことより、ここ、どこなんだ？」

ベッドの周りにはカーテンが引かれている。寮《りょう》の自室ではなさそうだ。

「もしかして……医務室、とか？」

「うん」と嵐。

「どうして俺、医務室なんかで寝てたんだ？」

「覚えてないの？　昨日の夜、監視塔で三佐《さんさ》と話している時に、倒れたこと。私が塔の下に行った時、ちょうど倒れたところだったよ」

「倒れた？　俺が？」

昨夜、何があったのか彼方は記憶を振り返った。食堂を抜け出して監視塔に向かい、そこでリイン悠《はるか》と会ったことまでは、すんなりと思い出せる。だが、思い出せるのはそこまでだ。会って何か重要な話をした気はするが、話の内容がまったく思い出せない。

思い出せるのは、リイン悠の前で泣いたような不鮮明でおぼろげなことだけだ。それさえも勘違《かんちが》いか気のせいだろうと言われたら、彼方は否定できない。

「……わからない……本当に俺、三佐と何を話したんだ……？」

「倒れた時に頭を打ったのかも。救助してもらって外に出たら、医者に診《み》てもらったほうがいいよ」

「……そうだな。倒れたことも思い出せないんだ。俺はどこか、本当におかしいのかもしれない」

「大丈夫？　教官呼んでこようか？」

いっそう嵐が心配顔になる。彼方は努めて明るい表情を作った。

「たぶん問題ないよ、記憶が混乱してるせいで変に不安になってるだけだと思う。それより、今って何時だ？」

「えっとね」と嵐が腕時計で時間を確認しようとした。

「もうすぐ夜明けですわよ？」

不意に芽砂《めいさ》の声がカーテンの向こうから聞こえ、彼方と嵐は同時にびくんとした。シャッと一気にカーテンが開かれる。芽砂と里海《さとみ》、石松《いしまつ》の姿がそこにあった。

「いいい、いつからそこにっ？」と嵐。芽砂たちに気付いていなかったようだ。

石松がどこか拗《す》ねたような顔で、横を向く。

「小生《しょうせい》の口からは、言いたくない」

「私も耳を疑った……まさか、嵐が、あんな……」

淡々とした、しかし驚きを隠さない口調で、里海。呆《あき》れ口調で芽砂が言う。

「まったく。救助が来ますからって、嵐さん。大胆過ぎですわね」

「……‼」嵐が一瞬で耳まで赤くなった。何があったのだろうと彼方は興味を持った。

「円城《えんじよう》さん、一体――」

「いいの逢坂くんは知らなくて‼」

嵐が勢いよく立ち上がり、珍しく大きな声を上げた。

「私も寮に戻って脱出用の手荷物取ってくる！」

とたとたと半長靴の裏を鳴らして嵐が駆け去った。彼方は誰にともなく訊《たず》ねる。

「ほんとに何があったんだ？」

芽砂がひょいっと肩をすくめて見せる。

「今の嵐さんの反応でわからないなんて。逢坂くんもたいがい罪な男ですわね」

ち、と石松が舌打ちをする。石松が気に入らない何かがあったのは確かなようだ。

「石松。俺、何か謝ったほうがいいのか？」

「謝られるほうがみじめというものだ。小生とて必ずや挽回《ばんかい》する機会があるはず。それを待つだけだ」

挽回。機会。何のことだか彼方はわからなかったが、

「あ、ああ。その時は、応援するよ」

友人の石松のために、俺にも何かできるか、と考えた。

「あらまあ酷《ひど》い人」と芽砂。里海もどこか呆れたように首を振る。

ぐぬ、と石松が呻《うめ》き、提《さ》げていたズック生地のナップザックを彼方に投げつけた。

「ほら、おまえの手荷物だ。適当にサイドボードから持ってきてやった」

「あ、すまん。ありがとう」

何を持ってきてくれたのだろうと彼方はナップザックを開けて硬直した。サイドボードの奥に隠していたリイン悠からの手紙が、目に付く場所に入っていた。

「後で訊《き》きたいことがある。逢坂、わかるな？」

有無を言わせぬ響きが石松の口調にはあった。手紙について疑念を持ったに違いない。

「……了解した。後でちゃんと時間を作るよ」

「忘れるんじゃないぞ？　そろそろ夜明けだ、小生たちもグラウンドに向かおう」

「ああ」彼方はナップザックをベッドに置いて、脱いであった半長靴を履くと立ち上がった。ナップザックを片方の肩に担いで、仲間のそばに行く。

よし、と石松が頷き、真っ先に踵《きびす》を返す。

「一教二区隊一班、希望の脱出に向かって出発だ！」

「おー、ですわ‼」「おー」

芽砂と里海が、それぞれに石松の号令に応《こた》えたが、彼方は反応が遅れた。後から、おー、と控えめに声を上げた彼方を、石松たちが一斉に睨《にら》む。

「幸せ呆《ぼ》け野郎め。気合いが足らん、気合いが」と石松。

「禍福《かふく》はあざなえる縄《なわ》のごとし、ですわね」と芽砂。

「それ使い方違う」と里海。そうですの？　と芽砂が問うと里海は無言で頷《うなず》いた。

――石松、やっぱり機嫌が悪そうだ。手紙だけの問題じゃなさそうだが、何だ？

考えても答えは見つかりそうもない。彼方は急ぐことにした。

「とにかく急ごう。もう時間なんだろ、集合の」

――にしても。何か腑《ふ》に落ちない。俺は一体、何を忘れた？

胸の奥にもやもやしたものがある。だが、今は自分と向き直っている暇はなかった。


「総員、止まれ！」

郷田《ごうだ》の号令で、区隊ごとに三列縦隊で歩いてきた魔戦術科学校《ませんじゆつかがつこう》の生徒たちは、ざっと半長靴の裏を揃《そろ》えて鳴らし、停止して気をつけの姿勢を取った。

駐屯地《ちゆうとんち》から北へ、およそ一キロメートル。整地されていない砂利《じやり》が敷かれただけの駐車場が、救助計画で指定された集合ポイントだ。

生徒たちを先導してきた三名の教官、郷田、緋鶴《ひづる》とリイン悠が振り返る。

駐車場の半《なか》ばほどまで覆っている瘴気の塊《かたまり》――汚染《おせん》地区の中では、脱出トンネル設置作業が続いているらしく、がこんがこんと重い金属質の大きな音が聞こえてくる。

その音を跳《は》ね返《かえ》すように、リイン悠が声を張る。

「生徒諸君たちに告げる！　まもなく救助のトンネルが瘴気を貫《つらぬ》いて現れるだろう！」

わあっと生徒たちが喜びに沸いた。

しかし、リイン悠はいつもの無表情と違い、険《けわ》しい顔をしている。

「喜びたい気持ちはわかるが、どうか、冷静に行動して欲しい！　トンネルが現れた瞬間に、トンネルに向かって駆け出すなど、絶対にしないように！」

リイン悠の大声は続く。生徒たちの半分ほどは落ち着いたが、騒いでいるものもいる。

「だから静まれってんだ、てめえらはよ！」

緋鶴が怒声を上げたが、騒いでいる生徒は収まらない。だめだこりゃ、と緋鶴が呆れ顔になった直後、郷田が肩にかけていた魔弾小銃《まだんしょうじゅう》の銃口を空に向け、引鉄《ひきがね》を絞った。

タタタ、タタタ、と発砲音は軽かったが、生徒の騒ぎは一気に静まった。

「たとえガキだろうが、規律《きりつ》を守らない奴は、隊にとって有害だ。何なら俺が、ここで排除してやるぞ？」

郷田が銃口を生徒たちに向けた。引鉄からは指を外しているが、危険な行為だ。

リイン悠が毅然と言う。

「郷田三曹《さんそう》、その行為こそ規律に反する。銃を降ろせ」

「……人がたまに気を遣ってやれば、これか。ガキ共、静かになったのによ」

不満げにぶつぶつ言いつつ、郷田は魔弾小銃を降ろし、ベルトを肩に掛け直した。

ほ、と生徒たちに安堵《あんど》の気配が広がる。生徒たちをリイン悠が改めて見回した。

「重ねて告げる！　絶対に、トンネルが現れても駆け寄るな！　この警告を守らない生徒の生命に、私は責任を持たない‼」

半ば叫ぶように、リイン悠はそう言い切った。死のうが知らないと言われたも同然だ。生徒たちがわずかにざわめく。動揺しているようだ。

「怖いこって」と郷田。じろりと緋鶴が郷田を睨み、郷田は逃げるように顔を逸《そ》らした。ったく、と呟き、緋鶴が生徒に視線を戻す。

「浮かれる気分はわかるけどな。こうゆう時が一番あぶねえんだ。とにかく、今はこれ以上、汚染地区に近づくんじゃねえぞ？　それと念のため言っとくが、ここでの魔法使用も禁止な。汚染獣《おせんじゅう》、魔力に誘われて出てこねえとも限らねえし」

生徒の隊列から汚染地区までの距離は、およそ一〇〇メートル。汚染獣が外の人間に気付いて出てくることはなく、十分に安全な距離だとされている。

だが、それはもう過去の常識だ。駐屯地が汚染地区に囲まれたあの日から、生徒の誰もが、汚染地区に対して安全な距離などないと思っている。

すでに夜は明けているようで、汚染地区の瘴気の上の空は、厚く灰色の雲が垂れ込《たこ》めているのが見えた。夜明けにしては薄暗いが、照明がなくとも周囲の様子はわかる。

転倒したままの車両。そこかしこに落ちている、数十丁の魔弾小銃。

九日前の、あの朝。ここで戦闘が行われ、多くの隊員や生徒が消息を絶ったことは、せている。

災害発生時に緋鶴の元に行った彼方と嵐たち以外、駐屯地を出ることを禁じられていた生徒が、この現場を見るのは初めてだ。多くの生徒が、この惨劇《さんげき》の痕《あと》に顔を青ざめさせている。

「……小生は、初めて現場に来たが……こんな有様だったとは……」

現場を見ていなかった生徒の一人、石松の声は震えていた。背後にいる石松に何か声をかけてやりたいと彼方は思ったが、教官たちの前だ。振り向かず、じっとしていると、それでも、帰れるんだ。

ささやくような石松の声が、聞こえた。

――そうだ。ようやく、終わるんだ。あの夜明け前からの、悪夢が。

ふと彼方は思い出す。リイン悠が目の前に転移魔法で現れた、あの瞬間を。

『すまない、遅れた。大丈夫だろうか』

初めて耳にしたリイン悠の言葉。あの時、あの場所に彼方がいると知っていたかのような言葉だ。

――結局。俺にとっての三佐って何なのだろう。今思えば、声にも覚えがあったような気がする。

(僕にとっては約束の人だよ)

「……何だって？」

一瞬だけ聞こえた心の声に彼方はぎくりとした。心の声を幻聴の類《たぐい》だと考えていた彼
誰の目にも明らかだった。

方だったが、その認識こそが間違いのように思えてきた。

自分の心が、自分の知らないことを知っているような気がしてならない。

心の声は先ほどの一言で、消えてしまった。

——俺は。自分とこそ、対話すべきなのかもしれない。しかし。どうやって……？

いつも、一言二言で消えてしまう、心の声。たまに短く会話ができることもあるが、
知りたいことは、いつも聞けずに終わってしまう。だが、心の声が深層心理のようなものだとしたら、催眠術《さいみんじゅつ》などで情報を引き出せる可能性がある。

精神に作用する魔法があるのは、彼方も知っている。魔法を極めたというリイン悠に頼めば、自分の心の奥底にあるものを明らかにしてもらえるかもしれない。

無事に脱出できたら、最初に手紙のことを石松に説明する時間を作り、次にリイン悠を改めて訪ねてみようと彼方は考えたが、すぐにそれが難しいと気付く。

リイン悠は、一六歳で三佐になった国防隊魔戦術士の中でもエリート中のエリート。こんなことでもなければ、魔戦術科学校の一生徒に過ぎない彼方など、会話どころか会うことさえ難しい、特別な人間だ。

この脱出計画が成功すれば、リイン悠はまた別の汚染地区災害の現場に赴《おもむ》くだろう。学生である彼方が会いたいと望んだところで、願いが叶《かな》う可能性は低い。

再会が叶うとしたら、どこかの汚染地区災害の現場だ。それも、彼方が学校を卒業して魔戦術士か準魔戦術士として任官された後のことで、ずっと先のはず。

――どうにかして今、お願いだけでもしておけないだろうか。

彼方はリイン悠に視線を向けた。翡翠色の左眼《ひだりめ》と視線が交わる。

ずっと彼女は彼方を見ていたようだった。人目なんか気にしている場合じゃない。そう彼方が意を決し、挙手《きよしゆ》しようとわずかに腕を動かした時だった。

がこんと一際大きな金属音がして、汚染地区の一角から強い光が生徒たちを照らした。高出力のサーチライトだ。光の中に、先端に蓋《ふた》がされた太い鉄パイプが浮かび上がる。

誰の目にも明らかだ。見間違えようのない、脱出用トンネルである。

どおっと生徒たちから歓声《かんせい》が上がった。助かると連呼《れんこ》するもの、万歳《ばんざい》と叫ぶもの、意味不明の大声を上げて泣き出すもの。反応は様々だが、皆が歓喜《かんき》に騒ぎ出す。

「静まれ、馬鹿者共が！」

「落ち着けってんだ、てめえら！」

郷田と緋鶴の叱責《しつせき》も、もはや意味はない。今にも生徒たちの誰かが、駆け出しそうだ。

生徒たちがトンネルに殺到《さつとう》するんじゃないか、と不安を覚えた彼方の耳に、

「おかしいよ。どうして隊員は誰も出てこないの？」

と、女子の誰かの声が入った。その声を聞きつけたものは、彼方の他にもいたらしい。

「変だよね」「トンネルの蓋も開かないし」「何かあったのかな」

生徒の様子が、歓喜の騒ぎから、疑念のざわめきへと変わっていく。

緋鶴が郷田に目配せしてから、リイン悠に訊ねる。

「三佐、どうします？」

リイン悠は無表情で、閉ざされたままのトンネルの蓋に視線を投じた。蓋は左右開きのドアの形状で、鍵《かぎ》の類《たぐい》はなさそうだ。レバーを操作すれば簡単に開きそうである。

「ここに留《とど》まるのは危険が大きい。前浜《まえはま》キャンパスに戻る」

戻る。その単語で、疑念のざわめきが落胆の嘆息に転じた。

「……帰れないの？」「また砲弾の連絡を待つしかないのかな」「そこにトンネルがあるのに……」「危険、か。確かにそうかもしれないけれど」「でも三佐の決定だし」

生徒たちの呟きは、失望を隠せないものだった。

当然だと彼方は思う一方、これでまだしばらくリイン悠と一緒にいられると安堵した。

その自分の気持ちに、彼方は戸惑いを覚えた。

――何で、俺。三佐と離れたくないだなんて、考えたんだ……？

悩んだ一瞬、彼方は周りの様子から気が逸れた。

後ろにいた石松が、いきなり駆け出したが、彼方はとっさに反応できない。

「おい⁉」はっとして石松の背に手を伸ばした。

しかし指先はナップザックをかすめただけで、石松の背が遠ざかる。

「おじけづくことはない、現に、そこに脱出トンネルはあるんだ‼　誰が行かずとも、小生は行く‼　勇気あるものは、我に続け‼」

石松が駆けながら、片腕を空に突き上げた。生徒たちの間で、わっと声が上がる。

「私も！」「俺も行く！」「帰るんだ‼」

口々に声を上げながら、大勢の生徒が石松を追って走り出してしまった。

二〇か、三〇か。一教生の半分には届かない人数だが、決して少なくはない。

「馬鹿野郎、戻れ‼」と緋鶴。「戻らないと撃つぞ‼」と郷田。

三佐はどうする、と彼方が見やった先。リイン悠が、強く唇《くちびる》を噛《か》みしめていた。

噛みしめたせいで切れたのか、リイン悠の唇から細く一筋、血が滴《したた》る。

やはり、こうなるのか。

血を流す唇が、そう動いたように、彼方には見えた。

リイン悠がその場で身を翻《ひるがえ》してトンネルへと向き直った。大きく足を開いて腰を低くし、上下に腕を伸ばして構える。

両手から、数えきることなど到底不可能な凄まじい量の魔力光糸が発生し、きゅおんと空間に軋《きし》み音を立てさせて、魔力光糸が魔法回路を編み上げる。

その魔法回路の構成に、彼方は身の毛がよだつ思いをした。

火、水、風、土、光。六つの魔法要素のうち、影を除く五つの記述で、回路が構成されていく。初めて見るはずのその魔法回路の構成を、彼方は読み取れてしまった。

一人の人間が使えるとはとても思えないほどに高密度で、そして無情な魔法回路。

「石松‼ 死にたくなければその場に伏せろおッ‼」

彼方は、全身全霊を込めて声を投じた。

石松のみならず、誰も止まらない――

「父上母上、小生はこれより、帰ります!!」

そう叫んだ石松のすぐ前で、トンネルの蓋が内側から外へと開く。

その瞬間、トンネルへと殺到していた生徒たちの歓喜は絶頂となり。

そして一瞬で、絶望に転じた。

真っ暗なトンネルの中。金色に輝く無数の眼――

「汚染獣だあッ!!」

誰かが叫んだのと、トンネルの寸前にいた石松の体が、全身が口と化したような黒い影によって、ばくりと喰《く》われて消えたのは、同じタイミングだった。

「石松ッ!!」彼方のその叫びは、他の生徒たちの悲鳴でかき消される。

救助のためのトンネルが、ダムの放水のような勢いで汚染獣の群れを吐き出す。

大きさはどれも人間ほどで、やはり手足のバランスが大きく崩れた異形である。

トンネルへと向かっていた生徒は、その全てが汚染獣の群れに飲み込まれる――

もう助けられない。誰の目にもそう映る状況で、緋鶴と彼方の叫びが重なる。

「三佐、やめてくれッ!!」

「みんな伏せるんだッ!!」

同時に、リイン悠の魔法が発動する。

百合草式〈重光爆《じゅうこうばく》〉。その緋鶴の呟きを彼方はかろうじて聞き取った。

大気を鳴動させ、直径が二〇メートルを超える巨大な白い光の柱が水平に発生する。

巨大なドリルのように旋転《せんてん》する白光が、大地を削りながら進む先にある全てを、いかなる区別もなく飲み込む。慈悲《じひ》のない光は数秒で消え、そして後には、スノーボード競技のハーフパイプのように、半円筒状《はんえんとうじょう》にえぐり取られた地面が残った。

汚染地区の瘴気の塊にも大穴が開く。穴の奥の奥。ちらちらと人工的な光が見えた。熱閃光《ねっせんこう》は汚染地区を貫通《かんつう》し、五〇〇メートル向こうにいる救助隊まで届いたようだ。

しかし、光が見えたのは一瞬だった。すぐに瘴気が穴を覆い、元に戻ってしまう。

その後には、救助トンネルも、そこから現れた汚染獣の群れも。

そして、警告を守らなかった生徒たちも。

何も、残っていない。

数人の生徒がその場で失神《しっしん》し、他の生徒に支えられる。支えた生徒も、もはや声はない。かすかな風の音さえうるさく思えてしまうような静寂《せいじゃく》の中、

「ちくしょう……ちくしょう——ちくしょう!!」

緋鶴が拳を固め、魔法を放った姿勢を解いたリイン悠に殴りかかった。

リイン悠が棒立ちで拳を頬に受ける。顔が横に弾け飛んだが、無言だ。

「あんたなら——あんたなら、あの状況でも助けられたんじゃないのか！　あんた、あの百合草リイン悠だろうが!!　極東どころか世界最高の魔戦術士じゃないのかよッ!!」

先ほど切れた唇から滴る血を拭いもせずに、リイン悠が小さく告げる。

「そうだ。私は魔戦術士だ。それ以上でもそれ以下でもない――

私は、神じゃない」

助けられないものは、助けられない。

そうリイン悠は言いはしなかったが、緋鶴も言葉の意味は理解したようだった。緋鶴はその場にくずおれ、リイン悠を殴ったその拳を、地面に無言で何度も叩きつける。

八〇人以上の生徒を防御魔法で守りつつ、押し寄せる汚染獣の群れを殲滅《せんめつ》する。そんなことなどリイン悠であっても不可能だと、緋鶴にも理解できたのだろう。

緋鶴はもう、リイン悠を責めなかった。郷田は呆然《ぼうぜん》自失《じしつ》という様子で、魔弾小銃を構えることとさえ忘れている。生徒たちは誰もが顔面蒼白《がんめんそうはく》で声もない。女子生徒の中には、絶望のあまりか無表情のままで涙を溢れさせているものもいる。

彼方の後ろ。嵐と芽砂、里海は無謀な集団には加わらず、立ち尽くしていた。

「……何で……どうして……」と嵐。

「……三佐が、生徒を……こんなことを……信じていましたのに……」

芽砂の声も涙混じりだった。里海は両手で顔を押さえ嗚咽《おえつ》を漏らしている。

やがて緋鶴が立ち上がった。痛めた拳から血が垂れる。

「……総員、退却。学校に戻るぞ、てめえら。卒倒しちまった奴は周りで運んでやってくれ。郷田さん、車を取ってきてくれ。乗せて帰らないといけない奴もいそうだしな」

「ああ、わかった。先に駐屯地に戻って、トラックで来る」

呆然としていた郷田が我に返り、生徒たちに先立って、走っていった。

「おら、行くぞ。ゆっくりでもいい、歩け。ここで立ち止まったら、心が折れるから」

緋鶴が重い足取りで歩き始める。生徒たちも緋鶴に続いて踵を返した。

リイン悠は、ただ立ち尽くしている。いつものように無表情で、普段と違うのは殴られた頬が少し赤いのと、唇の端から流れた一条の血のみだ。

彼方はただ、突っ立ってリイン悠を見ていた。

——俺も今のは仕方がないとは思う。でも。あの人は、躊躇《ためら》いもしなかった……目の前で同級生が消えたことと同じくらい、彼方は、リイン悠が躊躇《ちゅうちょ》なく魔法を使ったことにショックを受けていた。

彼方の、すぐ後ろ。やはり彼方と同じように立ち尽くしていた嵐が、声を張る。

「悠、どうして！　どうして、躊躇いもしないで、あんなことを！」

彼方が抱いていた疑問を、嵐がリイン悠にぶつけた。

リイン悠は何も答えない。ただ、無言だった。

（あの人は、そういう人なんだ）と心の声。

「……そういう人って」と彼方は嵐の目を気にもせずに返す。

（あの人は、泣くことすら自分に許さない。だからどうか、せめて今はそっとしておいてあげてくれないかな）

心の声に言われなくても、今のリイン悠にかけられる言葉など、彼方にはない。

一人にしてあげることしか、彼方にはできなかった。

心の声はもう何も言わない。彼方は嵐の手を掴んだ。

「行こう、俺たちも。先に行ったみんなが、心配する」

「…………でも…………」

嵐は、動こうとしない。彼方は強引に、嵐の手を引いて歩き出す。

「三佐、一人にしてあげよう。でないとあの人は、たぶん泣くこともできないんだ」

彼方に手を引かれながら、嵐が何度もリイン悠を振り返る。

翡翠色の左眼は、瞬《まばた》きさえしないで虚空を見つめていた。


リイン悠だけが、独り残された。ぽつ、と一滴。足下に水滴が落ちる。

その水滴は、見る間に数を増やしていく——雨が、降り始めた。すぐに雨足が強くなり、リイン悠の黒と白銀の髪も、野戦服も、ずぶ濡《ぬ》れになる。

それでもリイン悠は、その場にただ、立っていた。

「今度も、救えないというのか」

その呟きは誰の耳にも届かずに、雨音に溶けて消えた。

Ⅶ

失望と不信の果てで

雨音に混ざり、時折、砲撃音が轟《とどろ》く。

朝からずっと迫撃砲《はくげきほう》を用いた外部との通信が繰り返されていた。もうすぐ昼になる。

数十分に一度という頻度《ひんど》ながら砲撃音が完全に途切《とぎ》れないのは、通信において結論が得られていないというその証拠である。

授業は全《すべ》て中止。生徒たちは全員、寮舎《りょうしゃ》で待機を命じられている。できるだけ一人にならないようにと指導されたが、彼方《かなた》は食堂や自習室にいく気になれず、自室にいた。

彼方のいる男子寮舎は、まるで無人であるかのように静まり返っている。

おそらく何時間も、誰も、ほとんど言葉を発してはいないだろう。

彼方は一人きり、ベッドに座ってひたすら黙り込んでいた。

今でも信じられない。

一瞬にして、三〇人近い仲間が、あまりに簡単に消滅したことが。

石松《いしまつ》も、もういない。

死んだという実感など、まるでなかった。

汚染獣《おせんじゅう》に丸飲みにされる。強烈な熱閃光《ねっせんこう》の中で影ごと消え失《う》せる。

そんなものが人の死だとしたら、あまりに不条理だ。

死というものは、もっと厳格で大切に考えなければならないものじゃないのか。

同時に、今が、そんなことなど言っていられるような状況ではないと改めて知った。

昨日まで無事に過ごせたことが実は奇跡だっただけかもしれない。

もし、周囲を囲む全ての汚染地区から一斉に汚染獣が現れたとしたら、一〇〇人にも満たない魔法《まほう》の素人《しろうと》だらけの一教生など、ものの数分で全滅したはずだ。

そんな時。人の死の尊厳など、誰も考えはしないだろう。

『この警告を守らない生徒の生命に、私は責任を持たない!!』

まるで。禁を破って命を落とす生徒が現れることを、知っていたかのように。

リイン悠《はるか》は、あの惨劇の前に、確かにそう言った。

――三佐《さんさ》は。俺たちの知らない何かを、きっと知っている。

――それを知ることが、良くも悪くも、この状況を変える近道なんじゃないのか。

考えた瞬間、ずきんと頭が痛んでくらりと目眩《めまい》がした。

「……って、待てよ……俺、それを知ろうとして……何か……」

吐き気に似た違和感が頭を揺《ゆ》さぶる。思い出そうという意識が脳を殴《なぐ》りつけているかのような不快感の中、

『君は。君自身が全てを滅《ほろ》ぼすと聞いて、その言葉を信じられるか?』

その声が、意識の奥に響いた。心の声を聞いた時と同じような感覚だが、声は僕のものではなく、リイン悠の声だった。その言葉を聞いた時の戸惑《とまど》いも思い出す。

確かに彼方は、今の言葉を直接リイン悠から言われたと、実感を得た。

——ちょっと待て。今の言葉、俺はどこで聞いたんだ?

いっそう頭がぐらぐらとする。ベッドに座っているはずなのに天地が逆さまになったような錯覚《さっかく》をして、意識が遠くなる。

——そうだ。俺、三佐が何を知っているのかを確かめたくて、監視塔に行って。

——何かを三佐と話して、気付いたら医務室で寝ていたんだ。

何を話したのか、どうしても思い出せない。思い出そうとする度に意識が薄れる。

『あー。生徒総員に、告げる』

唐突に放送が始まった。緋鶴《ひづる》の声だ。その声で、彼方は意識をつなぎ止めた。

『遠回しに言うのとか苦手だから、最初に結論から言うぞ。次の救助の方法と時期は、砲弾のやり取りじゃ決まらなかった。今回のパイプトンネルの失敗は、汚染獣によってパイプが喰《く》い破られたのが原因で、同じ手段はもう使えないってことだ。これからどうするか、三佐が転移魔法で汚染地区を越え、外で救助隊と話をつけに行った』

転移魔法。リイン悠が最初に彼方の眼前に出現した、あの時に使ったものだ。

どんっと彼方の隣で誰かが壁を叩《たた》く音がした。

「そんな魔法があるなら、全員をそれで逃がせばいいじゃないか！」

壁を叩いたらしい生徒が声を荒《あら》らげた。同じことを考えた生徒は多いようで、寮全体がわずかに騒がしくなったのを彼方は感じた。緋鶴の放送が続く。

『転移魔法って言葉で余計な期待を持たせるのもアレだし、言っておくけど。転移魔法は極めて危険度と難度が高いんだ、あたしじゃ発動させることもできねえくらいにな。だいたい、転移魔法で全員を助けられるんなら、とっくにやってる。

今まで転移魔法を使って三佐が外部と相談しに行かなかったのも、駐屯地《ちゅうとんち》が汚染地区に囲まれている状態で、万一、転移魔法の失敗で三佐がいなくなったら、それこそ絶望的状況になるって、あたしが三佐に転移魔法を使わないよう頼んでたからだ。それでも今回、三佐が転移魔法で外と話をつけに行ったのは――もう言うまでもないよな』

寮中が重いため息に包まれた。

『っつーことだから、全員、寮で待機していてくれ。監視塔の見張りは、二〇〇〇《フタマルマルマル》まではあたしが一人でやっておく。二〇〇〇になったら、一区隊一班から当番のやり直しってことで、いいな？　班員が足りない班は、あたしに言ってくれ。対処を考えるから。

それから。しょぼくれるのはわかるけどよ、みんな、飯くらいはちゃんと喰えよ？　喰って寝ろ。そうすれば人間、ちっとは元気になるからさ。じゃ、放送終わりっと』

飯。その言葉で彼方も、空腹を思い出した。ちょうど今は昼食時である。

「……食堂、行ってみるか。円城《えんじょう》さんたちの様子も気になるし」

彼方はベッドから立ち上がった。廊下に出ると、彼方と同じことを考えた生徒が多いらしく、一人二人と部屋から廊下に生徒が出てくる。開かない扉も、当然あった。出てこないだけなのか、部屋の主がいなくなってしまったのか——

彼方は悪い考えを振り払うように首を振った。野戦服のポケットで支給品の携帯電話が震動し、気を取り直して電話を手にする。

メールの着信だった。差出人は、円城嵐《あらし》。件名は『教室で』。本文は『待ってます。少し話をしたいから。来てくれなくても大丈夫。しばらく待って寮に帰ります』

「……話……何だろう。何にしても、放《ほ》ってはおけない」

彼方は食堂に向かわず、教室に行くことにした。嵐のメールはどこの教室か指定していなかったが、自分たちの一教二区隊の教室で間違いないだろうと、彼方は教室に来た。

がらんとした、しかし見慣れた教室。

嵐は一人で、自分の席に座っていた。ぼんやりとした顔で、黒板を眺《なが》めている。

「円城さん？」と彼方は声をかけた。

ゆらりと嵐が入口に立つ彼方を見やった。表情のなかったその顔が、くしゃりと歪《ゆが》む。

「…………逢坂《あいさか》くん……………私…………もう、駄目かもしれない」

彼方は慌《あわ》てて、嵐のそばに駆け寄った。嵐は椅子《いす》に座ったまま両手で顔を覆《おお》う。

「駄目って、何がだ。どんなことなんだ、相談してくれ」

信じてみようと、思ったの。

嵐の指の隙間《すきま》から、その声が漏《も》れた。

「信じるって、何を……誰を？」

悠のこと。

嗚咽《おえつ》混じりに、嵐が答えた。彼方は一瞬、心臓が止まった気がした。友人たちや石松の死に彼方が覚えた衝撃と、嵐が受けた精神的打撃の違いを、想像すらしなかった自分の鈍《にぶ》さを呪《のろ》い、言葉もない。

嵐が、ゆっくりと顔を覆っていた手を下げた。机の上で、手と手をきゅっと握る。

「私。悠を信じてみようと思ったの。髪の色も瞳《ひとみ》の色も、口調だって変わってしまっていたけれど、悠は、私の幼馴染《おさななじ》みだから……二人きりで、話もしてみたよ。

私は、訊《き》いてみたんだ。あなたは、私の知っている悠なの、って。

あの人は、イエスでもありノーでもあるって答えた。私を安心させるだけなら、イエスだって答えるだけでいいのに、嘘《うそ》はつかなかった……

だから。私、姿形が違っても、どれほど怖い魔法が使えても、悠を信じようと思ったの……でも。もう、信じられないかもしれない……」

信じればいいじゃないか。ただその一言を彼方は言えなかった。それはただの無責任な気休めだ。そしてそんな気休めで、今の壊れそうな嵐を救うことなどできやしない。

「どうして。もう、信じられないんだ」

「……悠が、躊躇《ためら》わなかったから。あんなにたくさんの生徒の命を奪うのに一瞬も……まるで。ああなることがわかっていたかのように、魔法を撃った」

言葉を句切って、嵐が彼方を見上げた。

「悠は。私たちの知らない何かを、きっと知ってる。知っていて、隠してる。話せないことがあるからあんなに無表情で、言葉だってよそよそしいんだと思うの」

知らない何かを、リイン悠は知っている。彼方も繰り返し考えてきたことだ。

――円城さんは、三佐の幼馴染みだ。俺よりも、知る権利があるはずだ。

――今こそ。三佐の口から、語ってもらうべき時かもしれない。

「もし、三佐と直接話ができるとしたら。円城さん、俺についてきてくれるか？」

「………………真実が、どんなに残酷《ざんこく》だったとしても。きっと今より辛《つら》い想《おも》いはしないと思うから。叶《かな》うなら、私は悠と話がしたい」

少しの間、躊躇って。しかしはっきりと、嵐は首を縦に振った。

「わかった。それなら、これを使う時だ」

彼方は意を決して、上着のポケットに手を入れた。指先に触れたのは、リイン悠から渡された結界用のあのメダルの革紐《ひも》だ。

彼方は紐を摘《つま》んでメダルを取りだし、嵐の顔の前にメダルをぶら下げる。

「……それは？」

「これを握って三佐のことを考えると、結界魔法が発動する。一種の異空間で、魔法が発動すると自動的に三佐が結界内に来てくれるんだよ。結界内は外と時間が切り離されるし、有効範囲の説明はされていないから、三佐がどこにいても大丈夫だと思う」

嵐がどこかからハンカチを取りだし、涙で汚れた顔を拭《ぬぐ》ってから、おずおずと彼方に視線を戻した。

「……結界内で、二人きりになれるメダル……なんだ。それを使って、逢坂くんは悠と何度も会ったの？」

「使ったのは一度。うっかり魔法を発動させた時だけだ。前に話したよな、三佐に魔法を習っていいのかどうか、決めかねているって」

あ、と嵐が思い出したようにこぼした。

「あの、個人指導の話の時、か。うん、聞いたよ。そのメダル、ひょっとしてその時にもらったの？」

「そういうことだ。これを使えばすぐにでも、円城さんと三佐を会わせられると思う」

「でも。それって悠が逢坂くんにくれたものだよね？　私も、その結界に入れるの？」

「……考えてなかった。それは試してみるしかないか。握ることでこのメダルの魔法は発動するから、二人同時に触ればいけるかもしれない」

彼方は掌《てのひら》にメダルを乗せ、嵐へと差し出した。

「俺の手ごとメダルを握ってくれ。そしたら、せえの、で三佐のことを考えるんだ」

「……うん」と嵐が席を立ち、少し照れくさそうに、彼方の手に掌を重ねた。

「これで、いい？」

しっとりとした掌の温かさに、彼方はどきりとした。

「あ、ああ。それでいいと思う。じゃあ、同時に三佐のことを考えよう。せえの――」

彼方は目を閉ざし、今朝のリイン悠の姿を思い浮かべた。

一人だけ、えぐれた大地の前に残ったリイン悠。普段通りの無表情が、やけに寂《さび》しげだった。あの後、心の声が言ったように三佐は一人で泣いたんだろうか、と考える。

――何か。一言でも、たとえ気休めでも声をかけるべきだったかもしれない。

罪悪感を覚えると同時に軽い目眩がした。そして一瞬の浮遊と落下の感覚――

「何、ここっ」

嵐の驚きの声で、彼方は目を開けた。辺りには何もなく、影さえもない灰色の世界が広がっている。一度だけ来た、あの結界の中に間違いない。

「……三佐は？」

彼方は嵐と手をつないだまま周囲に視線を巡らせ、さらに振り返った。

翡翠色《ひすいいろ》の左眼《ひだりめ》と視線が交わる。すぐ後ろにリイン悠が立っていた。

彼方と同時に嵐がリイン悠に気がつき、二人揃《そろ》って振り向く。

「……悠。本当に、いた」

「嵐を連れてきてしまったのか」

「……私が来たら、駄目だった？」

「この結界は二人用として魔法を構築してあるから、持続時間が多少短くなる。問題はそれだけだ。私が嵐を拒絶するなどということは有り得ない、逆はあったとしても」

リイン悠が伏し目《ふめ》がちに、そう言った。嵐が、つないだ手にきゅっと力を込めた。

嵐は、返す言葉が見つけられないようだ。それなら俺が、と、彼方はリイン悠の顔を見据《みす》え直した。リイン悠の左の瞳が、かすかに揺れたように彼方には見えた。

「時間がないかもしれないなら、手短にします。お気付きでしょうが、魔法の指導を受けたくて来たんじゃありません。話が聞きたいんです」

「……話、か。どんな？」

「たぶんですが。俺、昨日もこう質問したと思います。三佐は、俺の知らない何かを知っていませんか、と」

リイン悠は無言だ。その沈黙を、肯定の意思表示と彼方は受け止める。

「……そして、三佐は言ったはずだ。俺が、全てを滅ぼしてしまう、と」

え、とこぼして嵐が彼方を見た。いいから、と返して彼方は目眩を覚えた。自室にいた時と同じだ。思い出そうとすると意識が遠のきそうになる。

リイン悠が彼方の前に歩み寄り、彼方の額に片手をかざす。

「な、何を」

「その目眩は私がかけた記憶操作の魔法のせいなんだ。今、それを解く」

するっと一瞬で彼方の頭の周りを魔法回路が取り囲み、ぼんやりと発光して消えた。

途端。吐き気が嘘のように消え、彼方は、昨夜のやりとりを思い出した。

思い出したが、信じられなかった。再度確かめるために、口を開く。

「……三佐。今回の災害の原因も、俺たちがこれからどうなるのかも。全て知っているって、言いましたよね」

「言った」

きっぱりと一言、リイン悠が返した。嵐が表情を強《こわ》ばらせる。

「ど、どういうこと、悠？」

「そのままの意味だ。私は知っている。ただ、それだけのこと」

「そんな言い方じゃ、わからないよ。お願い、わかるように言って！」

嵐がせっぱ詰まった声を上げた。彼方も昨夜、困惑《こんわく》して大声を出したと思い出す。

「落ち着くんだ、円城さん。三佐、俺たちにでもわかるように話してくれませんか」

ふぅ、と小さくリイン悠が息をついて目を伏せる。

「目の前で、私は君たちの仲間を見捨てた。多くを生かすために切り捨て——この手で、葬った。そんな私の言葉に、聞く価値があると思うのか？」

「だから、こそよ」と嵐。声に落ち着きが戻り、強い意志を感じさせる。

「悠が強情《ごうじょう》で、自分の正義を譲らないのを、私はよく知ってる。知ってるからこそ、どうしてあんなことができたのか、聞かせて欲しい。私が悠を、信じるために」

そうか、と小さくリイン悠が呟《つぶや》いた。わずかの沈黙の後、ぽそりと言う。

「君たちは、おとぎ話を聞く気はあるか？」

「――おとぎ、話？」と嵐。

「冗談じゃ……なさそうですね」と彼方。

リイン悠が俯《うつむ》きがちのままで、視線だけを彼方たちに戻す。

「無論、ふざけてなどいない。しかし、ふざけて聞こえるかもしれない、そんな話だ。だから、おとぎ話と言っている。聞いてもきっと、君たちは信じないだろう。信じられない話だからこそ、私は語らずにいた。同じ話を政府にも三年前に報告したが、彼らもすぐには信じてくれなかった。今でも私の話を信じていない者のほうが多い」

「悠は。私や逢坂くんも、信じないと思っているの？」

「それほどにうそくさい話だ」

嵐が、きゅっと唇《くちびる》を結んだ。ややあって、張り気味に声を上げる。

「私、悠を信じるためにここまできたの！　逢坂くんだって、きっと同じなんだよ！　話もしないで、勝手に決めつけないで！」

リイン悠が驚いたように左眼を丸くし、碧眼《へきがん》に嵐を映した。それは一瞬だけのことで、すぐに無表情になり、視線を伏せる。

「すまない。確かに、私は聞かせるべくもないと決めつけていた」

本当に、すまなかった。とリイン悠は重ねて謝罪した。

（……口癖なんだ。すまないっていう、あの言葉）

——知ってるよ、それは。

不意に聞こえた心の声に、彼方は自然とそう返した。すぐさま、そんな自分に疑問を持つ。知っている。そんなはずなどない。確かにリイン悠の『すまない』という言葉は幾度《いくど》か聞いた気がするが、それが口癖だとは考えていなかった。

しかし、彼方は思ったのだ。それが口癖だと、知っている、と。

自分が知らないはずのことを、自分のどこかが知っている。

そう認識して彼方は強烈な違和感を覚えた。それが顔に出る。

「……どうかしたのか？　不安そうに見えるが」と、リイン悠。

「い、いえ。三佐には関係のないことです、たぶん。そんなことより——その。おとぎ話、ですか。聞かせてもらえますか？」

「私も、きちんと聞きたいよ。それがどんな話でも」

ん、とリイン悠が小さく頷《うなず》く。

「嵐もそう言うのなら、話すことにしよう。少し長い話になるが、それくらいの時間なら、この結界魔法も効力が続く」

さて、とリイン悠が少し顔を上げ、はるかかなたを探すように視線を遠くに投じる。

「昔々のこと——産業革命に端を発した文明は限界に達し、人類は滅亡寸前になった」

そんな語り出しで始まったリイン悠の話は、到底、信じられるものではなかった。

現代の文明は将来、石油やレアメタルなどの資源枯渇《しげんこかつ》によって衰退《すいたい》し、さらに複数の大型隕石《いんせき》の落下で壊滅的な打撃を受ける。

使える燃料が薪《まき》や炭と乏《とぼ》しい石炭のみという状況で、隕石落下による地球規模の寒冷化に人類は対処ができず、極寒と食糧不足が直接の原因となって、人口の九割以上が失われ、滅亡に瀕《ひん》する。

そんな折、別の次元から訪れた、人類に姿が似た知的生命体から、人類は、空間の有している霊的潜在力〈魔力〉の存在を知らされ、運用技術〈魔法〉をもたらされる。

魔法を授けた存在を、人類は、神と呼んだ。

かつて崇《あが》められていた偶像的概念の神と違い、新たな神は実在し、様々な魔法技術を人類に教えて導いた。人類は魔法によって寒冷化された環境を元に戻し、魔力を新たなエネルギー資源として、かつて以上に繁栄する。

魔力は、環境を汚染することのない無尽蔵のエネルギー。人類はそう信じて魔力を使用し続け、長い時代に渡る栄華《えいが》を得たが、終焉《しゅうえん》は唐突にやってくる。

魔力は魔法に使用されると汚れるが、空間そのものが持つ自浄作用によって、元の状態に戻る。だが自浄作用には許容限界があった。つまり『使いすぎれば汚れたまま』となる。汚れた魔力が、瘴気。そして瘴気はあらゆる物を腐食《ふしょく》させ、土に変えてしまう。

結果。魔法文明は発達しすぎた故に魔力を使いすぎ、地上は瘴気に覆《おお》われることとなった。かつて魔法を授けた神も、瘴気には対処する術《すべ》を知らず、この世界から去る。

かくして人類は、再び滅びの運命を辿《たど》ることとなった。


「……それが、はるか未来のこと」

未来。彼方は口の中で呟いた。今聞いた話は、リイン悠がおとぎ話と言うだけのことがある、荒唐無稽《こうとうむけい》な作り話としか思えなかったのに、妙な既視感《きしかん》がある。

——俺は。今の話を、知っている……？

ちらりと彼方は傍《かたわ》らの嵐を見やった。嵐の顔には困惑の色だけが浮かんでいる。それが普通の反応で、既視感を覚える自分がおかしいと彼方は思った。

「……それで。その未来は、どうなったんです。人類は滅んでしまったんですか」

と、彼方。リイン悠が遠くに投じていた視線を、彼方に戻す。

「結論から言えば、厳密には滅んでいない。姿と魂《たましい》の有り様を変え、今もごくわずかだが、未来の人々は生き残っている」

ええと、と嵐が思案顔になる。

「そういう未来がある、ということは、わかったけれど。それが、今の私たちとどう関係するのか、全然わからないよ」

「話には、まだ少し続きがある。聞いてもらえるだろうか」

彼方と嵐は頷いた。では、とリイン悠が改めて語り始める。

「未来において。最後までかろうじて国の体裁《ていさい》を保っていた王国に、残っていた臣民《しんみん》の数は、わずか一万。それとて瘴気に覆われた地上では、そのままでは、死ぬか、けものとなるかの、どちらかしか道はなかった。そしてその王国の姫と臣民は、第三の道を選んでしまった」

「第三の、道？」と彼方。

「人間という存在を突き詰めれば、その本質は、記憶と人格を有する魂に他《ほか》ならない。そしてその魂は、過去から未来へと輪廻転生《りんねてんせい》を繰り返し続けている。人間が発生する以前は植物から植物へ、動物から動物へ、と魂は世代を変えて受け継がれてきた。人間が発生してからは、人間の魂は、主に人間同士で転生を繰り返す。動物や植物から人間に、また、その逆の生まれ変わりもあるが、これらは稀《まれ》なケースだ。過去から未来への流れは不《ふ》可逆《かぎゃく》であり、ましてや生きている人間の魂が、時間を越えて過去に転生するということはない――

その絶対の摂理《せつり》を、未来で滅びかけた人間たちは、魔法で覆《くつがえ》した」

「……そんなことが……可能なの……？」

呆然《ぼうぜん》と嵐が呟いたが、彼方はその声を聞いてはいなかった。

時空間跳躍《じくうかんちょうやく》移民《いみん》魔法《まほう》。

その単語が思い浮かび、血の気が引く。聞いたことなどないはずの魔法なのに、その魔法の理論と、複雑極まりない魔法回路の構成を、彼方は知っていた。

——どうして、そんなもの。俺は知っているんだ。

青ざめる彼方を他所《よそ》に、リイン悠が嵐に頷く。

「可能か不可能かで言えば、可能だ。事実、未来で時空間跳躍移民魔法は実行された。人の体を魂ごと魔力光糸《まりよくこうし》に分解し、過去に向かって時空を遡《さかのぼ》らせる——君たちも、汚染地区災害発生の前の夜に、見たはずだ。地表に降り注ぐ無数の流星に似た光を」

彼方の脳裏に、あの日、窓から見た流星群のような光が甦《よみがえ》る。

「……あれが。全て、未来から来た人間の魂なのか」

「そう。あれだけの数が一斉にこのタイミングでこの地に集まったのは、偶然だが」

「偶然？　未来の人が、魔法で制御してはいないの？」

嵐の問いに、リイン悠が横に首を振る。

「過去から未来への魂の転生は、演算《えんざん》公式の作れない完全な無作為《むさくい》だ。逆に言えば、未来から過去への逆転生も、基本的には無作為になる。一人二人を逆転生させるならともかくとして、千人単位の人間の魂を一度に過去へ向かわせる場合、魂の情報を有した魔力光糸が、魂の転生の何世代前の体に宿るか、魔法では制御できない。

いつの時代まで遡るのか、そして遡った先で元の体との融合が成功するのか、それも魔法では制御できない。結果的に、この時代に逆転生が集中してしまった。

融合の成否は、未来から来た魂の記憶と人格を、逆転生の対象となった人間が、受け入れられるかどうか次第――そして、それが最大の問題になってしまった」

嵐が緊張した表情で、息を飲み、恐る恐る話の先を促す。

「――融合に失敗すると……どうなるの」

その問いの答えが、彼方の頭に思い浮かんだ。

根拠のない思いつきだ。しかし、その答えが正しいように彼方には思えてしまった。

だとしたら、あまりに残酷だ。

どうか俺の答えが間違っていますようにと祈り、リイン悠の言葉を彼方は待つ。


「人は、汚染獣になる」


リイン悠が、小さな声で、しかしきっぱりと告げた。

彼方の思い浮かべた答えと、一字一句変わらない、その言葉。

聞き間違えようのないはっきりとした口調だったが、嵐が問い直す。

「……ごめんなさい。よく聞こえなかった……ううん、聞き間違いであって欲しい……今、なんて？」

「人は、汚染獣になる」先ほどよりもわずかに声を大きくし、リイン悠が言葉を続ける。

「未来からの魂との融合に失敗した人間は、人間が生来持っている魔力を制御する力を暴走させ、周辺魔力を瘴気に変えてしまう。その結果、瘴気に汚染され――

人間は、汚染獣と化す。汚染獣は脅威《きょうい》の高い甲種と脅威の低い乙種に分けられるが、ほとんどの甲種汚染獣は、人間が転じたものだ」

「……そんな。汚染獣が、元は人間……？」

「全てが、ではない。瘴気は、汚染したあらゆる動物を汚染獣に変えるから。しかし、汚染地区災害発生時に最初に出現する汚染獣は、必ず、人間が転じたものだ。君たちが流星として見た、あの人々の魂は——一つたりとも融合に成功できず、この地の人々もろともに全てが汚染獣になってしまった。本当に、すまないと思う」

「それなら……それなら、私たちは未来の人たちのせいで、こんな目に遭っているというの!!　そんなの、理不尽じゃない!!」

嵐が声を荒らげたが、リイン悠はわずかにも顔に動揺《どうよう》の色を出さず、静かに応える。

「未来の人たちと一括《ひとくく》りにするのは不適切だ。責任は、時空間跳躍移民魔法を構築し、それを実行に移した魔法使いのみにある」

「……全部、その人のせい……どんな人が、そんな無茶を……みんな、みんなその人のせいで、死ぬことに……」

呪詛《じゅそ》のように、嵐が低い声で呟いた。ぴく、とリイン悠の唇が小さく動く。

「言っちゃだめだ！」

反射的に彼方は叫んでいた。何故《なぜ》その名を知っているのか、それが自分自身の記憶なのか、それとも誰かに押しつけられた記憶なのか、全てがわからず混乱しているが、その名前だけは、彼方ははっきりと思い出した。

リイン悠が眼を閉ざし、両手を頭の後ろに回して眼帯の紐を解く。

はらりと眼帯がリイン悠の顔から外れ、そのまま落下した。

ゆっくりとリイン悠が両の眼を開き、告白する。

「神聖王国リーリエ＝エルヴァテインの姫にして、最後の王。魔法使いにして、大罪人。この世界が瘴気で汚れることとなったのも。多くの人間が汚染獣になってしまうのも。百合草《ゆりくさ》悠から、平穏な未来を奪ったのも。

リイン・リーリエ＝エルヴァテイン——

この、私……いや。今となっては、私の半分」

リイン悠の右の瞳は、左とは色が異なっていた。

金眼《きんがん》。汚染獣と、同じ瞳。

嵐が目を見開いて、絶句した、息さえ止めているようだ。

「悠は、私を受け入れてくれた。自身が変わってしまうことを、承知の上で。けれども悠という人格が消えたわけではなく、悠だった私は、リインと人格も記憶も溶け合って、今の私になった。口調はずいぶんと変わってしまったが、これは、リインとの融合のせいだけじゃない——」

リイン悠の言葉の途中で、嵐は両手で顔を覆い、髪を振り乱して頭を振った。

「……ごめんなさい、もういい、もういいよ……本当に、わけがわからないよ……そんな話、誰が信じられるの？　悠は悠だけれど、悠じゃない……その意味は、わかったけれど……でも……私……」

「…………すまない」

リイン悠が小さく嵐に頭《こうべ》を垂《た》れた。嵐は顔を覆った手の間から嗚咽《おえつ》を漏らすだけだ。

ゆっくりとリイン悠が顔を上げ、彼方へと視線を投じた。

左の翡翠色の瞳。右の金の瞳。それぞれに彼方が映る。

「私は、まだ。君が知らないだろうことを、知っている。けれどもそれだけは、今、ここでは話せない。話してしまえば、何もかもが一瞬で終わるかもしれないから――

それに。そろそろ時間だ。結界魔法の効果が終わる」

言うや否や、リイン悠の姿がいきなり彼方たちの前から遠ざかり始めた。

「逢坂くん、最後に聞いてくれ。君は今、私がリーリエ＝エルヴァテインの名を語ろうとした時、止めようとした。きっとそれは、可能性の表れだ。この先、何があろうとも心を乱さないで欲しい……私も、意を決する」

「それはどういうことですか！」

彼方は問うたが、その間にもリイン悠の姿が小さくなっていく。

「とにかく私が駐屯地に戻るまで、無事でいてくれ」

その声を残して、灰色の地平線の向こうに吸い込まれるようにリイン悠の姿が消える。

メダルの結界魔法が解ける、と彼方が悟った次の瞬間、彼方と嵐は、灰色の空間から元の部屋に戻っていた。目元を拭いながら、嵐が力なく言う。

「逢坂くん……今の、夢だよね。私たち、夢を見ただけだよね？」

「──それなら、どれほどいいだろう」

彼方は、いつの間にか一人で握っていたメダルを、ポケットにしまった。

「俺たちがどうなるのか、聞けなかったが……どうする？　またメダルを使うか？」

青ざめた顔で嵐が首を横に振る。

「もういいよ、本当に。今聞いてきたことだけでも、心が麻痺《まひ》しそうだもの……どうなるかなんて聞いて、辛い未来しかなかったら、私……壊れちゃうよ、きっと」

あんなこと、誰にも話せない。その嵐の声は、消え入りそうなほどに小さかった。

「そうだな。確かに、話せない。誰も納得なんてしてくれないだろう、話しても」

納得。それは彼方もできずにいる。聞いた話だけではなく、自分自身の記憶についても、彼方は、納得できなかった。

時空間跳躍移民魔法の存在。リイン悠の素性《すじょう》。

全ては忘れていただけだ。彼方はそれらを、知っていた。

『君はまだ、思い出さないほうがいい』

リイン悠に監視塔で言われたことを、今さらのように思い出す。

思い出さないほうがいい、記憶。

それが、誰の記憶なのか、今の彼方には、わからなかった。

彼方と嵐は、リイン悠から聞いた話を誰にも話さないと決めた。話したところで信じてもらえるはずもなく、余計な混乱を招くだけだ、と。

あんな話を聞いた後だ。食欲など彼方も嵐もなかった。だが、食堂に行かなければ周囲に心配をかけるかもしれないと、二人で食堂に来た。

普段のざわめきとは違う騒々しさに彼方は違和感を覚えた。長テーブルを半円形に並べ、二〇人ほどの男子と女子の生徒が入り交じって席に着いている。その中には、芽砂《めいさ》と里海《さとみ》もいた。中心の机には、教官の郷田《ごうだ》の姿。まるで会議をしているようだ。

「これ。何をしてるんだ？」

彼方は近くにいた男子生徒に声をかけた。振り返った生徒が、ぎょっとした顔になる。

「げ、逢坂と円城」明らかに歓迎的ではない声を上げ、その生徒がすぐさま前を向く。

「郷田教官！　逢坂と円城が！」

郷田が彼方のほうを見た。先ほどの生徒と同様、驚き顔になり、ばつが悪そうに慌てて視線を逸《そ》らした。そしてわざとらしく、パンパンと両手を打ち鳴らす。

「いいか、おまえら！　段取りはわかったな？　解散！」

生徒たちが一斉に、がたがたと机の位置を直し始めた。

「……これは何なんだ。織部《おりべ》さん、宇月《うづき》さん」

彼方は食堂の奥に進み、芽砂と里海に声をかけた。里海が無言で視線を逸らす。

芽砂が不機嫌《ふきげん》そうに彼方を横目で見た。

「言えませんわね、あなたたち二人には」

「どういう意味だ」

「二人こそ、どこに行っていらしたの？」

それは、と彼方は言いよどんだ。嵐と、リイン悠から聞いた話を隠そうと決めたばかりだ。とっさに嘘も思い浮かばず、黙り込んでしまった。芽砂が訝《いぶか》しげに問う。

「まさか。こっそり、魔法か何かで外の百合草三佐と連絡を取っていたんじゃありませんわよね？」

彼方はぎくりとして、一瞬、視線をさまよわせた。芽砂の顔に疑念の色が濃く浮かぶ。

「…………その様子ですと。どうやら嵐さんも、ご一緒だったのかしら。あなたたちは二人とも、三佐の覚えがよろしいですものね。二人だけ助けてもらう、そんなお話でもしていたんじゃないのかしら？」

「そんな話なんて、してないよ！」

嵐が彼方と芽砂の会話に割って入った。ぎりっと芽砂が音を立てて歯を噛《か》みしめる。

「語るに落ちましたわね、嵐さん。つまりあなたたち。わたくしたちに隠れて、三佐と通じているのは事実、ということですわね⁉」

「そ、それは」と嵐。彼方は、嵐をかばうように芽砂のすぐ前に出た。

「円城さんは、関係ない！　三佐と話をしたのは、俺だけだ！」

「何の話をしていらしたのっ‼」

彼方は言葉が出なかった。あの未来の話を今の芽砂にしても、絶対に信じてもらえるはずがない。三佐の正体なんて話したら、それこそどうなることか、わからない。

「つまりは語れないようなことなのですわね！　皆さん、やはり三佐はもう信用なりませんわ！　この二人、ここで拘束《こうそく》することを提案いたします‼」

高らかな芽砂の声に、周囲で様子を見ていた生徒たちが動いた。

「事ここに至っては、この二人が三佐とどんな話をしていたとしても、関係ありませんわ！　三佐はわたくしたちの仲間を大勢、無慈悲にも魔法で焼き払ったのですから！この場の誰もが、もう三佐を信じてなどおりませんの‼」

「信じてないって、そんな……」

嵐が動揺した目を里海に向ける。里海は視線を逸らしたままだ。

「里海？　あなたは——」

何かを言いかけた嵐が、いきなりくたりと彼方の背中に倒れ込む。

「円城さんっ？」

驚いて嵐を抱きかかえようとした彼方は、次の瞬間、ごっと首の後ろに衝撃を覚えた。

鈍器か何かで殴られた。誰が、と思う間もなく彼方の意識は飛んだ。

「……ぅ」彼方はずきりとした首の後ろの痛みで、眼を覚ました。横になっていることはわかるが、周囲が暗くてよく見えない。暗がりの向こうで、女の声がする。

「起きたか、逢坂。大丈夫か？」

「その声。ひっちゃ――宇月教官ですか？」

「この際だ、別にひっちゃんでもいいぞ。それから、円城もいる」

緋鶴の声は近い。いると言われた嵐は、何も言わなかった。

「円城さんは、大丈夫か？」

「……うん。平気」

聞き逃してしまいそうに小さな声で、嵐。かなりショックを受けているようだ。

彼方は身を起こそうとして手足が拘束されていることに気付いた。腕は手首で、脚は足首のところで、縄らしきもので縛られている。

「……織部さんたちの仕業《しわざ》か、これは」

もぞもぞと彼方は動いて、どうにか体育座りの姿勢になった。背中が壁に当たる。

「教官。俺、どれくらい気絶してました？」

「結構時間は経《た》っている気がするけどよ、あたしもよくわからない。何せ、ビリッとスタンガンっぽいものでやられて、気付けばここだったからな」

「どこですか、ここ」

「倉庫の、シェルターコンテナの中だな。ほらよ」

と緋鶴。脚で壁を蹴《け》っているのか、がんがんと鉄板の音がする。

「そこがドアみたいなんだが、がっちり鍵がかかってる。どうにもならん」

「教官なら、魔法でどうにかなりませんか？」

「こんな密閉空間であたしが鉄のコンテナぶっ壊すくらいの魔法を使ったら、みんな揃ってこんがり逝《い》くってえの」

「……それは……確かに。間違いなく死ぬ、か」

「ま、今のあたしにできるのはこれくらいだな」

しゅるっと一筋、魔力光糸が湧《わ》いて出た。一メートルほどの高さで親指ほどの小さな球形の魔法回路を構成し、ぽうっと光を宿す。

「逢坂が起きるちょっと前も、この照明魔法を使ってたんだけどな。いかんせんこれ、持続時間が短くて。手足縛られたこの状況じゃ、明るかろうが暗かろうが変わらねえし、消えてもほっといた。灯《あか》りなんぞあんまり役に立たねえべ？」

光に照らされた壁は、やはりコンテナのものだった。広さは六畳の部屋より若干狭いくらいで、三人を閉じこめるには余裕がある。天井も人が充分に立てる高さだ。

彼方は、嵐の姿を見て少し安堵した。やはり手足をロープで縛られているが、怪我《けが》はなさそうだ。しかし嵐の顔色は悪く、瞳は床を映すのみである。

「心配ない、円城さん。俺と教官で、必ずここから出してみせるから」

「だな。とっとと出ないと、手遅れになる」と、緋鶴。

「逢坂。おまえが眼を覚ます前に、郷田の指示で一部の生徒たちが何か企んでるっぽいのは、円城から聞いた。それと——三佐の、色んな話もな」

「教官は、三佐の話を信じます?」

「信じるも信じないもねえよ。三佐が未来のお姫さまとか、汚染地区や汚染獣の正体とか、気にすべきはそこじゃねえだろ」

「そこじゃない、って?」

「おまえらが聞いてこなかった、この事件の結末だよ」

結末。もし最悪の結果だったら、とあえて聞きには戻らなかったことだ。

「聞くのが怖かったんだろうな、おまえら。その気持ちは、わかる。みんな死ぬとか言われたら、あたしだって正直、心が折れるかもな」

緋鶴が言い聞かせるように、言葉を続ける。

「——でもな。最悪の結末だとしても、どういう事態になるのかわかっていれば、死にものぐるいで回避できる可能性だって、ゼロじゃねえ。そうだろ?」

「それは、確かにそうですが……」

彼方は、考えかけて、はっとした。リインが今回の結末を知っている。そのこと自体が、奇妙だということに。

「教官、未来予知の魔法ってあるんですか? 俺は、聞いたことがないんですが」

ぱちくりと緋鶴が目を瞬《しばたた》かせる。

「あたしだって聞いたことねえよ。いや、あるのかもしれねえけど、誰もが無条件で信じてくれるような、都合いい未来予知魔法なんてないんだろ。それも、使える奴が一人じゃ駄目だ。未来の話をしたってそいつ一人の妄言だって思われるのがオチだし、未来予知魔法を使える奴が何人もいて初めて、未来予知の信憑性《しんぴょうせい》が出てくる」

なるほど、と彼方は頷いた。確かにリイン悠も言っていた。

『私の話を信じるものなど、いなかった』――と。

緋鶴が悔しそうに、ぶつぶつとこぼす。

「あたしに未来予知なんてできれば、今回の汚染地区災害だって、起きる前におまえら全員、避難させられたってのに」

「今回……？」彼方はその単語が妙に気になった。同時に、思い出す。

『今回もこのパターンか』

リイン悠が、いつかそう言った気がする。どこで聞いたのか、と懸命《けんめい》に記憶を探る。

「――そうだ。あの、女子の自殺未遂があった時だ」

汚染地区災害が発生した、あの朝のことだ。ショックのあまりに一人の女子生徒が屋上から身を投げ、それをリイン悠が魔法で助けた事件があった。

「自殺未遂？　ああ、アレか。今さらそれがどうしたんだ？」と、緋鶴。

「三佐、言った気がするんです。今回もこのパターンか、と。あの時はどういう意味か、まったくわからなかったんですけれど」

「どういう意味だと思うんだ？」

「他のパターンを、三佐が知ってるんじゃないか、って。つまり、三佐は今のこの状況を、何度も繰り返して体験していて、その度、ちょっとずつかもしれませんが、状況が違うんじゃないか――と」

「その可能性は、ゼロじゃねえな」

俯いていた嵐が顔を上げ、緋鶴が目を丸くした。嵐が小さな声で訊《き》く。

「有り得るんですか、そんなことが？」

「三佐は魔法で、はるか未来からこの時代まで、一万人もの人間の魂を逆転生させたんだよな。その中には当然、三佐自身――未来のお姫さまも、含まれてるだろ？」

そうか、と彼方は一つの可能性に気がついた。嵐はまだ疑問の色を顔に浮かべている。

緋鶴が説明を続ける。

「一般的に、だ。対象が複数の魔法の効果は、制御が限定される。未来から過去への魂の逆転生が行き先を制御できなかったのは、その限定が理由の一つのはずなんだ。

つまり、逆に。三佐一人という限定を魔法に加えるなら、制御の自由度は増えるんだよ。三年前の百合草悠に目標を固定すれば、今の三佐から逆転生が可能でも不思議はねえんだ……だとしたら。三佐はこの状況を、記憶を保ったままで何回も繰り返している可能性がある。最悪の結末をどうにか避けるために、な。

マジかどうかの裏付けは、三佐に訊いてみるしかないけどよ」

いや、と彼方は首を振った。また一つ、思い出したことがある。

「裏付け、あります――三佐は俺に、言ったんです。私が千年以上生きていると言って、信じられるか、と。仮に、です。リイン悠になって今日までのおよそ三年間を、何百回も繰り返しているとしたら……」

嵐が、愕然《がくぜん》とした顔になる。

「……千年って――計算したら、確かにそうなるけれど……そんなこと………」

「――いや。三佐がそう言ったのなら、その線で当たりだな……くっ」

緋鶴が顔を伏せ、縛られたままの手で目元を押さえた。

「……そりゃ無表情にもなるよ……あんまりじゃねえか、何度も何度も、今朝みたいなことを一人で繰り返してきたなんて……あたし、殴っちまったよ……」

リイン悠は、汚染獣の群れごと三〇人以上の生徒を魔法で焼き払った。

それを、数百回も繰り返してきたとしたら。

もし、それを自分がしなければならなかったとしたら。

心なんてとっくに壊れただろうと、彼方はせつなくなった。

「――駄目だ。三佐だって、救われなくちゃ、駄目なんだ」

嵐が、抱え込んだ膝《ひざ》に顔を埋《うず》めた。

「…………私…………知らずに、悠に、酷いことを…………」

緋鶴が目元を拭って顔を上げる。

「このクソッタレな状況だって、どうにかできると思ってるから三佐だって何度も繰り返しているんだ、絶対に。あたしたちが諦《あきら》めるわけには、絶対にいかねえ!」

「そうだ、諦めるなんて無理だ。そのためにも、聞けなかった結末を知るべきだ」

「だな。知らなきゃ何もできねえ、黙って結果を待つだけだ。逢坂、三佐のところに話を聞きに行けないか?　三佐から、魔法のメダルとやらをもらっているんだろ?」

彼方が気絶している間に、結界内転移用のメダルのことを、緋鶴は嵐から聞いていたようだ。緋鶴の顔に、疑問が浮かぶ。

「でもよ。あたしもその結界とやらに入れるのか?」

「結界魔法の持続時間が短くなりますが、可能だと思います。教官、メダルは俺の野戦服の右ポケットに入ってますから、取ってもらえませんか」

彼方は緋鶴に近づいた。緋鶴が縛られた不自由な手で、彼方のポケットをまさぐる。

「ねえぞ、何にも」

「そんなことはないはずですが」

「ねえもんはねえんだ。他のポケットも調べさせろ、ほら」

ポケットというポケット全てを、彼方は緋鶴にまさぐられた。もぞもぞ動く指がくすぐったくて悶絶《もんぜつ》する。上着のみならずズボンのポケットにも緋鶴の指が伸びる。

「きょ、教官っ、どこ触ってるんですかっ」

「このぐにっとしたモンは――」

「ひゃあっ」洒落《しゃれ》にならないものを握られ、彼方は裏返った声を上げた。

何に触れたか緋鶴もわかったらしく、見る間に顔を赤くする。

「へへへ、変なモン触らせてんじゃねえよっ」

「きょ、教官が勝手に触ったんじゃないか！　それよりメダルはあったんですかっ？」

「ねえよ、そんなもの！　どこにも！」

赤面したまま緋鶴が怒鳴る。彼方は恥ずかしさを忘れて顔を青くした。

「――まさか、落とした……？」

「違うよ、きっと」と嵐。「あのメダル。魔戦術科学校の生徒なら誰でも、一目で何かの魔法道具だとわかるよ。たぶん芽砂が連絡用って気付いて、取り上げたんだと思う」

ちっと緋鶴が舌打ちをする。

「織部か。そういうところ、抜け目なさそうだしな、おそらくその線だ。クソ、郷田の奴、一体何を企んでやがる。里海、本気で郷田に従う気じゃないだろうなっ」

心配と苛立《いらだ》ちの混ざった口調で、緋鶴が言った。

「おい逢坂、アレやってみろ、アレ！　この前、三佐が実演させようとした、百合草式の〈光刃《こうじん》〉。アレでずばーっとコンテナ切ってみろ」

彼方は、〈光刃〉の魔法回路構成と同時に、授業で失敗したことを思い出す。

「また暴走するだけですよ。教官こそ、あの魔法が使えないんですか」

「あたしゃ光系属性の適正が低いんだよ。光系のあんな高等魔法、使えねえよ」

「そんな高度なものを俺にさせようとしたんですか、三佐は」

「でもおまえ、光系の属性持ちだろ？　それにあの魔法の構成、ちゃんと理解してたみたいじゃねえか。あんなの教本にないのによ、どこで覚えた？」

確かに、と彼方は考える。どうして初見なのに魔法回路がわかったのだろうかと。

「……自分でも、わからないんです。何故、あの魔法回路が理解できているのか」

「んー。これは、可能性の話なんだけどよ。あたしが思うに、逢坂ももしかして三佐と一緒にぐるぐる何回もこの状況を体験してるんじゃねえのか？　そしたら、そのループのどこかで〈光刃〉を三佐から習っていても、変じゃねえだろ」

「それだったら、俺だってこの事件の結末を知っていてもおかしくなくなりますよ」

「――そこは、ほら。うっかりそれだけ、忘れちまってるとか？」

緋鶴が苦し紛れにそう言った。忘れている。その言葉に彼方は身を固くする。

確かに自分は、何かを忘れている。それを思い出すな、とリイン悠に言われたのだ。

「……どうした逢坂。気分でも悪くなったのか？」

「大丈夫、逢坂くん？」

緋鶴と嵐に心配されて、彼方は首を横に振った。

――魔法を成功させられたら。忘れている何かを、俺は取り戻せるかもしれない。

そう考えて、彼方は意を決した。

「俺、〈光刃〉に挑戦してみます。教官はあらかじめ、防御魔法で教官と円城をガードしておいてください。それならもし俺が魔法制御失敗して爆発させても、円城と教官は無事で済みますし、爆発の衝撃でコンテナの戸が壊れるかもしれませんし」

嵐が驚いたように声を上げる。

「それじゃ逢坂くんが危ないよっ」

「俺のことはどうでもいいんだ。こうしている間にも最悪の事態が起こるかもしれない。今はまずここから脱出して、駐屯地の外の三佐と連絡をつけるのが最優先だ」

彼方は縛られたままの両手を前に掲《かか》げた。手に剣の柄《つか》を握るイメージをする。

その手首を、緋鶴が摑《つか》んだ。

「失敗前提、自爆も承知の覚悟じゃ、あたしが許可できねえよ。あたしに、目の前でまた生徒が死ぬのを見ろっていうのかよ。あたし泣かせてどうすんだよ、てめえ」

「教官……しかし……」

「何でそんなに自分を粗末《そまつ》にするんだよ。おまえの命、そんなに他人より安いのか？」

自分の命の価値。彼方はあまり意識していないことだ。

「――それは……わかりません。でも、上手く言えないんですけれど――誰かを守りたい、救いたいっていう欲求《よっきゅう》だけは、あるんです」

「誰かって、誰なんだ」

「それも、わからな——」言いかけた彼方の脳裏に、少女の面影がよぎる。

翡翠色の瞳、かすかな曇《くも》りもない白銀の髪。伏し目がちの無表情の横顔は、リイン悠に似ていて、どこか印象が違う。誰だろうという疑問とその名が同時に思い浮かぶ。

リイン・リーリエ＝エルヴァテイン。

——あれ？　それって誰だっけ。三佐？　違う。三佐の半分だ。

——お師匠《ししょう》、さま？　何の師匠？　誰の？　僕の？

——俺は、僕？　僕は誰？　僕は、俺？

彼方の意識は混濁し始めた。体が勝手にぐらぐらと揺れる。

「——俺は……僕は——三佐を……お師匠さまを——」

「おい逢坂、眼が変だぞ、しっかりしろ！」

緋鶴が彼方の襟首《えりくび》を両手で強引に掴んだが、体の揺れはなかなか収まらない。

「しっかりしろってんだッ‼」

どごっと緋鶴が彼方の額に頭を叩きつけた。強烈な頭突きで彼方の頭が後ろに弾《はじ》け飛ぶ。そのショックで、彼方の意識は混濁から回復した。

「つあっ？　な、何するんですか、教官⁉」

「何じゃねえよ、こっちだって痛いっつの！　そんなことよりおまえ、今すごく変だったぞ？　俺だ僕だ言い出して、眼の焦点なんざ完全に飛んじまって」

「……俺が、ですか？」

彼方には、意識混濁の自覚がなかった。目眩に似た気持ち悪さがあるだけだ。

「……すみません。よく、わかりません」

「疲れてるんだよ、おまえも。こんな状況だ、仕方ねえだろ……でも。自分を粗末にするようなことは、頼むから言わねえでくれ」

「――わかりました」

緋鶴の瞳があまりに真摯《しんし》で、彼方は頷くことしかできなかった。

「このコンテナ、ドアは観音開きでハンドルはレバーだったよね」

嵐が縛られた脚に不自由しながらも、壁に体を預けて立ち上がった。どんどんと跳ねつつ、ドアに近づく。

「何するんだ、円城」と彼方。

「こうするの。私も逢坂くんに、怪我なんてさせられないから」

嵐がドアに向かって、斜《なな》めに倒れ込んだ。肩をドアに押し当て、ぐ、と全身に力を込める。押し破ろうというつもりらしい。きし、とかすかにドアが軋《きし》む。

コンテナは鉄板製で、ドアも同じく鉄板でできている。開閉レバーも鍵の部分も、金属製だ。嵐のような華奢《きゃしゃ》な女子が体重をかけてどうこうなるような代物ではない。

「よし。あたしも一丁、気合いを入れて押すか！　逢坂も手伝えや」

緋鶴が、嵐と同じように壁を使って立ち上がる。彼方もそれに続いた。

「木のドアみたいに簡単にはいかねえだろうが。コンテナの鉄板なんぞたいして厚くねえからな。要は根性だ‼」

「簡単に破れないのなら。破れるまで押せばいい。諦めてたまるか、ここで」

彼方は緋鶴と一緒に、ドアに体を叩きつけた。ぎしっと大きめの軋み音がした。

「……存外、もろそうじゃねえか、このドア。よし、おまえら。バラバラに押すよりは、息を揃えたほうがいいぞ。あたしが号令だしてやる、押すタイミングを合わせるんだ」

と緋鶴。嵐と彼方は揃って頷いた。

「わかりました」「了解です」

「せえの――」緋鶴の合図で、全員が揃って力を抜く。

「よいしょおっ！」

「えいッ！」「うおおッ！」

全員揃って力を込める。ぎちり、と先ほどとは質の違う固い軋み音をドアが立てた。

「せえの、よいしょおっ！」

「はいッ！」「はああッ！」

ぎちぎちとドアが軋む。押し破れるかもしれないと期待が高まった。

緋鶴の号令に合わせて彼方たちはドアを押し続ける。だが、軋みはするがドアは開かなかった。緋鶴がいらいらと、縛られて不自由な腕でドアを殴る。

「――クソが、むやみに頑丈《がんじょう》に作るんじゃねえよ、嫌がらせかっ」

「教官、諦めないで押すしかない。きっと、もう一踏ん張りだ」

彼方は脚が疲労で攣《つ》りそうだったが、それでも、ぐ、と力を込めた。

「だな」と緋鶴。「とにかくここを出て、余計なことを企んでる馬鹿野郎どもに説教しないと話にならん。円城、まだ行けるか？」

嵐は肩で息をしていたが、それでも力強く頷いた。

「大丈夫です。こう見えても私、悠に負けないくらい頑固なんです」

「……あたしは割と。生徒に恵まれたのかもな」

緋鶴が感動したように瞳を輝かせ、表情に気合いをみなぎらせる。

「行くぞ、おまえら！」「やりましょう！」「当然だ！」

三人で、せえのと息を合わせ、渾身《こんしん》の力でドアを押す――途端。

がちゃりと、左右のドアが外に向かって開いた。

「だあっ⁉」「わっ⁉」「ぬおっ⁉」

勢い余って、三人同時にコンテナから外に転がり出る。閉じこめられていたコンテナがあったのは資材倉庫だった。誰かがスイッチを入れたのか天井の照明がついている。

「……大丈夫？」

上から声が降ってきて、彼方は倒れたまま視線を上げた。すぐ前に野戦服姿の小さな影があった。小学生と間違われそうな体格は、この魔戦術学校には一人しかいない。

「宇月さんか？」

そこにいたのは、里海だった。彼女が外からドアを開けてくれたようだ。

倉庫の天井照明のせいで黒海の顔は影になって見えないが、その手には、大振りのコンバットナイフが握られている。ケースはなく刃が剝き出しの状態だ。

「ごめんね、逢坂くん」

ナイフの刃がぬらりと光を撥《は》ねる。ぎく、と彼方は萎縮《いしゅく》した。

「何すんだ、おまえ！　やめろおッ！」

緋鶴が叫ぶ中、里海がしゃがんでナイフを彼方に向ける。

「ロープ切るから、じっとして。お姉ちゃんのもすぐに切る」

ざくりと音を立ててナイフがあっさりとロープを切断し、彼方は自由になった。

「あ、ありがとう」

彼方は立ち上がり、少しどぎまぎしながら礼を告げた。

「礼には及ばない」と里海は返し、嵐、緋鶴の順に手足のロープを切った。

緋鶴が立ち上がり、里海に問う。

「里海、何が起きてるんだよ。おまえは郷田たちと一緒じゃないのか」

「それは――」

里海が告げたその言葉は、予想し得たあらゆる状況の中で。

最悪のものだった。

Ⅷ　一つの終わりと始まりの中で

「郷田《ごうだ》が、脱出しようと生徒たちを連れて、トラックで出て行った……だって？　……止められなかったのか、里海《さとみ》っ」

緋鶴《ひづる》が蒼白《そうはく》な顔で、里海の両肩を摑《つか》む。びくっと里海が震え、緋鶴から顔を背《そむ》けた。

「……私は、お姉ちゃんとは違うから。ましてや、三佐《さんさ》じゃない……」

「——あ。わ、悪い。ごめん。さっちんを責めてるわけじゃ、ないんだ」

困惑した顔で緋鶴が里海の肩を放した。里海が緋鶴から離れ、表情のない顔を伏《ふ》せる。お姉ちゃんとは違うという言葉が彼方《かなた》は気になったが、今、訊《き》くべきは別のことだ。

「宇月《うづき》、食堂にいた連中、全員が郷田に従ったのか？　織部《おりべ》も？」

彼方が捕まる前。食堂で郷田と一緒にいた生徒は、三〇人ほどだ。生き残っている生徒の、半分以上である。

「全員は、いかなかった。女子の多くは、やはり怖いからと残ったけれど、芽砂《めいさ》は——行ってしまった……止められなかった……」

悔《く》やむように里海が言った。嵐《あらし》が戸惑《とまど》うように呟《つぶや》く。

「そんな……芽砂、あんなに三佐を尊敬していたのに、郷田教官に従うなんて……」

「尊敬していたからこそだろうな。裏切られたって思いが余計に強いんだ、たぶん」

緋鶴が舌打ちし、だんっと地面を蹴飛《けと》ばした。苛立《いらだ》ってまくし立てる。

「郷田め、何を考えていやがるっ。織部から噂《うわさ》を聞いた時には、んな馬鹿やるわけないと思ったが、マジあのクソ野郎、そこまで馬鹿だったか‼　シェルターコンテナ積んだトラックで瘴気《しょうき》を突っ切るだなんて、そんなの無茶に決まってる！」

前に食堂で、芽砂が『一部の生徒が、車での脱出を考えて郷田を支持している』と言っていたことを、彼方は思い出した。郷田たちは、それを実行したということだ。

彼方は、閉じこめられていたコンテナに目を向けた。シェルターにもなるこのコンテナを積んだトラックが駐屯地《ちゅうとんち》にはあって、今朝、避難失敗から駐屯地に戻る際、具合を悪くした生徒を回収するのに、郷田がそのトラックを使った。

コンテナはそれほど大きくはないが、詰めれば十数人くらい入れるサイズだ。素材は鉄。鉄パイプ製のトンネルがしばらく瘴気の腐食《ふしょく》に耐えたのだから、このコンテナでも、短時間なら瘴気を防御できるはず。

だけど、と彼方はすぐに問題に気付いた。その問題を、緋鶴が先に口に出す。

「瘴気はまったく光を通さないから、中の視界ゼロだ。すぐに方向感覚を失って、迷っちまう。そんな中でトラックの運転なんざできるわけがねえんだ、道を外れて田んぼにでも落ちたら万事休《ばんじきゆう》すだろ、だいたい瘴気障害でエンジンだって止まるだろうが！」

問題だらけじゃねえか、と緋鶴。里海が淡々とした口調で告げる。

「瘴気の中を、絶対に迷わない道があると郷田教官は言っていた。障害物もないから、突入の前に充分トラックが速度を出せれば、途中でエンジンが止まったとしても、汚染地区を抜けられる可能性は高いそう。もし行く手に汚染獣《おせんじゆう》がいたとしても、トラックなら撥《は》ね飛ばして進めばいい、と」

「障害物もなく迷わない、そんな都合のいい道が――」

言葉の途中で、緋鶴が何かに気付いたように、息を飲んだ。

「――そうか。郷田、三佐が魔法でえぐった溝《みぞ》を使う気か！」

「そう」と里海。「あの時。一瞬だけど、三佐が魔法を放った後に、汚染地区の向こう側が見えたから、あの溝を進めば迷うことはない、そのはずだと」

「クソッタレ、それでも分《ぶ》の悪い賭《か》けには変わりねえんだ、どうにかして止めねえと！　里海、奴らが出てったのはどれくらい前だ！」

「トラックが出発したのを確認して、すぐにここに来たから、まだ五分も経《た》ってない」

「こうしちゃいられねえっ」

緋鶴が駆け出した。駐屯地の設備には、どこでも複数人分の瘴気マスクが常備されている。壁にかけてあった瘴気マスクを一つ取り、緋鶴は倉庫の外に向かった。

彼方たちも瘴気マスクを手にして緋鶴を追う。倉庫を出ると雨は止《や》んでいたが、空には分厚く雲が垂れ込めていた。かなり暗く、もうすぐ日暮れの時刻らしい。

郷田たちが脱出を目指すポイントは、駐屯地の北、一キロメートルほど行った地点にある駐車場。走っていくには時間がかかりすぎる。

「あたしが車で奴らを追う！　てめえらはここにいろ、いいな‼」

緋鶴が、車両置き場のほうに全力で駆けていく。彼方はその場に立ち止まった。

「車で行ったところで、追いつけるのか……⁉」

里海は、郷田たちが出発して五分は経っていない、と言った。しかし、五分もあれば信号のない道路ならば、充分に脱出ポイントにつけるはず。

「――いきなりトラックで汚染地区に突っ込むとは思えない。三佐が魔法でつけた溝を確認して、それから突入するはずだ。だとしたら、まだ間に合うかもしれない！」

彼方は駐屯地の門を見やった。そこに嵐と里海が追いついてきた。

「逢坂《あいさか》くん、ひっちゃんは⁉」と、嵐が息を弾ませて訊いた。

「車を取りに行った。でも、待つゆとりはないと思う」

「それなら、どうする？」と里海。

「こうしてみる‼」

彼方はその場にしゃがみ込み、片手に瘴気マスクを持ったまま、足下に開いた片手を向けた。リイン悠《はるか》が二度、彼方の前で使って見せた高速移動の魔法の術式を思い出す。

「できるはずなんだ、俺にも」

周辺魔力は潤沢《じゅんたく》、効果は、平面状の超高速の空気の渦《うず》。公式は旋風《せんぷう》と突風の組み合わせの応用、魔法回路は維持型。と、ぶつぶつ彼方は早口で呟《つぶや》きつつ魔法回路を構築するための暗算をした。各種係数を決定し、いける、と改めて確信する。

ふと心の声が、自信なさげに告げる。

(この魔法。僕は知っているけれど。成功させたことは、一度もないよ)

不甲斐《ふがい》ない心の声に、彼方は返す。

「俺だって、一度も魔法を成功させたことなんて、ない」

地面に向けた手を中心に、一瞬にして彼方の魔力光糸《まりょくこうし》が魔法回路を編み上げた。

「逢坂くん、何を⁉」「その魔法はっ？」

嵐と里海の、驚愕《きょうがく》の声が重なった。

「二人は教官に従ってくれ！　俺は先に行く！」

彼方が叫ぶと同時に、再び心に声が響く。

(僕は特別な人間じゃなかったから、魔法が使えるなんて思えなかった。でも、君はきっと特別な人間なんだ。だから必ず、魔法は発動するよ。自信を持って)

精神のチャンネルが稀《まれ》につながったような時だけ聞こえてきたその声は、今までよりもはっきりとしていた。僕、の存在を彼方は近くに感じる。

「俺は、特別な人間なんかじゃない。だとしても、誰かのためになら魔法を使えるはずなんだ……俺は――いや。俺たちには、できる！　いつかどこかで、俺たちは三佐に――リイン・リーリエ＝エルヴァテインに、魔法を習っているんだから!!」

　己を鼓舞するように声を上げ、彼方はいっそう精神を集中させる。

「百合草《ゆりくさ》式高速移動魔法、名称不明――」

　不意に魔法の名前が思い浮かんだ。耳に馴染《なじ》まない単語だ。意味などわからないが、この名が正しいと彼方は信じて疑わない。

「――いや。〈疾風《シュートスヴィント》〉、発動!!」

　魔法回路の中心になっている掌《てのひら》に、ばちんと感電したような衝撃。魔法回路に集めた魔力が、物理的エネルギーに変換されていくのを肌で感じた、その直後。

　ぎゅおんと視界の周囲が流れて見える範囲が狭くなり、息が詰まる。

　それが、自分が高速で動いているからだと気付くのに彼方は数秒かかった。かけている眼鏡《めがね》のおかげで、激しい風の中でも彼方はどうにか目が開けていられるが、こんなことならゴーグル代わりに瘴気マスクを被《かぶ》っておけばよかったと後悔《こうかい》した。

　そんな数秒の後悔の間に、彼方は駐屯地の門まで移動していた。自分の速さに慣れない彼方の目に、門柱が飛び込んでくる。このままでは激突死、必至だ。

「うわっ!?」

　避けようという意識が、反射的に彼方の体を傾《かたむ》けさせる。ぐるりと天地が逆さまになり、視界の端から門柱がすっ飛んで消える。

　ハーフパイプでのスノーボードのジャンプのような動きで、彼方は門柱を回避した。

サーフボード状の魔法回路は地上十数センチで安定し、再び滑空するが、彼方の姿勢が乱れているので右に左にと蛇行する。

駐屯地のすぐ周囲には民家がなく、畑や水田が広がっている。彼方は、冬特有の水の涸《か》れた水田に飛び込んでしまった。今朝からの雨で水田はぬかるみ、魔法回路が派手に泥の飛沫《しぶき》を上げる。さらに数回大きく蛇行《だこう》して、どうにか彼方は姿勢を取り戻した。

「――ふう。何だ、これ。とんだじゃじゃ馬じゃないか。でも、体重移動でコントロールするということは、わかった。だいたいスノーボードと一緒か」

スノーボードなら彼方は経験がある。魔法の操作は可能だ。

すでに目標の進路と大きくそれてしまっている。彼方は左側に体を慎重に倒し、魔法回路にカーブの軌跡を描かせた。目の前に土手が迫る。後ろに体重を移動すると、魔法回路の前側が浮き、土手の斜面を滑るように上がった。

道路に戻れば、後は目的地の駐車場まで、一直線だ。

駐車場にトラックがまだあれば、テールランプの赤い光が見えるはず。しかし、進む先には汚染地区の真っ黒い瘴気の塊《かたまり》があるのみで、光など芥子粒《けしつぶ》ほどもない。

不安を振り払うように大きく首を左右に振り、彼方は前に目を凝らした。

突入前に誰か考えを改めて、トラックを降りていないか。誰か、いないのか。

瘴気の塊の前に、彼方は人影を探したが、見あたらない。

高速移動魔法というだけあって、速度は時速一〇〇キロメートル近い。目的地までの一キロメートル弱を、ほんの数十秒で駆け抜ける。

気付けば、瘴気の壁が眼前に迫っていた。彼方は、思っていたより速度が出ていたことに驚きつつも、ぐっと下半身を捻《ひね》ってボード状の魔法回路を進む方向と直角にした。

「止まれぇッ!!」

ざばっと盛大に跳ね上がった泥が、瘴気の中に吸い込まれるように消える。

瘴気の塊から二メートルもない場所で、彼方はどうにか停止した。

「……ふぅぅ。ぶつかるかと思った……」

彼方の足下から魔法回路が消える。すとっと地に足がつき、彼方は瘴気の近さに慌《あわ》てて瘴気マスクを顔に着けた。眼鏡のレンズと瘴気マスクのゴーグルのレンズ、二重のガラス越しに、改めて瘴気の塊を見やる。やはり、辺りに人影はない。

リイン悠の攻撃魔法でえぐられた溝は、彼方から少し離れた場所にあった。近づいて様子を確かめる。幅が五メートルはあろうかという、半円形に近い溝が地面にできていて、底には泥水《どろみず》が溜《た》まっていた。そのぬかるみの中に、二メートル以上の間隔で二筋の轍《わだち》があった。トラックが通った後だ。轍は真《ま》っ直《す》ぐと瘴気の中に進んでいる。

「……突入、したのか」

絶望的な予感に、彼方は身震いした。それでも、周囲に向けて声を張る。

「おい！　誰か残っていないのか！」

瘴気マスク越しで籠《こ》もった声は響かず、不気味なまでの周囲の静寂《せいじゃく》に溶けて消える。

それでも諦《あきら》めずに、彼方は呼びかけ続けた。

「誰か！　誰か！　いたら返事をしてくれ、頼むから！」

そこに、近づいてくる車のエンジン音が聞こえてきた。１／２ｔトラックという正式名称の、屋根のないジープタイプの四輪駆動車が猛スピードで近づいてくる。

ざあっと駐車場の砂利《じやり》を巻き上げ、横滑りに車体をドリフトさせて、ジープタイプが彼方の近くに停車した。

「逢坂、どうなってる‼」

大声と共に、瘴気マスクを着けた緋鶴がジープタイプから飛び降り駆けてきた。遅れて嵐と里海も車から降りる。

「……間に合わなかったようです。そこを見てください」

彼方は轍を指さした。緋鶴たちが揃《そろ》って、そちらに眼《め》を向ける。

嵐と里海が身を固くし、緋鶴が「くそったれ」と声を漏らした。

「おまえらは全員、駐屯地に戻れ。あたしはここに待機して様子を見る。トラックが途中で引き返してくる可能性もゼロじゃねえからな——と、その前に。逢坂」

緋鶴が彼方のそばに来た。待機命令を破った彼方は、殴《なぐ》られることを覚悟した。

「逢坂、おまえ。ここまで高速移動魔法で来たって円城《えんじよう》たちに聞いたが、マジか」

「はい。三佐が前に使った魔法を、覚えていたので」

「制御できたのかよ？」

「はい、どうにか」

「よかったな。初めての魔法だろ？　その感覚、忘れるんじゃねえぞ」

ぽんと彼方の肩を軽く叩《たた》き、緋鶴が離れる。

「それだけですか？」と彼方は、緋鶴の背に疑問を投げかけた。

「説教なら後でたっぷりしてやるってえの、この馬鹿野郎。いいから戻れ」

「俺は残ります。こんなところに教官を一人で残して、戻るなんてできません」

はあ？　と緋鶴が怪訝《けげん》そうに振り返る。

「てめえ。マジで馬鹿か？　たった一回魔法を成功させただけで調子こいてんのか？」

「汚染獣が出現したら、教官こそどうするんですか！　こんな状態だ、一体しか出てこないとは限らない、複数出現したら――」

彼方の言葉の途中で緋鶴が早足で戻ってきた。その勢いで、彼方の頬を瘴気マスクの上から殴りつける。

「てめえなんぞいても足手まといい以下だ！　戻れ、戻ってくれよ！　でなきゃもう一発、ぶん殴るぞ！」

彼方の瘴気マスクが、殴られた勢いで内側の眼鏡ごと、ずれた。

嵐と里海は、瘴気マスクのゴーグル越しでもわかるほどに困惑《こんわく》の表情を浮かべている。

泣きそうな声と共に、緋鶴が再び腕を振り上げた。

「……生徒が死ぬとこ見たくねえんだよ、もう」

「――でも。俺だって、教官に何かあったら悔やみきれない」

彼方はじんじんと痛む頬《ほお》を押さえもしないで、眼鏡と瘴気マスクの位置を直す。

その時、気付く。緋鶴の肩の向こうに、幾《いく》つもの光の点が現れたことを。

「教官！」咄嗟《とっさ》に彼方は緋鶴の腕を掴んだ。「な、何だよっ」と緋鶴がうろたえる。

説明をする前に、彼方は緋鶴を引き倒すように横に飛んだ。瘴気がざわっと揺らぎ、
黒い影がいくつも飛び出し、びしゃりと水音を立ててそれらが降り立った。

「汚染獣！」

すぐに緋鶴が気付き、彼方の手をふりほどいて身を翻《ひるがえ》した。彼方は別の気配を察して
汚染地区を見やる。のそりと、人間に近い体格の汚染獣が何体も瘴気の中から這《は》い出《だ》し
てきた。緋鶴が舌打ちをするわずかな間にも、次々と汚染獣が汚染地区から現れる。

「……逢坂が乗ってきた移動魔法の魔力をかぎつけてきやがったのか。ちと、ここは瘴
気から近すぎたな」

「――すみません、俺のせいで」

「悪いと思うなら、とっとと円城たちを連れて避難しやがれ」

ぞろりぞろりと汚染獣が増え続け、彼方と緋鶴は取り囲まれそうになる。

「私も残ります」「私も」

嵐と里海が、緋鶴のそばに来た。緋鶴の顔が驚きと困惑《こんわく》に歪《ゆが》む。

「揃いも揃って馬鹿か、てめえら！　逢坂が心配だし、現場見たらすぐ戻るって約束し

たから、連れてきてやったんだろうが！　とっとと戻れよ！」

「私だって、教官残して逃げるなんてできません！」

と、嵐。緋鶴が真剣な表情になった。

「じゃあ訊くけどな。この汚染獣たちが、元人間だってわかっていて――いや。さっき脱出しようとしたばかりのクラスメイトだったとしても、てめえらは戦えるのか？　魔法でぶっ殺せるのか？　そんな覚悟、あるのかよ？　どうなんだ、逢坂？」

「それは……」

顔見知りが転じた、汚染獣。それと戦うという決断を、彼方はすぐにできなかった。その躊躇《ためら》いを、緋鶴が瞬時に理解する。

「悪い、意地悪言った。んな覚悟、普通ならできるわけねえんだよ。でもあたしは、駐屯地に残った生徒のためになら、コイツらが元々誰であろうが、戦える‼」

緋鶴が魔法回路を宙に描く。魔法回路の構成は、前に緋鶴が使った百合草式炎熱系攻撃魔法〈爆流炎《ばくりゅうえん》〉に似ているが、それよりシンプルだ。魔法回路構築速度を上げるために緋鶴がアレンジしたらしい。数瞬で魔法回路が完成し、緋鶴が声を張る。

「〈爆流炎〉改、〈烈風炎《れっぷうえん》〉‼　骨は拾ってやる、燃え残ったらだけどな‼」

天へとうねりながら昇る巨大な火炎旋風が生じた。まさしく炎の竜巻である。

「薙《な》ぎ払《はら》えッ‼」

緋鶴が腕で、右から左へと空を薙ぐ。その動きに合わせて火炎旋風が躍る。

炎の渦が次々と汚染獣を飲み込み、空へと巻き上げる。耳障りな断末魔の声を上げ、汚染獣が見る間に灰と化し、散り散りに砕け散った。その灰すらも炎は焼き尽くす。

「……骨は、やっぱり拾ってやれねえか……でも、そのまま天国に逝《い》っちまえ」

火炎旋風は現れた全《すべ》ての汚染獣を焼き尽くし、わずかな灰が昏《くら》い空に散った。

ざんっと音を立てて火炎旋風が分解する。盛大に火の粉が降る中、汚染地区から新たな汚染獣が一体、現れた。

「何をぼさっとしてやがる、逢坂。今の魔法で使った魔力に誘われて、またぞくぞくと汚染獣が出てくるぞ、円城たちを連れてさっさと逃げろってんだ」

「ですが――」

教官を残していけない、と言おうとした彼方だったが、言葉の途中で声を失った。汚染獣が泥を踏んだその足に、彼方は信じられないものを見た。

「……靴、だ」

頑丈な革製の半長靴。彼方や緋鶴と同じ国防隊の標準装備を、その汚染獣は履《は》いていた。半長靴に裾《すそ》を押し込んだ迷彩柄のズボンも、わずかに見える。

それは、なれの果てと化していく最中の、人間だった。

瘴気に覆われて顔などわからない。しかし、状況から考えてそれの正体は明らかだ。

脱出しようとして失敗した、生徒の一人。他には有り得ない。

「てめえら頼む、逃げてくれ。あたしがこいつを始末《しまつ》するところを、頼むから、見ないでくれよ、お願いだ」

殺す。緋鶴はそう暗に告げた。考えもしないで彼方は叫ぶ。

「まだ助けられる可能性だってあります、きっと！」

「──ねえんだ、そんなものは……過去に一人も。瘴気に侵《おか》されて助かった人間は、いねえんだよ！　できることなんぞ、楽にしてやるしかねえんだッ‼」

緋鶴が再び、先ほどと同じ魔法回路を構築し始めた。

彼方は緋鶴の前に飛び出し、両腕を広げて立ち塞《ふさ》がる。

「何考えてんだ、てめえはッ‼　そこをどけッ‼」

「今ならまだ、瘴気が体を覆っているだけかもしれないじゃないですか‼」

主張した彼方の後ろで、ばちゃりと何かが落ちたような音がした。肩越しに振り返って、彼方はぎょっとする。落ちていたのは半ば土と化した野戦服の上着の片袖《そで》だった。

「ひ」嵐が瘴気マスクの上から口元を手で押さえ、短い悲鳴を飲み込んだ。

里海は、瘴気マスク越しでもわかるくらいに顔を青ざめさせている。

「見たろ。手遅れなんだよ……っ」

絞り出すような緋鶴の言葉に、彼方は答えられない。

こんな状況でも、三佐なら──と、この場にいないリイン悠に頼りたくなる。

「あのメダルがあれば、事情を伝えることだけでもできるのに」

俺にはもう何もできないのか、と彼方は絶望しかけた。

その耳に、ごぼりと湿《しめ》ったものを吐き出す音と一緒に、声が届く。

「……わたくしが……浅はか、だった、ようですわ……」

彼方は勢いよく振り返った。

「織部なのか⁉」「芽砂なの⁉」「芽砂っ？」と彼方、嵐、里海の声が重なる。

「織部！　何があった！　トラックは！　他の生徒は！」

緋鶴が声を張り上げた。なりかけの汚染獣——芽砂が、途切れ途切れに答える。

「……トラックは……瘴気の中で……パンク……たぶんタイヤが……瘴気で腐った……のですわ……そこに……何体も、汚染獣が……コンテナが……破られて……」

脱出が失敗した。それはもう誰が聞いても明らかだった。

「織部さん、今助けるから！」

彼方は芽砂に駆け寄ろうとしたが、芽砂の声が、それを制する。

「……来ては、なりませんわ……わたくしとて、もう……意識が……飛ぶ……寸前ですの……今にも……あなたたちに……襲いかかって……しまいそう……」

黒々とした瘴気の中に二つ、金色の光が灯《とも》っている。その光がいっそう強くなる。

「……これ……たぶん……大事な……もの……なの……ですわよね……」

芽砂が、瘴気に包まれた片腕を彼方に向けた。

「逢坂、瘴気に触るんじゃねえぞ‼」

緋鶴に注意されても頷《うなず》かず、彼方は芽砂へと手を伸ばした。

何かを渡そうとする芽砂の、瘴気に覆われた手の下に、掌を出す。

ぽとりと掌に落とされたのは、結界魔法を刻んだあのメダルだった。

「……これだけでも、返せて……本当に、よかった……ですわ……」

ぶしっと芽砂を包む瘴気の中から湿った音が迸《ほとばし》った。全身のバランスが崩れていく。

目の前で汚染獣になりかける友人の姿に、彼方はメダルを握りしめて叫ぶ。

「必ず助けるから、待っていろ‼　三佐、俺を導いてくれ‼」

リイン悠の元へ。その願いがメダルを発動させる。

次の瞬間、彼方は灰色の空間に立っていた。

すぐ前にリイン悠がいる。彼方の前で外した眼帯は、再び着けられていた。

「三佐、大変なんです！　織部さんが‼」

「慌てなくてもいい、この結界の中にいる限り、外の時間は動かない。それに、わかっている。今朝までのケースだと、郷田教官と一部の生徒たちが、君と円城くん、宇月教官を監禁し、強引に汚染地区脱出を試み……そして、失敗したのだろう」

今朝までのケース。その言い方で彼方は確信する。

「三佐はやはり。この状況を、何回も――いや、何百回も、繰り返しているんですか」

「二七三回になる」

「一人だけで、三年前への逆転生を繰り返してきた……と」

こくりとリイン悠が無表情のままで頷いた。

「正確には四五ヶ月前に、だ。その四五ヶ月が、今の私が逆転生で遡《さかのぼ》れる限界だ。そしてその四五ヶ月間を、私は何度も繰り返してきた。毎回、転生し直すたびに少し状況が変化する。さらに、私の行動によっても状況は変わる」

しかし、と挟んでリイン悠が続ける。

「少しずつ状況が変わっても、事態の大きな流れは変えられなかった。今回と同じ結末は二四八回。もっともありふれた全滅パターンだ」

「………全滅………ですか……」

「すまない。二七二回繰り返しても、私はただの一人も救えなかった……至る過程は様々でも、誰一人、生き延びることはなかった」

誰一人。その中に自分が含まれていることに彼方は気付いたが、それを口にはできなかった。リイン悠の無表情が、わずかに苦悶《くもん》に歪んだからだ。

「本当に、すまない……私が未来で、目先のことしか考えず、時空間跳躍移民魔法《じくうかんちょうやくいみんまほう》などという恐ろしいものを使ってしまったから………私は君さえ、救えない」

君さえという言葉の響きに、彼方は何か特別なものを感じた。だが彼方にとって大切なのは自分よりも他人だ。

「俺のことなんて今はどうでもいいです。そんなことより、三佐。俺も一緒に助かる方法を考えますから、この後どうなるのか、教えてください」

この後か、と小さくリイン悠が呟き、く、と唇《くちびる》を嚙《か》みしめた。言いよどむように、躊《ため》躊《ため》らいながら口を開き直す。

「……君が全てを滅《ほろ》ぼすと。私が言ったことを、覚えているか？」

「――はい」

「あの時、私はこうも言った。私が千年以上生きていると言って信じられるのか、と」

「――――はい」

「そして君は、私が千年以上の時を繰り返してきたことを、理解してくれた。それなら、もう一つの言葉も、理解できるだろう……聞く覚悟は、あるか？」

ごくりと彼方は息を飲んだ。聞くべきか、否か。その選択をここで迫られるとは考えていなかった故に、悩んでしまう。

（僕は知りたい。知らなきゃいけないと思う。それがどんな真実でも）

その心の声が、彼方の背中を押した。

「聞きます。聞かせてください」

リイン悠が左の瞳《ひとみ》をわずかに伏せる。

「……今までの二七二回。私はあえて、話す機会があってもこの事実だけは君に伏せてきた。己《おのれ》よりも他人のことを先に考えてしまう君には、残酷《ざんこく》な話だから」

「残酷……？」ざわりと彼方の肌が粟立《あわだ》つ。

「それでも、聞くか？」

「聞きます。聞かなくちゃいけないんです、俺はきっと」

そうか、とリイン悠がため息のように漏《も》らした。

「君も、汚染獣になる。それも最悪の」


「俺が、汚染獣に……」

(僕が、けものに……)

彼方の呟きと心の声が重なった。ずくんと頭の奥が痛み、視界がぶれてリイン悠の姿が二重にだぶって見える。まるで自分と誰かの視界が重なったかのように。

「未来において、私には魔法の弟子が一人だけいた。弟子の名は、アルク・パトリオト。そしてアルクと君は、同じ魂《たましい》の持ち主だ」

「俺に。その弟子の魂が、逆転生してくるということですか。そして、それが失敗する……そういうことなんですか」

リイン悠が彼方を見つめた。その翡翠色《ひすいいろ》の瞳には、悲しみの色だけが浮かんでいる。

「防ぐことは、できないんですか」

「失敗を防ぐ方法を私はずっと探してきたが、まだ、見つけてはいない」

「逆転生そのものを防ぐということは」

「それは無理だ。というよりも、最初の段階で不可能なんだ。君に星が落ちたのは――私の弟子の魂が入ったのは、私がリイン悠になるよりも前のこと。私がこの状況を繰り返すようになって最初に確認したのが、どの段階で君に逆転生が始まるかだったのだが、調べた時にはもう、君の中に弟子の魂はあった。それに思い当たる節があるだろう？」

彼方は頷くしかなかった。自分の中の、もう一人の自分。

三年以上前から聞こえていた、あの心の声が、誰のものなのか。

それを今、彼方は確信した。自分が知らないはずの知識は、アルクという弟子のものだと理解すると同時に、疑問を持つ。

僕から、その名を聞いたことは、ただの一度もない。

――聞こえているか？　聞こえているなら、答えてくれ。

――おまえの名は？

（ごめん。わからないんだ……この人のことは、確かに知っている気がする。でも、それ以上僕は……何も。何も思い出せない）

彼方以上に、心の声――アルクは困惑しているようだった。

――わかった。話は俺が進めるよ。それでいいか？

（お願いするよ。何だか迷惑をかけてしまっているみたいで、本当にごめん）

気にするな、と念じて彼方はリイン悠との会話に戻る。

「俺の中にアルクがいることは、わかります。でもどうして俺は、俺のままなんですか。三佐のようにも、汚染獣にもなっていないんですか、今」

「これも私が逆転生を繰り返す過程で君と接触し、少しずつ確かめてきたことだが。弟子と君の融合はとても不安定な状態だ。通常、逆転生はどれほど時間がかかっても、半日程度で成功か失敗かが決まるが、君たちは、融合が不完全なまま三年以上経っている。

これはアルクの魂が記憶喪失になっているせいらしい。記憶が全て戻る時——

君はアルクの人生を受け止めきれずに、自我《じが》が崩壊《ほうかい》してしまう。それがすなわち、逆転生の失敗だ」

君はまだ、思い出さないほうがいい。そのリイン悠の言葉が自分に向けられたものではなく、自分の中の別の魂に向けられた言葉だったと、彼方は知った。

人間、一人分の人生の記憶。確かに、受け止めきれる自信はない。

（…………）アルクも言葉を失っている。

「君とアルクの魂魄《こんぱく》融合の失敗は。未来での、アルクの最期と関係があるかもしれない。そしてもう、その未来での出来事は、起きてしまった過去だ。今さら変えることもできない——すまない」

（僕、の……最期……？　……それも、思い出せない……）

そのアルクの声は、悲しそうだった。何も言えない彼方に、リイン悠はさらに語る。

「過去、二七二回全てで君は汚染獣になった。瘴気に侵されて汚染獣になるのと違い、身体の変化と瘴気発生は爆発的だ。近くに人間などいようものなら微塵《みじん》に吹き飛ぶ」

結界から戻った場所には、嵐と里海、さらに汚染獣になりかけている芽砂と、その芽砂を殺すことで救おうとしている緋鶴がいる。

彼方があの場所に戻れば、全員が死ぬ。リイン悠が言っているのはそういうことだ。

「最悪なのは、その後だ。通常、汚染獣は、清浄な環境での逆転生失敗によって発生するか、瘴気によって健常な動物または人間が汚染されて発生するかの、どちらかだ。しかし君はどちらにも当てはまらない。環状汚染地区という周辺に莫大《ばくだい》な瘴気がある状態での、逆転生失敗による汚染獣の発生だ。君が、最初で最後のケースになる」

「最初で、最後……？」

「汚染獣と化した君は、駐屯地を囲むあの環状汚染地区全ての瘴気を吸収、融合し、手のつけられない巨大な怪物になってしまう。そして君自身が凄《すさ》まじい勢いと量の瘴気を発生させ、数日も経たずに地表のみならず海までも瘴気が覆い尽くす。

それが。君が全てを滅ぼすと言った、意味だ」

ずきんと彼方は胸の奥が痛んだ。己自身の痛みのようでいて、違う。その痛みは、肉体よりももっと深いところにある。

（――本当に、ごめん。僕の魂なんて消えてしまうべきだったんだ）

――気にするな……というのには、無理があるよな、やっぱり。

（今からでも、消えられないだろうか。お師匠さまに訊いてくれないか？）

お師匠さま、という単語をアルクが使った。そこに違和感はない。

彼方の脳裏に、幾つかの場面が甦る。

どこかの石造りの城。白い法衣《ほうえ》を纏《まと》った、白銀《はくぎん》の髪の魔法使い――リイン・リーリエ

＝エルヴァテインの姿。城の向こうの空を覆う瘴気の雲。

いつか夢で見た光景。それが、きっとアルクの記憶。

――馬鹿野郎。消えるなんて言うなよ。ずっと一緒だったじゃないか。

（でも。僕のせいで君が――世界を……）

彼方は拳《こぶし》を握りしめた。アルクと会話がずっと続いているということは、最後の融合が進み始めている証拠だろう。リイン悠の言葉通り、時間は残されていないらしい。

「三佐、訊いてもいいですか」

「何なりと」

「今までの、二七二回。今の話、一度も俺には聞かせなかったって、言いましたよね。どうして今になって、話す気になったんですか」

「……君にとって、残酷な話だからと言った」

「それだけじゃ、ない気がするんです。三佐は、もしかして――諦めていませんか？

諦めてしまったから、話せることを全て話そうと、していませんか」

「諦めてしまった……か。すまない。そう思われてしまったのなら、謝ることしか私にはできない」

やはりそうなのか、と彼方は思った。誰も助かりはしないんだと絶望しそうになる。

「だが諦めてなどいない。私は、今の君に希望を感じている。だからこそ心に決めた。必ず今度こそ、私は君を守ると」

守る。その言葉の意味を、彼方は幾つか考えた。単純な意味で守ってくれるということだけではないだろう。自分が汚染獣と化した時、被害が拡大しないように殺してくれるのも、きっと、守るという意味になる。

――それでも俺は構わない。

（――僕も同じだよ。でも、君だけは巻き込んでしまう……）

――気にするな。世界と自分を天秤《てんびん》にかけたら、俺は世界を選ぶから。

アルクにそう告げて、彼方はリイン悠の瞳を見つめ直した。

「……三佐の――あなたの言葉を、信じます。でも、俺も――いや。俺たちも、言っておきたいことがあります」

「何を？」

「俺も、アルクも。あなたは救われるべきだって、そう、本気で思ってます」

「…………まいったな」

リイン悠が彼方の視線から逃げるようにそっぽを向いた。背中を彼方に向けて、片手を顔に持っていく。どうやら泣いているらしい。

考えもしなかったリイン悠の反応に、彼方は焦《あせ》った。

「あ、あの、三佐？　俺、何か変なことを言いましたっ？」

「ああ、言った。だから正直、困っている。戸惑っている。すまないが、少しの間だけ目を閉じて、私を見ないでいてくれないか。私が落ち着くまで、数でも数えて待っていてくれ」

「す、すみません」

彼方はぎゅっと目を閉じた。声に出さずに数える。五〇を越え、一〇〇を越え、一五〇を数えても、リイン悠は何も言わない。

「いつまでこうしていればいいですか」

「私がよいと言うまで」

そのリイン悠の声は、妙に近かった。

直後。ふっと一瞬、かすかに唇に違和感を覚えた。

え、と焦ってつい目を開く。とんっと後ろに軽く跳ぶ最中のリイン悠と目が合った。

「え。ええ。えええ、今、三佐っ⁉」

「言うな。また泣いてしまうかもしれない」

「その、ええと……す、すみません。変なリアクションしかできなくて」

「逆転生を重ねた日々と、未来で生きた一六年を加えれば。私は一〇三九年を生きたことになるが、こんなことをしたのは初めてだ。これで一つ、心に決めたことが叶《かな》ったよ、ありがとう」

リイン悠の表情は乏《とぼ》しいままだが、頬が朱《しゅ》に染まっている。対して彼方は、耳まで赤くなっていた。

（……君。お師匠さまの初めての口づけなんてもらったんだ、責任取ってよ）

「それはおまえも同じだろ、一心同体なんだから！」

彼方は思わず大声を出した。きょとんとリイン悠が片眼を瞬かせる。

「アルクが何か、言ったのだろうか」

「責任取れ、だそうです。ったく他人事《ひとごと》じゃあるまいし」

「そうか……責任、か。アルクも君も、充分に責任は果たしてくれたと思うよ。未来ではアルクがいてくれたから、私は挫《くじ》けずにいられた。この世界では、君――彼方がいてくれたから、私たちは絶望に抗《あらが》ってこられた」

ありがとう。そう改めてリイン悠が小さく頭を下げる。

「千年以上。君たちを大切に想《おも》っていて、よかった」

「……そんな……俺なんか……」

（……そんな……僕なんて……）

彼方とアルクの思いが重なる。胸の奥のどこかで、かちりと何かがはまった気がした。

「確かに、君たちは自分で『なんか』なんて言ってしまう存在だった。未来のアルクは平民生まれだからと魔法に対して自信を持ってはくれなかったし、ここの彼方は、魔戦術科学校にいる自分に疑問を持ったままで、やはり自信を持ってくれなかった」

「本当にすみません、それは反省します」

（本当にごめんなさい、お師匠さま）

「でも。それでも二人とも、常に真摯《しんし》で前向きだった。そんな君たちとの出会いを何度も何度も繰り返してきたのだから……特別な存在にも、なってしまうよ」

リイン悠が彼方に手を差し出した。白い、華奢《きゃしゃ》な手だ。

「織部さんたちの待っている場所に、ここからなら二人で一度に移動できる。メダルの結界を解く際に、君が元の場所に戻るのを利用して、私も同じ場所に転移するから」

「救助隊のほうに、一度戻らなくていいんですか」

「……必要は、ない。彼らは先ほど、君たちを見捨てる決定をした」

え、と彼方は息を飲む。リイン悠が普段よりもいっそう感情のない声で続ける。

「陸上国防隊幕僚監部《りくじょうこくぼうたいばくりょうかんぶ》は、汚染地区対策に必要な隊員の、これ以上の損失を避けるために、前浜《まえはま》駐屯地及び魔戦術科学校前浜キャンパスへの救助を、打ち切ることにした。私が何をどう言おうが、この決定は覆《くつがえ》らない——過去、何度も同じことがあった」

「——そんな……」

「心配はいらない、私が君たちを救う。もし今まで通りに君が汚染獣になってしまったとしても、今回だけは、私にも千年を費やして研究してきた対抗策がある。その手段でおそらく織部くんも助けられる。私を信じてくれるなら、この手を取ってくれないか」

彼方は躊躇わず、リイン悠の手を両手で握った。

「いつか、言ったはずです。どこまででも、どこにでも、どんなところにでも、お供します——と」

いつか。それは、はるか未来でのこと。

しかし交わしたその約束は、今はもう彼方の胸にも刻まれている。

「俺《ぼく》は、あなたを救いたい」

誓《ちか》ったその瞬間。リイン悠が転移魔法を一瞬で構築し、発動させた。

身体と魂が残さず全て魔力光糸に分解されて、空間を越える——

(初めまして……というのも、何だかおかしな気分だね)

意識のみとなった彼方の前に、華奢な人影が逆さまになって浮いていた。

灰色——アッシュブロンドの髪に、似た色の瞳。肌が白く、体の線は柔らかい。

その姿が、アルク・パトリオトというリイン・リーリエ＝エルヴァテインの弟子だと、彼方には一目でわかった。だが、驚かずにはいられなかった。

——おまえ……僕って……女の子っ？

(ごめんね。それもたった今、思い出したよ。自分でもちょっと、驚いちゃった。君の中に三年もいたせいで、自分が男の子の気がしてたから)

美少女と言っていい愛らしい顔に、アルクは困惑気味の笑みを浮かべていた。

(自己紹介は——いらないよね？　僕の記憶はもう、君のものだもの)

瘴気の森の近くの村で、鍛冶屋《かじや》の娘として生まれ、男の子たちに混ざって子供の頃から鍛《きた》えてきた剣の腕を買われて、一〇歳になったばかりで城仕えとなった。

そこで一二歳だったリインと出会い、歳《とし》が近いという理由で話し相手兼世話係として側近《そっきん》となり、魔法を習うようになった。

そして世界が滅ぶまでリインの傍《かたわ》らに居つづけ、最後は瘴気に侵されてけものとなり、リイン自身の手で葬り去られ、魂のみに逆転生を施された。

それが、アルク・パトリオトという少女の、恋さえ知らずに終わった、たった一四年間の生涯だった。

けものとして死ぬ時の——熱閃光《ねっせんこう》で身体が焼き尽くされるその瞬間を、彼方は自身の体験として思い知る。他人の人生を知ることになると聞かされていなければ、確かに気がおかしくなってしまったかもしれない。それほどに死の体験は衝撃的だった。

(大丈夫？　僕の死、受け止められる？)

魔法を放つ瞬間の、リインの表情。

すまない、という小さな声。

それが、ぎゅうと魂を締め付ける。

——辛《つら》かったな、おまえ。でももう、心配はいらない。

——俺はおまえで、おまえは俺だ。孤独になることだけは、もうないから。

(僕を、受け入れてくれるの？)

──拒否するつもりなんか、あるものか。

──きっと。二七二回のどれの俺だって、事情さえ知っていれば。

──当たり前のように、おまえと生きることを選んだはずだ。

逆さまになったままでアルクが彼方に手を伸ばす。その手を彼方は握り返した。掴んだという感覚はなく、つないだ手はそのまま溶けるように重なっていく。

(こうして話すことは、きっともうないんだよね。それはちょっと、寂しいかな)

──それは俺も一緒だよ、相棒。

(相棒、か。初めて言われたね、そんなこと)

くすっとアルクが笑った。

(僕の輪廻《りんね》が、彼方、君で本当によかった……ありがとう)


緋鶴と芽砂の間から、彼方の姿が消えた、次の瞬間。

虚空《こくう》から魔力光糸が無数に出現し、彼方のいた場所に人の形をした魔法回路が二つ編み上がった。魔法回路に、爆発的に魔力が集まる。

「転移か⁉」緋鶴の声と同時に、魔法回路が閃光に転じて魔法が発動した。

リイン悠と片手をつないで、彼方はぬかるんだ大地に降り立った。

転移魔法の影響なのか、上下左右の感覚がおかしく、彼方はふらついてしまう。

ふわりと柔らかい感覚に包まれ、数秒して抱き止めてもらったことに気付いた。

「……私は、報われた」

一言に万の想いが込められたようなそのリイン悠の声を彼方は耳元で聞き、気付く。

自分が自分のままで、同時に、アルクになったことに。

逢坂彼方としての一六年の記憶。アルク・パトリオトとしての一四年の記憶。

育ちも性別さえも違うそれぞれの記憶が混乱することなく、己の中で整然としていることが何とも彼方には不思議だった。

「俺は、俺で、僕……何か、変な感じです」

「違和感なんてすぐに消える。君はもう汚染獣にはならないよ。彼方として、アルクとして、この世界で生きていく」

リイン悠が、ぎゅっと抱く腕に力を込めてから彼方を放し、すぐ後ろにいた芽砂へと向き直る。瘴気に覆い尽くされ、身体の形が崩れかけた芽砂が苦しそうに息を吐く。

「……三佐……申し訳、ありません……わたくしが、三佐を……信じ切れなかった、ばかりに……」

「しゃべるな。己の意識を保つことのみ、考えろ。自我を失わなければ、汚染獣化はそれだけ遅らせることができる――今、助ける」

リイン悠《えんすい》が片手を芽砂に掲《かか》げた。その手から魔力光糸の束が噴《ふ》き出《だ》し、芽砂に向けて広がり、円錐に似た形状の魔法回路が組み上がる。

「……漏斗《ろうと》？」と嵐。その呟き通り、その魔法回路は漏斗に似ていた。

魔法回路の構成を把握しようとして、彼方は疑問を覚えた。

——知らない構成だ、俺もアルクも。属性の記述が、ない……？

通常、魔法には効果を発動させるために、属性が設定される。そうして初めて魔法回路で集められた魔力が、火なり風なりという形で、物理現象を起こすのだ。

「攻撃とかの記述がねえな」「治癒《ちゆ》でもない」

緋鶴と里海も疑問の声を上げた。皆、リイン悠の魔法回路がどんな効果を発揮するのか、わからないらしい。

彼方にわかるのは、急速に周辺魔力を集める高度な魔法回路ということだけだ。

漏斗の形を成した魔法回路全体が、金色に輝く。

彼方たちは輝きの眩《まぶ》しさに眼を細め、手で顔を覆う。

輝きの中で、芽砂の体から瘴気が引きはがされるのを彼方は見た。

瘴気が渦を巻いて漏斗へと吸い込まれ、消えていく。その間、わずか数秒。漏斗型の魔法回路が消滅し、そこには腐食でボロ布と化した野戦服姿の、芽砂がいた。

芽砂が、ふらりと倒れ込みそうになる。

「っ‼」無言で里海が芽砂に駆け寄り、小さな体全身で、芽砂を抱き止めた。

「……里海さん、わたくし、少し重たくてよ」

「関係ない、そんなこと」

里海が芽砂を抱く腕に力を込めた。里海と芽砂に、緋鶴と嵐が歩み寄る。

「円城、里海と協力して車まで織部を下がらせろ。頼む」

「はい！」と嵐が芽砂の横に行き、芽砂の腕を己の肩に回した。嵐の逆側に里海が移動し、同じく芽砂に肩をかす。

「……申し訳ありませんわね」

「いいよ、そんなこと」「気にしない」

ジープタイプに向かう嵐たちの背をちらりと見て、彼方はリイン悠に視線を戻した。

「……よし。やはりこの魔法は機能する。理論は間違っていなかった」

リイン悠が手応《てごた》えを感じたように独り言を口にした。緋鶴がリイン悠に敬礼する。

「三佐、織部を助けてくださりありがとうございます‼」

「当然のことをしたまでだ。それより宇月三曹、逢坂くん。この状況、任せられるか」

彼方と緋鶴は、身を翻して周囲を見やった。瘴気の中から、汚染獣が何体も這い出てくる。危機的状況は、彼方がメダルでリイン悠を呼びに行く前より、悪化していた。

「この状況を打破するために、これから私は大規模な魔法を行使する。魔法回路構築にかなりの時間がかかるから、二人で時を稼いで欲しい」

「どれくらい時間が必要ですかね？」と緋鶴。

「すまない。本格的に発動させたことのない魔法だから、厳密に何分を要するかは、やってみないとわからない」

「了解ですよ。何分か必要ってだけでＯＫです。それはそうと」

緋鶴が、彼方を期待と疑いの混ざった目で見た。

「逢坂。見た目変わっちまってるけど、ちっとは使えるようになりました？」

「……見た目？」と彼方。片手に握っていたままのメダルを鏡代わりにして確かめる。

髪の半分ほどが灰色に染まっていた。右の瞳は金色に、左の瞳は暗い灰色に変わっている。その変化に驚かない自分に、むしろ彼方は驚いた。

「——全然違和感がない……それが変な感じです。でも、この髪。三佐みたいに綺麗じゃないですね。何か辛気臭いような」

「辛気臭くなどない。一目で君とわかる、いい色合いだよ」

そうリイン悠は彼方に言ってから、緋鶴に視線を向けた。

「宇月三曹。彼に期待してくれていいと思うが、なにぶん、実戦経験は少ない。フォローを頼む」

「了解です、三佐。さて、と……姫さまのお願いだ、いっちょう頑張るぞ、逢坂！」

「ちょっと待ってください、視界が変で」

彼方は己の眼に違和感を覚えた。周りがやけに見づらい。手にしていたメダルをポケットにしまうと、彼方は瘴気マスクをずらして眼鏡を外した。視界の違和感が消える。悪かった視力が、正常になっていった。

「……これも融合のせいか？　そうか、そう言えば未来じゃ眼は悪くなかったっけ」

彼方は瘴気マスクを元に戻し、外した眼鏡をリイン悠に渡した。

「戦闘の邪魔になりそうです。すみませんが、持っていてもらえますか？」

「……これを、私が？」

リイン悠が、大切なものを受け取るように彼方の眼鏡を手にした。

「わかった。いつか返すよ」

眼鏡をポケットにしまった、そのリイン悠の言い方が、彼方の心に引っかかった。

「いつか？　それってどういう――」

彼方の声は、緋鶴の警鐘の声でかき消される。

「逢坂、気をつけろ！　来るぞ、汚染獣が！」

彼方は急いでリイン悠から離れ、緋鶴の横に並んだ。汚染獣の増加は止まらない。もぞりと瘴気が震えたかと思えば、ぞろりといきなり二〇体以上の汚染獣が姿を見せる。

「三佐」と彼方。「さっきの織部さんのように、まだ汚染獣になりきってない人だけでも、助けられませんか」

「助けられる命と、助けられない命がある。君は一つでも多くの命を助けたいのだな？　それなら汚染獣の足下に注意するんだ。織部くんと同じように、足下が人間のままならまだ助かる可能性はある」

芽砂と同様に。つまり、今回の脱出に失敗した生徒なら、まだ助けられるかもしれないということだ。可能性は少ないとしても、その事実は彼方の心を勇気づけた。

「わかりました」

きっぱりとした声で返答をした彼方に、緋鶴が問う。

「できるのかよ、逢坂？　魔法が使えるかどうかを訊いてるんじゃねえぞ？　元人間を――殺《や》れるかってことだ。ソイツは近所の住民だったかもしれねえし、あの朝に出動して帰らなかった、学校の先輩かもしれねえんだ。それでも、殺れるのか？」

「そうすることでしか、救えないというのなら……それに。俺だけ手を汚さずに生きていくなんて、たぶん――石松《いしまつ》だって、許さないと思います」

その短い会話の間にも、汚染獣の数は増えていく。もはや数えることなど無意味なほどに、周囲は金眼《きんがん》の黒い異形《いぎょう》が溢《あふ》れている。

「悪くない覚悟だ。じゃあ、あたしから言えることは一つだけだ。死ぬな。以上！」

「了解です！」

リイン悠が緋鶴と彼方に目配せをする。緋鶴と彼方が揃って頷き返す。

「魔法回路構築を開始する。私の周囲、直径二メートル以内に汚染獣を入れないよう、領域を確保して欲しい。私は完全に無防備になるから、守りは任せる」

任せる。その言葉と同時にリイン悠が視線を投じたのは、彼方だった。

「はい、お師匠さま！」

自然とその言葉が声になる。彼方は弾むように頷いた。

こくりとリイン悠が小さく頷き返し、両手を大きく左右に広げた。掌の先の空間から、周囲が明るくなるほどの量の、金に輝く魔力光糸が噴出し、リイン悠を中心にして円筒状の積層《せきそう》構造魔法回路を編み始めた。

先ほど芽砂の瘴気を消した漏斗型魔法回路と似た、周辺魔力を集める魔法回路のようだが、規模が違う。漏斗の姿をした魔法回路は留《とど》まることを知らないように、上空へと広がり伸びていく。

緋鶴が、彼方の脇腹《わきばら》を軽く肘《ひじ》で小突《こづ》いた。

「お師匠さま、ね。何がなんだかわかんねえから、後でちゃんと説明しろよな」

「いいですけど、おとぎ話みたいな話ですよ」

「楽しみにしてやらあっ！」

吼《ほ》えて緋鶴が魔法回路を展開する。中級の炎熱系攻撃魔法〈火炎連砲《かえんれんほう》〉だ。砲身型魔法回路の数が魔戦術士《ませんじゅつし》の実力の証《あかし》となる。嵐が魔法授業の実習で六の砲身型魔法回路を構築して実力を示したが、緋鶴は一気に四八の砲身型魔法回路を扇状に宙に描いた。

「……凄い」と目を丸くする彼方に、に、と緋鶴が笑みで応える。

「爆炎使いの名は伊達《だて》じゃねえんだよ、せえの！」

一斉に砲身型魔法回路が発動した。きゅどどどどっと砲撃音が連なり、四八の火球《かきゅう》が放たれる。

火球の群れは、完全に汚染獣化していると思《おぼ》しき、全身瘴気の汚染獣のみを的確に捉《とら》えて次々と着弾し、咲き乱れる巨大な彼岸花《ひがんばな》のように、火炎を躍《おど》らせて炸裂《さくれつ》する。

ぬかるんでいた泥が一瞬で乾いた土に戻るような超高温の中で、何十体もの汚染獣が身をくねらせて灰となる――

その炎の中から、身を焼かれながらも新たな汚染獣がいくつも飛び出してきた。

「近いっつうのっ」

火炎砲撃には向かない間合いに、緋鶴の顔に焦《あせ》りが浮かぶ。

「俺が！」と彼方は見えない剣の柄《つか》を握るつもりで片手を前に掲げ、即座に魔法回路の構築に取りかかった。

魔法実習で、リイン悠に指名されて試みた光術魔法〈光刃《こうじん》〉。

その魔法回路の構成は、アルクの記憶の中にある。

「未来でも、失敗ばかりだったけれど。今なら！」

彼方の手の先で、魔法回路が刃の形を成す。

「――〈光、刃《リヒト クリンゲ》〉！」

きんっと硬質な音を立てて魔法回路が弾け、白い光の刃が出現した。

剣の振るい方など彼方は知らない。しかしアルクの魂は知っている。自然と身体が動き、眼前の汚染獣へと斬《き》りかかった。ちらりと一瞬、汚染獣の足下を見やる。足まで完全に瘴気で覆われていた。もう助けられない――彼方は胸が痛んだ。

「ごめん」

彼方は、小声の謝罪と同時に〈光刃〉を水平に振るった。

汚染獣の胴体が、刃の軌跡に合わせて、上下が滑《すべ》るようにずれる。直後、ばしゅんと音を立てて汚染獣の身体が霧散した。死体も何も残らない。

「——こんなのって。人の死に方じゃない」

切った汚染獣が、逆転生失敗によって人間が転じたものなのか、それとも瘴気に侵されて人間が汚染獣に変わってしまったのか、区別はつかない。

こんな死に方をするために生きてきたんじゃないだろうに、と彼方は思うのみだ。同情とは違う感傷に歯を噛みしめ、それでも彼方は、次々と汚染獣を斬る。

「逢坂、頭めいっぱい低くしろ！」

緋鶴の声が鼓膜《こまく》を貫《つらぬ》くと同時に彼方は反射的に屈《かが》んだ。ぼっと頭上を幾つもの火球が貫き、瘴気の塊から出ようとしている最中の汚染獣を焼き払う。その炎の間から、さらに何体もの汚染獣が魔力に誘われて現れる。それらの汚染獣の足にも、靴はない。

彼方は跳ね起きながら〈光刃〉を振るった。ざんっと三つ、汚染獣を斬り捨てる。

「それ以上前に出るな！　あたしの撃ち漏らしを処理してくれりゃいい！」

「了解しました！」

ちらりと、リイン悠の様子を確認する。眼を閉ざしたリイン悠を中心にした、漏斗型の魔法回路の高さは、すでに一〇〇メートルを超えていそうだ。漏斗型魔法回路は上空の魔力を急速に吸い込みながら、さらに巨大に、複雑に編み上げられていく。

「気を散らすな、逢坂！　後ろだ‼」

緋鶴の叱責《しっせき》で彼方は〈光刃〉を構え直し、振り向いた。視界一杯に広がる黒い塊、一対の金眼。予想以上に汚染獣が近く、それが焦りを生む。慌てて〈光刃〉を振るおうとした彼方の足が、ぬかるみで滑った。体勢を立て直そうとして、気付いてしまう。

——駄目だ、間に合わない。

汚染獣が、頭全体を裂くように顎門《あぎと》を開く。彼方の脳裏に、石松が喰《く》われた瞬間が甦《よみがえ》った。彼方は、自分も石松と同じ結末になると直感で理解する。

——せめてコイツだけでも連れて行く‼

喰われる瞬間に〈光刃〉を突き立てる、と覚悟した彼方の全身を、ごっと風が包んだ。体がふらつくほどの風だ。それ以上の暴風に、汚染獣が翻弄《ほんろう》される。

誰かが突風の魔法を汚染獣に放った。彼方に来た風は、その余波だ。

姿勢を崩した汚染獣の足下に、ふっと円形の魔法回路が発生する。土系の構成を彼方が読み取った途端、魔法回路は真下の泥ごと消失した。深さ数十センチの穴が瞬時にして開き、汚染獣が足を取られる。

次の刹那《せつな》。ひょっと大気を鳴らして天から降り注いだ無数の太い氷柱《つらら》が、汚染獣を串《くし》刺《ざ》しにした。途端、ばしゅっと汚染獣の姿が灰燼《かいじん》と化して消える。

風系、土系、水系の魔法の連携。この場でそれができるのは——

彼方が振り向いた先。ジープタイプのそばから、嵐たちが駆けてきた。

「大丈夫、逢坂くん！」「しゃんとなさいな、しゃんと」「よかった」

三人それぞれに、彼方に声をかける。

「助かったよ。でも大丈夫なのか、織部さん？　瘴気でダメージを受けたんじゃ」

芽砂の野戦服は、片方の袖が腐り落ちているだけでなく、焼けこげたような穴や裂け目が布のあちこちに開き、今にも全体が破れて落ちそうだった。

その状態で、芽砂がただでさえ立派な胸を誇張するように、身を反らす。

「大丈夫に決まってますわ！　よしんば大丈夫じゃなくとも、そんなもの、気合いでなんとかいたします！」

「め、芽砂。そんなに反ると胸こぼれるよっ」「隠す」

嵐が焦り、里海がどこかから取り出した長めのタオルで、後ろから芽砂の胸を覆うようにぎゅっと縛った。

「これで万全ですわね！　さあ皆さん、三佐を死守しますわよ‼」

はつらつと命じるように、芽砂が汚染獣の群れを指さす。

「――って。改めて見ますと、本当に多いですわね……」

「呆《ほう》けてんじゃねえよ、織部！」

別のところで火炎砲撃を再開した緋鶴の叱責が飛んだ。

「確かに。改めて見てるとか、そんな場合じゃない」

ぶんっと〈光刃〉を一振りして構え直し、彼方は嵐たちに告げる。

「織部みたいに助けられるのは、足下まで瘴気が覆ってない奴だけだ。その他は――」

彼方の言葉の途中で、覚悟を決めたように嵐が頷いた。

「――わかっているから。大丈夫。逢坂くんだけにやらせるなんて、もうできない」

こくりと里海も頷いた。芽砂が再び胸を張る。

「と、いうわけですわ。休ませてもらうついでに、みんなで覚悟は決めてきましたの」

「わかった。近くに来た汚染獣は全部、俺が引き受ける。みんなの命は俺が守るから、みんなで三佐の命を守ってくれ。頼む！」

彼方は接近してくる汚染獣の一体に斬りかかった。

嵐たちがそれぞれに魔法を使い始める。

嵐が突風で汚染獣の動きを抑え、その隙《すき》に芽砂が汚染獣を穴に落とし、〈氷槍《ひょうそう》〉という攻撃魔法で里海が汚染獣を仕留める。先ほど彼方を救ったのと同じ連携パターンだ。

緋鶴の火炎砲撃のようにまとめて汚染獣を灰にはできないが、確実に、一体一体、次々と嵐たちは汚染獣を倒していく。

汚染獣が二体、緋鶴の火炎砲撃の隙間を抜いて嵐たちに迫った。それを彼方は視界の隅で捉え、即座に反応する。一足飛びに二体の汚染獣に距離を詰め、一体を袈裟《けさ》懸《が》けに斬りつけ、返す刃でもう一体を斬り捨てた。

「……ここは、通さない！」

「ありがとう、逢坂くん！」

嵐の声に振り向く余裕もなく、彼方は次の目標に走った。

「火葬《かそう》してやるから順番に並びやがれ！」

緋鶴が再び、空中にずらりと砲身型魔法回路を並べて構築し、魔法を発動させた。

全員が持てる力の全てを以《もっ》て、リイン悠を死守する。

火炎が躍り、光の刃が閃き、氷の槍《やり》が天より落ちる。

そして、黄金の漏斗のような巨大魔法回路が、曇天《どんてん》に向かって広がり続ける。


――頭の奥がしびれて、全身が鉛《なまり》のように重い。

彼方は、どれほどの汚染獣を斬り捨てたのか、わからなくなっていた。

意識が半分、朦朧《もうろう》としている。〈光刃〉の持続は、精神力で絶え間なく周辺の魔力を集める必要があり、時間経過はそのまま精神疲労に直結する。

さらに身体もかなり辛い。アルクとしての記憶で剣技が使えても、彼方自身の身体は、剣技を知らない。慣れない動きを強いられる身体には疲労が溜《た》まる一方だ。

汚染獣は途切れることなく汚染地区から現れ続けている。

キリがねえな、と緋鶴が肩で息をしつつ呟いた。

「おう、てめえら。どいつもこいつも、ずいぶんと、しんどそうじゃねえか」

軽い口調の緋鶴だが、額《ひたい》には玉の汗が浮いていた。顔色もかなり悪い。

「まだまだ大丈夫です！」と声を張った彼方の〈光刃〉が、切れかけた蛍光灯のように時折、明滅する。精神力の限界が近い証拠だ。

「私たちも大丈夫です！」「まだまだこれからですわ」「問題ない」

嵐たちの息も荒い。特に、一度瘴気を浴びてダメージを受けた芽砂の疲労は深刻そうだ。眼の下に、くっきりと青黒い隈《くま》が浮かんできている。

――みんな、限界が近い。

く、と彼方は歯がみした。こうしている間にも新たな汚染獣が瘴気の中から這い出してくる。瘴気が無限に汚染獣を生み出しているかのようだ。

幸か不幸か、見える限りの汚染獣は足下まで完全に瘴気に覆われ、なりかけはいない。悩まず躊躇わずに倒せばいい――汚染獣が元は人間だったことを一瞬忘れてしまい、彼方は心が麻痺《まひ》しかけていると思った。精神的にかなり疲れている。

「そっか。でもぶっちゃけあたしはそろそろピンチだ。気付かないうちに、ずいぶんと押し込まれちまってるしな」

緋鶴に言われて初めて、彼方は知らないうちに後退していたことに気付いた。

背後はもう、リイン悠の魔法回路だ。一メートルも離れてはいない。

魔法回路の中心にいるリイン悠は、彼方たちに気付かない。眼を閉ざして精神を集中させている。魔法回路には厖大《ぼうだい》な量の魔力が集まっていた。火球に炎熱変換したら一〇キロ圏内全てが焼き尽くされてもおかしくないほどの魔力の量だ。

ぞろりぞろりと、誘蛾灯《ゆうがとう》に集まる虫のように汚染獣がこちら側へと迫ってくる。リイン悠の魔法回路が集めた魔力に惹《ひ》かれているのは疑いようがない。

つまり。リイン悠が魔法を発動させない限り、この状況は終わらないのだ。

「時間を稼ぐために、一気に周りの汚染獣を駆逐しないと……」

「そんな都合のいい魔法はねえよ、三佐じゃあるまいし」と緋鶴。

三佐じゃあるまいし。その言葉で彼方は思い出す。リイン悠が、脱出トンネルも汚染獣も生徒たちも等しく消し去った、特殊光術系砲撃魔法。百合草式〈重光爆《じゅうこうばく》〉。

火、水、風、土、それぞれの属性へと魔力を変換し、相容《あいい》れない火と水、風と土のエネルギーを対消滅させて掛け合わせ、単純な魔力の属性変換と比べて桁違《けたちが》いの熱エネルギーを発生させ、光系の魔法砲撃で制御し、放つ。

はるか未来で、汚染獣と化したアルクがその身に受けて四散したのも、同じ魔法だ。

〈重光爆〉――〈重なる光の爆裂《エクスプロウジョン フォン リヒト ウバシュナイダン》〉

〈重光爆〉の魔法回路の構造を彼方は知っている。未来でずっとリインの隣にいたアルクが、自然と覚えたものだ。魔法発動を試したことなど一度もないが。

「……俺一人じゃ無理でも、みんなの力を借りれば……不可能じゃない！　俺に考えがある、力を貸してくれ‼」

彼方は〈光刃〉を解除し、嵐たちに呼びかける。

「何をするか知らんが、乗った！　どうせもうできることなんざろくにねえしな！」

と、緋鶴。嵐たちも大きく頷く。

「何をすればいいの？」「裸で踊れと言ってもやりますわよ、今なら」「それはない」

芽砂の冗談を無視して彼方は説明する。

「みんな、得意の属性をイメージした魔力光糸を貸してくれ。魔法回路の構成と発動は、俺がやる！」

なるほど、と緋鶴がすぐに彼方の狙《ねら》いを理解したようだ。

「アレができたなら、今年の魔法の単位は全部くれてやるよ！　やってみろ、逢坂‼」

ぱっと緋鶴が片手を掲げた。その掌から一筋二筋と魔力光糸が発生する。

「狙いはわからないけれど！」「考えている暇はなさそうですわね！」「うん」

嵐たちも頷き合い、緋鶴に倣《なら》って手を掲げ、魔力光糸を発生させた。

「……できる。できるはずなんだ……俺は、僕は、あの人の弟子なんだから‼」

自分自身に言い聞かせ、彼方は両手を前に掲げて魔力光糸を発生させた。

彼方の魔力光糸が、嵐たちの魔力光糸を誘導し、魔法回路を組み立て始める。

リイン悠が巨大魔法回路でかき集めたために、周辺の魔力は潤沢《じゅんたく》とは言えず、大規模砲撃魔法の発動には適さない。

――〈重光爆〉をそのまま再現したら、たぶん、魔力不足で発動に失敗する。

――それに。前だけ薙ぎ払っても駄目だ。残った汚染獣に囲まれる。

彼方は、魔法回路の構成を一部、書き換えることにした。砲撃の特徴である攻撃の直進性と長距離の射程を排除。威力が落ちるのを承知の上で、魔法の威力が周囲に広く拡散するように、魔法回路を設定する。

リイン悠は、巨大な円状の魔法回路から、熱閃光を砲撃として放った。

彼方は、自分と背後の嵐たち、さらに後ろのリイン悠までガードするように、無数の小さな円状の魔法回路を周囲に配置した。

魔法回路の数は、一〇〇を超える。

「……凄《すげ》えな」と緋鶴が感嘆の息を漏らした。

「何これ……」「ありえませんわね」「……」

嵐たちも眼を丸くする。彼方は、いける、と意識の中に手応えを感じた。

「全員、対閃光防御姿勢を！　撃つぞ!!　〈重光爆〉改――〈重光閃《じゅうこうせん》〉発動!!」

緋鶴たちが一斉に手や腕で眼をかばう。

〈重光閃〉。そうとっさに彼方が名付けた無数の円状魔法回路が閃光に転じた。世界が全て色をなくしたと思えるほどの白い熱閃光が、彼方たちを中心にして全方位に広がり、取り囲もうとしていた汚染獣たちが、閃光の中で灰になる。

熱閃光はすぐに収まった。放射が長く続くほどの魔力が、周囲の空間に残っていなかったからだ。

「やったか!?」と彼方はすぐさま辺りを見回した。

見渡す限りに存在した、黒い異形の影は、ない。

リイン悠のように五〇〇メートルの瘴気をぶち抜く威力はなくても、周辺数十メートルの範囲を焼き払うことは、彼方にもできたようだ。

「やったなおい、でかしたな、おい‼」

バンバンと緋鶴が嬉《うれ》しそうに彼方の背を叩く。

「やった！」「やりましたわね！」「やった」

嵐たち三人が抱き合って喜ぶ。

彼方は後ろを振り返った。眼を閉ざして集中しているリイン悠の姿を確かめ、ほっとする。途端、かくんと膝《ひざ》から力が抜けて緋鶴に寄りかかってしまった。

「大丈夫か、逢坂？」

「逢坂くん⁉」と嵐がすぐに彼方に駆け寄った。緋鶴と嵐に彼方は支えられた。

「……何だ、これ。体がさっぱり、言うことを聞かないぞ」

「疲労の限界だ。あんな人間離れした魔法を撃てば、当然っちゃ当然だ。車まで行って休んでろ、もう」

「そうだよ、もうたぶん安全――」

嵐が息を飲み、眼を見開く。芽砂たちが緊張したのを彼方は感じ、思うように動かない頭を上げて、嵐の視線の先を見た。

瘴気の中から、二つ、三つと汚染獣が出てくる。四つ、五つと数の増加は止まらない。

「……もう少し、頑張らないとだめか」

彼方は膝に力を込めて自力で立ち、再び〈光刃〉を発動させようとした。

手の先に魔力光糸が数条発生する――だが、それだけだった。魔法回路が構築できる量の魔力光糸を生み出すことさえ、疲れ切った彼方にはできなくなっていた。

「まだだ、まだ」

再び彼方は魔法回路を作ろうとしたが、今度は一筋《ひとすじ》の魔力光糸すら発生しない。

「――武器は。武器はないのかっ」

汚染災害が発生した、あの日の朝。彼方は汚染地区のそばで小銃を拾って使ったが、今は、手に届きそうな範囲に使えそうなものが落ちていない。

もぞりと大きく瘴気が蠢《うごめ》き、何十体もの汚染獣が一度に姿を見せた。

「……もう、だめかな」「さすがに、ここまでですわね」「……仕方ない」

嵐の顔にも、芽砂の顔にも、里海の顔にも、明確な絶望の色が浮かんでいる。

「てめえら。全員、車まで戻って隠れてろ。いいな？」

緋鶴が彼方を支えていた手を離し、両手を組んで背伸びをした。

「さーてーと。あと何発、爆炎撃てるかなっと。あたしも、だいぶ元人間を殺しまくったからな、そろそろ責任取る番ってことか？」

悲壮感《ひそうかん》さえ漂う軽口に、彼方は叫ばずにはいられない。

「そんな、教官！　駄目だ、行っちゃ!!」

赤と金の髪を揺らして、緋鶴が振り返る。

「おまえら全員、いい魔戦術士になるよ。じゃあな」

にっと緋鶴が笑った時だった。

「宇月三曹、その必要はない。今、私の魔法回路が完成した」

その声に、その場の全員が揃ってリイン悠へと視線を投じた。

リイン悠の周囲、最下部の魔法回路の直径は二メートルほど。漏斗型の魔法回路の高さは、見上げてもよくわからないほどになり、上は、見渡す限りの空を覆い尽くすほどに広がっていた。

「何だよ、この魔法回路。上の直径何キロになってんだ——この記述……もしかして……いや、そんなことなんぞ不可能——しかし……」

緋鶴が驚愕に目を見開いた。魔法回路の記述を読もうとして、さらに驚きと困惑の度合いを増していくようだ。

「最上部の直径は二キロほどだ。環状汚染地区の中心部、清浄な区域とほぼ同じ大きさになっている」

リイン悠が、閉ざしていた左の眼を開いた。

翡翠色の瞳が映したのは、彼方の顔。リイン悠は瞬《まばた》きをせずにじっと彼方を見つめつつ、片手を頭の後ろに回し、右眼の眼帯を外した。

露《あら》わになった右の金の瞳にも、彼方が映る。

「瘴気マスクを外して、顔を見せてくれないだろうか」

「……顔、ですか？　わかりました」

疑問を覚えながらも、彼方は瘴気マスクを外した。

彼方の右の金色の瞳を、リイン悠が見つめる。

「この金色の瞳を忌《い》み嫌《きら》い、恐れる国防官は少なくない。君にも、眼帯が必要になる。これをもらってくれないか」

リイン悠が、彼方から預かった眼鏡を片手に持ち、もう片方の手で、魔法回路の隙間から眼帯を彼方に差し出した。

「……これを、俺に？」

彼方は眼帯を受け取った。眼帯はまだ、リイン悠の体温でわずかに温かかった。

「三佐にだって、必要なんじゃないですか」

「──私には、もう必要なくなるから」

リイン悠が手を引いた。

「必要なくなるって、どういう意味ですか！」

彼方はリイン悠の手を捕まえようとしたが、指先がかすかに触れただけで、手を握ることは叶わなかった。華奢な手が魔法回路の向こうに戻る。

魔法回路に突っ込もうと彼方は腕を伸ばしたが、魔力光糸で編まれて実体のないはずの魔法回路が、ガラスのような感触で、彼方の手を拒絶する。

「何をしようとしてるんです、あなたは‼」

彼方は、眼帯を握りしめた手で魔法回路を殴った。先ほどよりもさらに硬質な、まる

で鉄板のような感触で、いっそう固く魔法回路が彼方を拒絶する。

「せめてもの、償《つぐな》いを」

迷いのない瞳でリイン悠が語る。

「全世界の全ての瘴気を消し去ることは、私一人では不可能だと、千年を越える日々で悟った。しかし、この環状汚染地区のみならば、私は浄化できる」

「浄化って、だから何をしようとしているんですか！」

彼方は再び魔法回路を殴りつけた。金属塊を殴るような鈍い音がし、拳の皮が切れて血が滲《にじ》む。

「言っただろう、もし君が汚染獣になっても救う術《すべ》がある、と。この環状汚染地区を生み出した、逆転生に失敗した全ての魂と、生じた瘴気を全て、私がこの身で引き受ける。この魔法回路は、そのための漏斗だ。これを使えば、君に未来を残すことができる」

魔法回路が輝きを増した。閃光に転じて一気に効果を発揮するタイプではなく、魔法回路が維持される限り効力を発揮し続ける魔法のようだ。

ごおっと音さえ立てて、上空に重く垂れ込めていた雲が渦を巻いた。彼方の後ろで、魔法回路を見上げていた緋鶴が、怒りと悲しみの混ざった表情で、重苦しく呟く。

「……ちくしょう、やっぱりだ。この魔法回路……」

「何だって言うんですか、教官！　この魔法回路が、一体、何だと‼」

彼方は緋鶴を振り返った。緋鶴が視線を逸《そ》らす。

「術者の魂と肉体を贄《にえ》にして、瘴気を物質化する。発動してしまえば術者にも止められない――周囲の瘴気を吸い尽くすまで」

「そんなのって」「……そうまでして……逢坂くんを……」「……」

嵐が瘴気マスクの下で涙を溢《あふ》れさせ、芽砂が見ていられないというように顔を伏せる。

里海は全てを眼に焼き付けようと、瞬き一つしないでリイン悠を見ていた。

「……そんな……!!」

彼方は再び魔法回路に殴りかかった。べきっと音が響いたが魔法回路に変化はなく、拳に焼けるような痛みが走る。骨が砕けただけだった。

「馬鹿だな、君は。私のために怪我などすることはないのに……すまない。結局私は、君を――君たちを、苦しめるだけのようだ」

ざあっと魔法回路の中に、黒い雨が降り始めた。魔法回路の上端、巨大な漏斗に吸い込まれて集まった瘴気が、魔法回路の中を降りるに従って液体にまで圧縮され、リイン悠に降り注ぎ、さらに溜まっていく。

野戦服が、瘴気で腐り泥と化して地に落ちる。それもすぐさま、魔法回路の内側に溜まり続ける黒い瘴気の液体で見えなくなる。

彼方の眼鏡を持った手だけ、わずかに光を纏っていた。眼鏡だけは、瘴気の浸蝕《しんしょく》からリイン悠が魔力で守っているらしい。

「三佐！　お師匠さま！　そんなこと言わないでください、俺を残して、僕を置いて、いなくならないでくださいッ‼」

「――すまない。でも私には、これしか……君にしてあげられることが、ない」

「嫌です、こんなの！　だってお師匠さまだけ救われないじゃないですか‼」

「言っただろう。私は報われた、と。君がけものになることなく、この世界で生きることができる。それを、見とどけることができた。これ以上は望むべくもない……」

リイン悠がわずかに、唇と頬を緩めた。

彼方もアルクも見たことのない、初めての表情――微笑。


「きっと私は、幸せだ」


小さく唇が動いた次の瞬間。ごぼりと、頭の先までリイン悠が瘴気の液に沈んだ。

彼方独りの身体が叫ぶ、彼方とアルク、二人分の魂の慟哭《どうこく》が響いても、一度発動した浄化の魔法は、止まりはしなかった。


西の空に細く薄くたなびく雲が、沈み行く夕日に朱《あか》く染まっている。東にはすでに夜《よ》闇《やみ》が佇《たたず》み、空は東から西に、黒、藍《あい》、紫、朱とグラデーションを描いている。

「………………何にも、ねえんだな………………」

緋鶴がゆっくりと辺りを見渡した。駐屯地の建物が、ここまで来る道の向こうに見える以外、付近には何もない。あるのは、いびつな形をした土の塚ばかりだ。

おそらくは、家だったもの。雑木林《ぞうきばやし》だったもの。アパートだったもの。コンビニエンスストアだったもの――瘴気で土塊《つちくれ》と化した、人々の生活の痕跡《こんせき》。

リイン悠が脱出用トンネルもろとも汚染獣を葬《ほうむ》った際にできた巨大な溝の中に、点々と裸の少年や少女が倒れている。脱出に失敗して瘴気に侵され、汚染獣になりかけて、どうにか助かった生徒たちのようだった。郷田と思しき姿もある。

「こんなのって、ないよ」と嵐が呟き、瘴気マスクを外して顔を押さえ、崩れ落ちる。

芽砂も瘴気マスクを外し、正面に向けて敬礼する。

「わたくしはもう二度と、三佐のことを疑いはいたしません。一度でも疑った非礼を、お許しくださいま……し」

言い終える前に芽砂は涙で声がつまり、傍らの里海に抱きついた。嗚咽《おえつ》を漏らす芽砂の頭を抱きかかえて、里海も無言で涙を流す。

彼方は光の消えた眼に、それを映していた。

漆黒《しっこく》の、少女の裸体像。ブラックオニキスを彫刻《ちょうこく》して磨《みが》き上げたような肌が、夕日を撥ねて輝いている。胸元に両手で大事そうに抱いているのは、彼方の眼鏡だった。

「……眼鏡。返すって言ったじゃないですか」

その彼方の呟きは、近づくヘリコプターのローターとエンジンの音にかき消された。

音はすぐさま爆音となり、彼方たちに真上から風圧がのし掛かる。

五〇〇メートル北にある、救助隊仮設拠点から飛び立ったと思しき中型ヘリコプターUH－1Jが、彼方たちの真上の空に、ホバリングで留まった。

ヘリコプターのドアが開き、ばらりと数本のロープが外に放たれる。そのロープを使い、化学防護服を完全装備した国防隊員が、何人も降りてきた。

地に降り立つなり、隊員の一人がハンディタイプの無線機を使う。

「周辺環境は清浄の模様。百合草三佐の事前説明通り、石化した三佐及び目標を発見。送れ」

『速やかに目標を確保。三佐を回収。送れ』

「了解。通信を終わる」

その短い通信の間に、他の隊員は彼方たちを取り囲み、肩にベルトでかけていた小銃を構えた。まるで敵を包囲するかのような対応だ。

涙で汚れた顔で、嵐たちが怯《おび》える。緋鶴が背後に、嵐たちをかばった。

「あたしの生徒に銃を向けんじゃねえ。どうゆうこった、これは」

緋鶴が不快感を隠さずに歯を剝《む》く。国防隊員の一人が、一歩だけ前に出た。

「第一師団第八魔戦術科中隊、第四小隊隊長、真庭三尉《まにわさんい》だ。宇月三曹に相違《そうい》ないな？」

三尉は、三曹より五つ上の階級だ。上官を相手に、しかし緋鶴は敬意を示さない。

「銃口向けて身分確認かよ。あんたらこそ本物の国防官なんだろうな、おい」

「貴様！」と真庭を名乗った男の隣の隊員が、瘴気マスク越しにくぐもった怒声を上げた。真庭が銃口を下げる。

「ＩＤカードは持っているが、あいにくこんな格好だ。認識番号のみで納得してもらえるか？」

「……いらねえよ、んなの。あたしが腹立ててるのは、生徒に銃口を向けやがったことだけだ」

真庭に従って他の隊員も銃を降ろすだろうと、彼方は思った。

だが、銃口は明らかに彼方一人に狙いを変えた。

「全員で銃を降ろすわけにはいかん。そこの変異体《へんいたい》を確保するまでは」

「……どういうことだよ、それ」と緋鶴。彼方は真庭に視線を向ける。

「変異体って……俺のことですか」

真庭が一瞬、はっきりと見てわかるくらいに震えた。明らかに彼方を警戒している。

「抵抗はしないでくれ。発砲許可は出ているが、できることなら撃ちたくない」

「抵抗って――発砲って――」

何が何なのか、彼方にはわからなかった。どうして自分がこれほどに恐れられるのか、まったく理解ができない。彼方が混乱する一方で、真庭が緋鶴に告げる。

「宇月三曹も我々の邪魔をするなど、考えないように。余計なことをすれば、宇月三曹の背後の生徒も、そして向こうに倒れている生徒たちも――身の安全を保証しない」

ぎりっと緋鶴が歯ぎしりをした。不快を通り越して怒りを顔に出す。

「……てめえら。何をそんなにビビってやがるんだよ、コイツはたった今、大事な人を目の前で失ったばっかりの、ただの少年《ガキ》なんだぞ」

「ただの少年などではない——その髪、その右の金眼。半分はもう得体《えたい》の知れない未来人なのだろう？　百合草リイン悠三佐と同じように。そのことは宇月三曹こそよくわかっているはずじゃないのか」

得体の知れない未来人。その言いように、彼方が愕然とした。

リイン悠の言葉を思い出す。

『得体の知れない化け物。それが、私という魔戦術士の国防隊における認識だ』

彼方の手から、リイン悠の眼帯がするりと滑り落ちた。

忌避される金色の瞳に新たな涙を湛《たた》えて、彼方は叫んだ。

「あんたが！　あんたたちが！　そんなだから、あの人は!!」

壊れた拳を固めて、彼方は真庭に殴りかかる。

真庭の前に二人の隊員が立ち塞がり、小銃のストック部で彼方を殴りつけた。何発か頭を殴られ、すぐに目の前が暗くなる。さらに泥に引き倒されて背後に腕をねじり上げられ、動けなくなった。

「てめえら、何しやがる!!」

緋鶴の怒声に、銃声が重なる。

意識が遠のく彼方にできるのは、涙を流すくらいだった。
それが、誰のためで、何のための涙なのかも、わからずに。

E

EPILOGUE まだ終わらない、この世界で

正月休みだからか、都心にしては空気が澄《す》んでいて、彼方《かなた》の見上げた空は抜けるように青かった。雲一つない空の中天に、ぽつんと寂《さび》しそうな太陽が輝いている。

東京、新宿区《しんじゅくく》市谷《いちがや》。陸海空全《すべ》ての国防隊《こくぼうたい》の中枢《ちゅうすう》が集まった国防の拠点の中にある陸上国防隊市ヶ谷駐屯地《ちゅうとんち》で、彼方は年を越した。先ほど自由の身になり、施設《しせつ》の建物から敷地内の道路に出たばかりだ。

「……寒いな。そっか、今は冬だっけ」

右眼《みぎめ》を閉じて、灰色となった左の瞳《ひとみ》だけで彼方は空を見る。

――いっそ。こんな世界、全てが瘴気《しょうき》で覆《おお》い尽《つ》くされてしまえば、楽なのに。

そんな皮肉《ひにく》めいたことを考えても、もう心の声は聞こえない。あの環状汚染地区《かんじょうおせんちく》が消滅した日から、一〇日。右眼だけを閉じておくことに、彼方はすっかり慣れた。

今日まで彼方は、駐屯地の奥にある施設に勾留《こうりゅう》され、尋問《じんもん》を受けていた。

魔戦術科《ませんじゅつか》学校前浜《がっこうまえはま》キャンパスの生徒の逢坂《あいさか》彼方ではなく、未来の知識を持つ変異体《へんいたい》、

逢坂アルク彼方、として扱われ、アルクとして知っていることは、個人的な思い出まで全て、陸上国防隊の警務所属の隊員により、徹底的に尋問された。

『まるでおとぎ話だな』

未来でのリイン――リイン・リーリエ＝エルヴァテインとの思い出話を聞いた尋問官は、そう言って苦笑した。理解など端《はな》からする気もないような表情だった。

似たような尋問をおよそ三年前に、百合草《ゆりくさはるか》悠から百合草リイン悠になったばかりの彼女も受けたそうだった。同じように理解されなかったのだろうと彼方は思った。

二七三回、逆転生を繰り返したというリイン悠は、その数だけ尋問を受けたはず。

俺だったら、耐えられない。それが、尋問の日々の、彼方の感想だった。

他はもう全てが砂のようだった。色も意味もない、ただの枯れ果てた世界。

聞くだけ聞いてしまえば、陸上国防隊にとって彼方はあまり存在意義がないようだった。むしろ処遇《しょぐう》に困る厄介者《やっかいもの》らしい。彼方の今後の扱いは未定で、ひとまず前浜キャンパスの寮《りょう》に戻って待機しろ、とだけ命じられた。

『君の能力では、あの百合草リイン悠の代わりは務《つと》まらない。残念な反面、我々はほっとしたよ。あの三佐がもし反逆などしていたらと考えると、今でも、ぞっとする』

一度だけ彼方の顔を見に来た幕僚監部《ばくりょうかんぶ》の高級士官は、そう言った。万一に備えて、爆薬を仕込んだ首輪をリイン悠に装着させるという案もあったらしいが、誤作動を万全に防ぐことができないという技術的な問題から、見送られたそうだった。

つまり技術的に可能ならば爆弾首輪を着けたということだ。まさしく人間の扱いではない。そんな連中に、石と化したリイン悠は回収されてしまった。

調査のためにリイン悠は砕《くだ》かれてしまうのではないかと彼方は危惧《きぐ》したが、それは杞憂《きゆう》に終わった。

硬度《こうど》、測定不可能。融点《ゆうてん》不明。髪の一本を折ることさえも不可能。通常の物質ならば原子、中性子、電子から構成されているはずだが、それさえも現時点では存在するかどうか確認できない、それこそ『破壊不可能な得体の知れないもの』。

それが、この一〇日で判明した、石となったリイン悠の研究結果だった。

「――どこに運ばれたのか、わからないが。必ず見つけて、取り返す」

パッパー、と耳朶《じだ》を打ったクラクションの音に、彼方は振り返った。

屋根のないジープタイプの車が一台、近くの路肩《ろかた》に駐《と》まっている。

見慣れた赤と金の髪が目につく。私服と思《おぼ》しきダウンジャケット姿の緋鶴《ひづる》が運転席にいて、助手席に嵐《あらし》の姿があった。嵐も私服らしい厚手のコートを着ている。

「よ！　迎えにきてやったぞ！」

屋根がないのをいいことに、緋鶴が上に手を伸ばして左右に振った。彼方はジープタイプのそばに歩いていった。助手席の嵐と目が合う。

「わざわざ来てくれたのか、円城《えんじょう》。ありがとう」

「芽砂《めいさ》と里海《さとみ》も、来たがっていたけれどね。芽砂、あの後に瘴気のせいで熱を出しちゃって。まだちょっと寝込み気味なの。里海は、その付き添い」

ジープタイプのドアは、運転席と助手席のみ。後部座席用のドアはない。

「乗るのに邪魔なら、降りようか」と嵐。

「いや、いい」と彼方はリアタイヤを足がかりにして、よじ登るようにして車内に入った。そのまま後部座席に座る。

「……わたしも、後ろに行こうかな。いいですよね、教官」

「好きにしろって」

嵐が座席の間を通って後部座席に来て、彼方の隣に座る。

「んじゃ、行くか」

彼方たちがシートベルトをつけ終わるのを待って、緋鶴がエンジンをかけ、ジープタイプを発進させた。操作が荒っぽく、タイヤが軋《きし》み音を立てる。

「正月休みで都内の道路はがら空きだから、気持ちいいぜ？」

嬉《うれ》しそうに一声上げて、緋鶴がジープタイプを加速させる。市ヶ谷駐屯地の敷地内道路から一般道に出る門で一時停止をしないで、さらに速度を上げた。門番の怒声は、気付いたらはるか後ろに流れていた。

ビルに囲まれた広い道路は、緋鶴の言ったように空《す》いている。まばらな車を次々とジープタイプが追い越し、鈍重そうな見た目の割には速いんだな、と彼方は思った。

嵐が、彼方が膝《ひざ》の上に置いた手を見やった。リイン悠の魔法回路を殴って痛めた彼方の右手には、包帯《ほうたい》が巻かれている。

「手、大丈夫？　痛まない？」

「多少痛いけど、どうってことはないよ」

「なら、いいけれど……寒くはない？」

彼方は野戦服だけで上着を着ていない。屋根のないジープタイプは、寒風《かんぷう》を容赦《ようしゃ》なく叩《たた》きつけ、確かに寒い。だが、彼方は首を横に振った。

「それほど気にならない。もっと寒いところを、知ってるから」

「もっと寒い、ところ……それって。魂《たましい》を受け入れた子の記憶？」

嵐は、アルクの名までは知らなくても、彼方がアルクの魂を受け入れたことを知っているようだ。

「そう。ずっと未来のことだから、ひょっとしたら地図の形も、現代とは違うかもしれないが、ヨーロッパの、ずいぶんと北のほうの記憶だよ。寒い地方だった」

そうなんだ、と嵐が目を伏《ふ》せて言った。

「もう逢坂くんは、今までの逢坂くんじゃ、ないんだね」

「……その答えはイエスでもあり、ノーでもある……かな、やっぱり。お師匠《ししょう》さま――三佐《さんさ》が、円城さんに言ったように」

嵐が膝の上で握った手に、きゅ、と力を込めた。ぽつ、とその手に涙が落ちる。

「……悠……最後にせめて、ありがとうって、言いたかったのに……」

ぽつりぽつりと落涙の数が増える。彼方は焦《あせ》ってポケットにハンカチがないか探したが、市ヶ谷駐屯地で用意された着替えに、そんな気の利いたものはなかった。

「ほらよ」と緋鶴が肩越しにハンカチを放った。風に踊るハンカチを彼方は慌てて捕まえ、嵐に渡す。

「……ごめんね」「謝ることじゃない」

嵐がハンカチを顔に当て、声を押し殺して泣く。

あの出来事は、たった一〇日前のことだ。心の傷が癒《い》えるはずがない。

「さっそく女を泣かしてんじゃねえよ、逢坂」

緋鶴が、フロントガラスの枠上側にあるバックミラー越しに、彼方と視線を合わせた。

「そ、そんなつもりじゃ」

「ま、いいや。ところでおまえ、これからどうなるんだ？　あたしは、ひとまず寮に連れて帰れとしか、聞かされてねえんだが」

「今の俺を引き受けたいという部隊はないそうですから、どこかの魔戦術科学校に転校するらしいです。それすらはっきり、決まってないんですが」

リイン悠が、たった一人で中隊扱いだった理由。それを彼方は尋問中に知った。部隊相当の戦力を一人で持っているからではなく、どこの部隊も、リイン悠を恐れて彼女の配属を拒絶したせいだった。

「そっか。家には帰らないのか？」

「……しばらく帰るつもりはないです。うちの親のこと、教官は知ってましたっけ？」

「まあな。親父《おやじ》さんは県議会議員で、お袋さんは市議会議員だったよな。まあ。その。なんだ。想像するだけで息の詰まりそうな一家団欒《いっかだんらん》な気はするよ」

緋鶴が苦笑し、はは、と彼方は笑った。一家団欒。そんなものなど記憶にない。

「父も母も、自分の議席が何より大事な人ですから。こんなふうになった息子なんて、汚染地区災害で何か手柄《てがら》でもあげなきゃ関《かか》わりたくもないですよ、きっと」

「そこまでドライじゃねえとは思うけどな、親なんだしさ——って、他人の家庭に首を突っ込むのは悪趣味だな。悪い、変な話を振った」

ばっと緋鶴が乱暴にハンドルを操作し、車が交差点を勢いよく曲がる。車が再び前を向いてから、彼方は口を開き直した。

「聞きました。前浜キャンパス、廃校になるって」

「……当然っちゃ当然だけどな。隊員と生徒を合わせて、犠牲者は二一二人。建前上、行方不明になっている近隣住人の数は、およそ二万人。世界的にも最大級の汚染地区災害だ。その上、世界初の瘴気が浄化された場所になっちまった。世界中の調査団が大挙して来てるよ、あの場所に。そんなところで学校なんて続けられねえだろ。残った生徒で希望する奴は、他の魔戦術科学校に移ることになる」

そうですか、と彼方は相づちを打った。

「まあ。転校する奴、たぶん一〇人もいねえけどな。たいていの奴は学校を辞めるだろ、

「あんな目にあっちまったんだし。織部と里海は、それでも魔戦術士を目指すって言ってたけどな」

「……脱出に失敗した他の生徒たちって、無事だったんですか？」

「……無事、とは言えねえな。脱出しようとした生徒のうち、五人は行方不明のままだ。救助された奴は今のところ一人も死んでねえけど、精神的に壊れちまった奴は多い。あの郷田《ごうだ》も、たぶん国防官は続けられないな。さすがに責任を感じてる」

予想していた言葉だったが、実際に聞くとショックは大きく、彼方は黙り込んだ。

未来で時空間跳躍移民魔法《じくうかんちょうやくいみんまほう》の実行に反対していれば、こんなことなど起きなかったのでは、と考えてしまう。同じことを千年以上もの間、逆転生を繰り返すリイン悠は考え続けて自分を責めていたに違いない。

「おまえが責任を感じることはねえよ。汚染地区はすでに、この時代とこの世界の問題だ。これから何をすべきか、何ができるのか。そっちを考えてくれ」

「ずいぶんと教官っぽいことを言うんですね、ひっちゃんのくせに」

「やかましい。これでもちゃんと教官だっつうの。あんまし舐《な》めんなよ？　焼くぞ？」

緋鶴が唇を吊《つ》り上げ、犬歯を見せて笑った。

「教官は、これからどうするんです？」

「さあな。どこかに配置換えされるとは思うが、あたしもまあ、引き取る部隊がない口だからな、実はさ」

「どういうことですか、それは」

「この赤と金の極楽鳥《ごくらくちょう》みてーな髪、地毛なんだよ。両目には黒いカラコン入れてる」

黒いカラーコンタクト。そんなものを普段から使う理由など、一つしかない。

片目が、金眼《きんがん》だということだ。

「宇月《うづき》フィア緋鶴。三佐っぽく名乗るなら、そうなるかな」

「……え？」と泣いていた嵐が、涙を拭《ぬぐ》いながら顔を上げた。

「悪い、騙《だま》してたようなものだ、謝るよ。あたしも魂魄融合者《こんぱくゆうごうしゃ》――国防じゃ『混ざりもの』って呼ばれる、忌避《きひ》される側の魔法使いだ」

「それ。里海は知ってるんですか」と、嵐。

「説明はしてない。でもまあ、何となくわかってるだろ？　ある日突然、実の姉がこんな頭になって瞳の色まで変わっちまったんだから」

「だから、里海。ひっちゃんにどこかよそよそしかったんだ……」

嵐が呟《つぶや》くように言った。緋鶴が苦笑混じりに告げる。

「や、あれは昔からだいたいあんな感じだよ？　むしろ、こんなふうになったあたしを毛嫌《けぎら》いしないだけで、マジいい妹だ、愛してる！」

おどけるように、緋鶴。ふと声のトーンが落ちる。

「……とまあ、そんな事情を、あたしはおまえらに隠してた。悪い、ごめん。謝る」

運転しながら、緋鶴が頭を下げた。

「あたしもさ。姫さまみたいに有名じゃなかったけど、あっちでも魔法使いだったんだ……姫さまは知ってたみたいだけどな、向こうのあたしのこと。でも、そのことには触れないでくれたよ。優しいな、あの人」

ごそごそと緋鶴がダウンジャケットの懐《ふところ》に手を突っ込み、何かを引っ張り出した。

「あっちじゃ一度も話したことなんかない、あこがれの姫さまの残したものだ。おまえ、落としたまんまってのは、このあたしが許さねえっての」

ほらよ、と緋鶴がそれを彼方に放《ほう》った。彼方ははっとして手を伸ばす。絶対に取り損なうわけにはいかないと、必死になってそれを摑《つか》んだ。

リイン悠が最後に彼方に渡した、あの眼帯だった。

「……お師匠……さま」

彼方は、ぎゅっと眼帯を握りしめた。眼帯が温かいのは緋鶴が懐に入れていたせいだと頭ではわかっているが、あの場で受け取った時を思い出し、涙が滲《にじ》む。

「逢坂。渡しといて何だけどよ、あたしみたいにカラコンでごまかすほうが、この世の中は生きやすいぞ？　眼帯は、どうしても人の目を引くし」

「……いえ。俺はこれを使います。お師匠さまを取り戻す、その日まで」

「取り戻すって、悠を？」

嵐の問いに、彼方は、ああ、と力強く頷《うなず》いた。

「石になった姫さまでも、そばにいたい気持ちは、わかるけどよ。でも、もう」

彼方は目元の涙を拭《ぬぐ》うと眼帯を右眼につけて、顔を上げた。

「魔法で石になったんです。魔法で元に戻せないとは限りません。俺はその方法を必ず見つけてみせます。そのためなら、どう国防に利用されようが構いません。むしろ俺が国防を——いえ、どんな権力を利用してでも、元に戻す魔法を構築してみせます」

緋鶴がぐりんと首を回して振り返り、きょとんとした。ハンドル操作がおろそかになり、車が蛇行して対向車線に飛び出しそうになる。

「きょ、教官！　前、前！　こんなことで死にたくないですよ‼」

彼方がうろたえる一方で、緋鶴が破顔した。

「あーっはっはっはっ、どんな権力を利用してでも、か！　いいなそれ、気に入った！　あたしもおまえの夢に乗っかってやる、幕僚監部を脅《おど》してでも同じ魔戦術科学校に行ってやるよ、必ずな！」

「だから前見て運転してください、前！　事故りますから‼」

抗議の声を上げつつも、彼方の口元はほころんでいる。この一〇日間、考え続けた覚悟を口に出したことで気持ちは軽くなった。後は、やり遂げるのみだ。

馬鹿だな、君は。

リイン悠ならそう言うだろうと彼方は思い、片手で眼帯を押さえ、空を仰いだ。

ビルの間を流れる空は、青い。いつか見た、終わる世界の黒い瘴気の空とは違う。

それでも、確実に汚染地区はこうしている間にも広がっていて、緩やかにだが世界は滅びに向かって進んでいる。世界はまだ、終わっていない。それだけだ。

包帯の巻かれた彼方の手を、嵐が不意にそっと握った。

「あの、逢坂くん。私ね、言われたの……悠に。いつか、逢坂くんを頼む――って。だから、私も。逢坂くんの力に、なりたい」

嵐の掌《てのひら》の温《ぬく》もりが、包帯越しにじんわりと冷え切っていた手に染み込んでくる。

――そうだ。俺は、一人じゃない。

――お師匠さまが千年、一人で成そうとして、できなかったことを。

――俺には、みんなに助けられて、成す義務がある。

彼方は一つ小さく深呼吸をしてから、口を開き直す。

「教官。三佐を元に戻すついでに、この世界も救えないですか、俺？」

「世界を救うのがついでと来たか。まあでも。ついでくらいに思っていいのかもな、一番大事なものが何か、わかってるならさ」

「そうですね」

ふと眼帯から、リイン悠の匂《にお》いがした。

そんな気がした。

了

あとがき　～あるいは、七年目で入院

ご無沙汰《ぶさた》しております。または、初めまして。藤原健市《ふじわらけんいち》です。

前の本から一年半、もう初めましての挨拶《あいさつ》だけでいいんじゃないかとも思いますが、させておきまして。

いやあ、この夏は大変でした。何が、と申しますと。

七月の末に一週間ほど、さくっと入院して。九月の頭に、ざくっと切られるべくまた入院して。結果、五臓六腑《ごぞうろっぷ》を、五臓五腑に改造されました。

受けた手術は難しいものではなく、これを書いている一一月にはすっかり回復しておりますので、ご心配なく。取った臓器、なくてもあまり困らないものですし。

なくてもあまり困らない臓器に、死ぬかと思える苦痛を与えられました……。

幸い死ななかったのですが、本当に死ぬ時の苦痛はあんなもんじゃないのか、と想像すると今から怖いです。

一度の入院でけっこう体重が減ったんですが、喜びもつかの間、数キロは簡単にリバウンドしました。痩《や》せるためにもう一回入院――だが、断る。

入院は金がかかるんだ、金が！

入院ダイエットはコストパフォーマンス最悪です、決してお勧めなどいたしません。しかし。ダイエット食品や器具にたくさんお金をかける人もいるから、確実に痩せる入院は、損じゃないとも言えるのかな……いやいや。人間、健康が第一です。

病気になったせいで、今年の夏は趣味の釣りもさっぱりできませんでしたし、バイクにもろくに乗れませんでした。

夏の一番の思い出が、世界樹の迷宮Ⅳのクリア。もちろん、入院中の出来事です。

思い返すと、けっこうせつない。

今年は、そんな夏でした。


と、不健康自慢はこれくらいにいたしまして、この本の話を、少しだけ。

『リインカーネイションの彼方《かなた》』は、藤原健市という作家そのものとも言える作品です。作品の根幹部分を考えたのはアマチュア時代で、プロになった後も、色々と出版してもらう裏で、あれやこれやと世界観を含めた構想を練ってきて。

企画が形になったのが二年ほど前。すぐ担当さんに提出せず、別の仕事をしている間に世の中には色々なことがありまして。

幾つか理由もあり、藤原は企画を、自主的にお蔵入《くらい》りさせていました。

とはいえ。この作品、やっぱり読者さんの手に届けたい。

悩んだ末に、文庫のページ数で一〇〇ページくらいまで原稿を書き、担当編集のｋ笠さんに提出し、この作品を果たして商品にしていいものか、判断を委《ゆだ》ねました。すぐに「続きが読みたいです」と言っていただきまして、約一年。

ｋ笠さんのみならず、ｗ田さんの助けも借り、ネコメガネさんの素晴らしいイラストをいただき、こうして本になりました。皆さん、本当にありがとうございます。

特に、ネコメガネさん。ヒロインのリイン悠《はるか》のキャラデザインを見た日のことは一生忘れません。びっくりするくらいにイメージ通りでした！　あんなことになってしまったリイン悠ですけれども、必ずや何とかしますので、ご期待ください！

あとがきを先に読む読者さんも多いと思いますのでネタバレは避けますが、すでに読み終えた読者さん、大丈夫です。藤原、責任を持って必ず何とかいたします！

というわけで。あとがきでいつもは書かないことですが、この『リインカーネイションの彼方』は藤原自身が続きを書きたいと切望している作品です。

応援、ぜひともお願いいたします。

それでは、また！

二〇一二年　晩秋　藤原健市

さらば石松…
発刊
おめでとう
ございます!!

●ご意見、ご感想をお寄せください。
ファンレターの宛て先
〒102-8431 東京都千代田区三番町6-1　株式会社エンターブレイン ファミ通文庫編集部
藤原健市　先生　　　ネコメガネ　先生

●ファミ通文庫の最新情報はこちらで。
FBonline　**http://www.enterbrain.co.jp/fb/**

●本書の内容・不良交換についてのお問い合わせ。
エンターブレイン カスタマーサポート　**0570-060-555**
（受付時間 土日祝日を除く 12:00～17:00）
メールアドレス：**support@ml.enterbrain.co.jp**

ファミ通文庫
リインカーネイションの彼方《かなた》
二〇一三年一月八日　初版発行

著　者　藤《ふじ》原《わら》健《けん》市《いち》
発行人　浜村弘一
編集人　森　好正
発行所　株式会社エンターブレイン
〒一〇二－八四三一　東京都千代田区三番町六－一
電話　〇五七〇－〇六〇－五五五（代表）
発売元　株式会社角川グループパブリッシング
〒一〇二－八一七七　東京都千代田区富士見二－一三－三
編　集　ファミ通文庫編集部
担　当　衣笠辰実、和田寛正
デザイン　高橋秀宜（Tport DESIGN）
写植・製版　株式会社ワイズファクトリー
印　刷　凸版印刷株式会社
定価はカバーに表示してあります。

ふ3
4-1
1194

ISBN978-4-04-728610-8

覇剣の皇姫アルティーナ

著者／むらさきゆきや
イラスト／himesuz

あたしは皇帝になる。

本ばかり読んでいる落ちこぼれ軍人のレジスは左遷された辺境で運命を変える少女と出会う。赤い髪、紅い瞳を持ち、覇者の大剣を携えた皇姫アルティーナ。彼女が抱く大望のため軍師として求められたレジスは——。覇剣《はけん》の皇姫《こうき》と、読書狂の青年が織り成す覇道戦記ファンタジー‼

ファミ通文庫
発行/エンターブレイン